相公換人做

4

風文創 317

麥大悟 著

目錄

第三十一章

李晟走至宮車門前，一手撩簾子，一手輕攬溫榮的纖腰，將溫榮抱下了馬車。

在清亮眼神的注視下，溫榮的臉微微發紅，抬手推了推李晟的臂膀。「我自己能走的。」

李晟知曉溫榮在害羞，攬著溫榮的臂環更緊了些。「榮娘累了，為夫的搭把手都不行嗎？」

溫榮的面頰似染了一層薄薄的晚霞，不自在地看了眼立在宮車旁的內侍。

內侍趕忙一臉莊重地說道：「五皇子與五王妃鶼鰈情深，乃宮中佳話，為旁人豔羨。」

「打賞！」五皇子朝侯寧打了眼色，扶了溫榮向紀王府的馬車慢慢走去。

上了馬車，沒了外人後，溫榮才說起三皇子和琳娘的事情。「……琳娘很是擔心，還不知三皇子具體哪日能恢復。」

溫榮抬眼靜靜地看著李晟，李晟雙眼裡滿是擔憂，甚至有些內疚。

李晟沈默了片刻後，無奈道：「今日妳遣桐禮與我傳話，我便留了心，更多次讓三哥注意酒食，不想還是出事了。」

聽言，溫榮長舒一口氣，今日之事晟郎確實是無異心。

馬車很快駛離朱雀大街，進了安興坊，李晟伸手將溫榮摟在懷裡，手指輕輕摩挲溫榮纖腰上金線繡牡丹爭豔的玉錦腰帶。

溫榮抬起頭，正好迎上李晟的目光。李晟黑亮的雙眸恍若深不見底的黑潭，潭底深處閃爍著微亮的光，她的身影倒映在光亮之中，時而模糊，時而清晰。靜靜的凝望讓溫榮的心也跟著潮濕了起來，她很是緊張。「這是怎麼了？」

李晟將頭埋在溫榮細白的脖頸處，輕嗅溫榮身上淡雅的蘭香，心緒漸漸平緩，低聲呢喃道：「榮娘，自母妃走後，只有三哥真心實意地關心過我，今日三哥中毒，我為避免聖主等人的懷疑，什麼都沒有做，其實我很擔心三哥，更何況今日之事，我也確實大意了。」

溫榮雙眸微紅，見李晟愧疚是十分心疼，輕聲道：「今日晟郎不是什麼都沒有做，而是什麼都不能做，順應形勢反而是順了三皇子之意。」

李晟攏著溫榮纖腰的手收緊，詫異道：「榮娘的意思是？」

溫榮輕聲問道：「晟郎對三皇子中毒一事，有何看法？」

平日溫榮鮮少過問朝廷乃至爭儲之事，她只是一介內婦，不願像德陽公主那樣染指朝政，更何況關心則亂，她知道的太多，反而會給晟郎添麻煩。

李晟蹙眉說道：「三哥中毒一事的主使人雖指向了太子，可疑點重重，若無猜錯，怕是二皇子所為。」

溫榮覺得肩膀有些疼，微微挪了挪身子。

李晟察覺，趕忙抬起頭，就見溫榮神色凝重地搖了搖頭。

溫榮覺得指尖有些涼，隨手將繡流雲福紋的錦帕搭在了手背上，顰眉說道：「晟郎可是覺得德陽公主並非真心幫助太子？」

德陽公主怒斥李奕，是將太子與李奕的爭儲對立之勢擺上檯面，而論起處理朝政的能力，三皇子是遠勝太子的，孰強孰弱眾人早已有目共睹。如此太子被動地陷入窮途末路、被眾人詬病的境地，故心生怨恨而下毒毒害李奕也是在情理之中。

一旦坐實了太子李乾謀害胞弟，再究其過往的種種惡行，聖主盛怒之下必然忍無可忍，縱然沒有當庭廢太子，李乾的太子之位也不可能保住了。依附李乾的朝臣縱有質疑和不甘，也不敢在聖主震怒時虎口捋鬚。太子勢如山倒，已不值得他們捨命諫言，還不如再尋後路。

太子被廢，三皇子中毒身亡或者昏迷不醒，可不正是鷸蚌相爭，二皇子坐收漁翁利？那麼衡陽在德陽公主的府裡看到泰王府幕僚，就是在情理之中了。早些年德陽公主與二皇子確實有些小過節，可耐不住太子不成器，驕傲放縱的德陽公主需要長久的富貴甚至更大的權勢，相同的，二皇子李徵亟需更多的支持，二人一拍即合，成一丘之貉。故德陽公主去臨江王府同李奕爭吵，不是為太子鳴不平，僅僅是想將太子推上懸崖，站在風口浪尖。

李晟點了點頭，溫榮所言與他心中所想並無二致。「二皇子是此事的受益者，三哥與我早有料到二皇子會動手，只是沒想到會如此迅速。」

溫榮眨了眨痠澀的眼睛。其實晟郎之前的推想並沒有錯，二皇子確實不打算在時機未成熟時動手，若不是三皇子李奕也有些許前世的記憶，今日的端陽宮宴不會發生任何事情。

「晟郎，若三皇子能逢凶化吉，此事最大的受益者是誰呢？」

溫榮的聲音十分柔軟，但令李晟心神一凜。二人本就心意相通，故溫榮只一句話，李晟就明白了溫榮話裡的意思。李晟十分詫異，攏緊馬車的格扇，壓低了聲音道：「榮娘的意思是，毒是三哥自己下的？榮娘為何會有此猜測？」

溫榮思及前世，抿唇苦笑。前世她的後宮生活枯燥乏味，研究棋譜之餘免不了還有少許女兒家的情懷。她懷念杭州郡的翠旗清梨，遂領著宮人釀了不少異香撲鼻的梨花釀，還嘗試著在梨花釀中摻入尚藥局才有的名貴藥材，增其補性。

這梨花釀在李奕眼裡本無奇異之處，只因一樁巧合，令李奕對溫榮親釀的梨花酒刮目相看。原來那時後宮有人因妒忌，企圖用西域蠻毒製成熏香毒害溫榮，溫榮無使用熏香習慣，故未著套，可也受到不少驚嚇。李奕亦是心有餘悸，為此事特意請了自西域而來、進京參佛的西夜國國僧入宮，請教西域毒物的解毒方法。

西夜國僧入紫宸殿同李奕、溫榮參詳毒物不多時，就被一陣酒品異香吸引，滿眼驚訝地詢問是何奇物，瞭解後國僧又在酒中添了兩味藥品，非但不減酒香，反而令酒色更加碧藍清透。國僧將一勺無色無味的西域蠻毒粉投入，粉質散開，懸停在酒中的渾濁漸漸透明，不過一炷香的工夫。西域蠻毒在梨花釀中竟被溶去大半，再將那梨花釀餵於靈猴，靈猴仍舊活蹦亂跳，不過是有些許醉酒之象罷了，如此溫榮與李奕才知梨花釀有解西域蠻毒的奇效。此事三人未大肆宣揚，並不肯令他人知曉。

今日若不是琳娘說出李奕採摘子時半放的梨花釀酒，溫榮也不敢確定李奕有關於梨花釀的前世記憶。既然李奕知曉此法子，中毒一事從頭至尾都可以是李奕自己謀劃的，他為了讓這場戲逼真，瞞了所有人。

溫榮自不能將前世的經歷告訴李晟，只同李晟解釋道：「晟郎，三皇子前段時日不是請了番僧去臨江王府嗎？我聽琳娘說，三皇子與番僧走得極近，番僧能得太子與三皇子的青睞，定然有他的妙處。旁人雖傳番僧手中有本關乎聖朝國運的讖書，可晟郎之前也說了是無稽之談，聖主又忌諱拿讖書宣揚說事，聰慧如三皇子怎可能耽誤了自己？既如此，同番僧走得近必定是為了旁他。今日三皇子所中的是西域蠻毒，此毒在我聖朝可謂奇毒，然毒性雖強卻也並非無藥可解，只是那解藥在聖朝疆土內難尋罷了，那遊歷諸國的番僧來自西域，手中必定是有解藥的。」

李晟聽罷，眼裡隱約劃閃過一絲不易覺察的眸光，心裡雖然震驚，卻也慢慢接受了，面上的憂色少了幾分。若此毒真是三哥自己下的，那必然不會有事，說不定沒幾日身體就能恢復了。如此想來，李晟心上石頭輕了不少，可還未完全落地。

李晟蹙眉說道：「榮娘所言確實有理，可畢竟是我們的推測，究竟是三皇子還是二皇子下的毒，我們是難知道真相了。這番猜想斷斷不能讓他人知曉，待我們回府了再詳細說吧。」

溫榮亦知此事嚴重，認真地點了點頭。

馬車駛進紀王府，李晟扶溫榮落了馬車，見溫榮神色疲倦，知是今日旖瀾廳發生的事情讓溫榮受累了，便主動吩咐甘嬤嬤煮安神湯並做幾道溫榮喜歡的清淡膳食，一切安排妥當了才牽溫榮回廂房。

離晚膳還有小半個時辰，二人梳洗後靠在矮榻上，又談起了今日的事情。

碧荷和綠佩微微躬身，退出內室，一人守在外間隔扇門處，一人搬了小杌子在窗櫺下做針線。

李晟瞧二人的樣子，好笑道：「倒是機靈，平日榮娘教得好。」

溫榮搖了搖頭，苦笑道：「剛到盛京時叮囑了她二人幾句，早前的黎國公府是不太平的，少不得我們不警惕。」

李晟頷首道：「岳丈過繼到溫家長房確實是明智之舉，這幾年榮娘辛苦了。」

溫榮分了碗茶湯，小心端至李晟面前。她一家人好不容易脫離了溫家二房的那攤子渾水，卻又蹚入朝爭這更大的漩渦中。溫榮看向李晟，提及今日的事情。「晟郎，既然此刻我們還無法確認是否是三皇子所為，就不要輕舉妄動了。」

李晟皺眉沈思片刻。「若真為三哥所為，妄動確實會打亂三哥的安排。」

溫榮瞧李晟仍舊一副下不了決心、心神不寧的模樣，為了讓他更安心些，抿了抿唇說道：「晟郎可願與榮娘打個賭？」

李晟才端起的茶碗又放了下來。「榮娘的意思是？」

溫榮眼觀鼻、鼻觀心，撥弄茶碗裡的茯粉子，略加思索後說道：「榮娘以為，待三皇子醒來了，定會至聖主跟前替太子求情的。」

聽言，李晟眉梢一揚。今日溫榮的幾番言論，均出乎他的意料，但卻實實在在地幫助他將朝廷之勢看得透澈。「榮娘請為愚夫詳說。」

溫榮心裡好笑，晟郎倒是謙虛，若他愚，她豈非「愚」不可及？溫榮詳細地說道：「今日太子是一蹶不振了，可二皇子在聖主心目中的地位卻不減分毫。晟郎認為聖主在定儲君時，最注重的是什麼？」

縱然平日沒有注意到朝政之外、關乎父子親情的細節，此刻被溫榮提點了，李晟也恍然大悟。李晟神情變幻，現出驚喜之色，擊掌道：「此局若真是三哥所設，可真真是一步好棋！聖人重親念情，三哥替太子求情，此舉正合聖意，而聖主知曉三哥不計較個人得失，只顧念兄弟情誼，定會龍心大悅，認為將來三哥繼承大統後，不會為穩固帝位而對親兄弟趕盡殺絕。」

原來素常嚴肅冷靜的晟郎也會失態。溫榮微微笑著點了點頭，將茶蓋合回茶碗，越窯青瓷相碰發出清脆聲響，十分悅耳。溫榮在宮裡就已經猜到李奕的用心，李奕的才能已人盡皆知，他無須再在聖主面前展現他過於常人的朝政能力和憐民之心，他需要的是讓聖主知曉，他三皇子擁有寬厚仁慈的心胸，將來位居廟堂之高，必定會由心而發，保全聖主的每一個子嗣平安榮華。此局若成，三皇子可謂是大贏。
李晟斂了斂神，將溫榮攬到懷中，頗為自責地說道：「我每日朝廷官衙四處跑，卻不如榮娘看得透澈。早年丹陽在我面前說榮娘是玲瓏心，我卻不以為意，只是慕妳品性才情。榮娘，是我做得不夠好，讓妳費心了。」
溫榮面頰緋紅，似染一層豔霞，李晟寬厚堅實的胸膛令她安心，溫榮低語道：「榮娘感晟郎憐惜，晟郎為溫府、阿爺乃至榮娘皆有大恩，溫家無以為報，今日之事只因榮娘是局外人，又對朝政之事不甚瞭解，故才以親情入道，得此妄論。」
李晟低下頭，鼻尖輕觸溫榮雪白的脖頸。「皆是因為榮娘罷了……」
李晟的手不知何時滑入大衫袖內，隔著薄薄的綢衫，溫榮可以感覺到李晟手心裡不安分的溫度……
「主子，晚膳備好了，可是擺在外間？」
長廊忽然傳來綠佩的聲音，嚇得溫榮往後一縮。
李晟氣惱地瞥了長廊方向一眼，頗為鬱憤地道：「才誇了的機靈！」
溫榮有些好笑，瞪了李晟一眼，焦急地整理被弄亂的衫裙。
李晟將溫榮臉上凌亂的髮絲整理好。「榮娘，是否等會兒再用晚膳……」
溫榮打掉李晟的手，噘嘴道：「婢子都在屋外等著了，拖沓下去像什麼樣？傳將出去豈不叫人笑話？」

李晟笑起來，俊朗的面龐在燈火下分外明亮。「我卻是無所謂外人傳言，只擔心榮娘不好意思。」

若真傳出去倒也非壞事，首先最樂意的就是王淑妃，細思後溫榮覺得面紅耳熱。

溫榮收拾好便起身吩咐擺飯，轉頭看到李晟已一本正經地捧著書仔細看了，氣惱地跺了跺腳，卻又不知該說什麼。

用過晚膳，綠佩和碧荷瞧見主子無事，皆跑到外間長廊吹風貪涼。

屋內無人，李晟將書本放回書案，看向溫榮問道：「榮娘，三王妃可是已有身孕？」

溫榮一怔，見晟郎面色如常，只是尋常的話而已。既然被晟郎瞧出來，她也不便隱瞞了夫郎。「應該有一月了，月子脈象不夠穩定，故三皇子和琳娘皆不打算聲張，就連王淑妃也還不知曉。」

「榮娘放心吧，待三哥身子恢復，三王妃脈象穩定後，我們再一道前往臨江王府慶賀。」

李晟聲音清澈，神情俊秀高雅，可最令溫榮舒心的是李晟的每一個決定皆不會讓她為難，俱是心意相通後的包容和寵溺。

紀王府二進院子起了一盞盞柔和的宮燈，溫榮在琢磨荷囊上的琴瑟刺繡該如何落針，李晟時不時地抬頭看一眼對著荷囊乾瞪眼的溫榮，發覺白日的煩悶和擔憂已在不知不覺中散去，他已越發相信今日之事是三皇子所為了，因為要打破現在的僵局，只能先破後立。

比之紀王府的靜謐，大明宮仍籠罩在陰鬱之中。

由於李奕還未清醒，不便搬移，故留在宮裡醫治。王淑妃見醫官拍胸脯保證李奕已無性命之憂，甚至斷言李奕第二日就能清醒，三、五日能大致恢復，這才放下心來。旋即王淑妃又吩咐醫官莫要外出亂傳三皇子的身體現狀，縱是聖主問起，也必須照她教的回覆。

王淑妃回了一次蓬萊殿，命人至臨江王府將王側妃接入宮中，隨三王妃謝琳娘一道照顧李奕，而王側妃的阿爺王侍郎王升寬亦在王淑妃的暗中安排下悄悄進宮，於蓬萊殿裡靜候。王升寬是琅琊王氏宗族第一支三房的嫡子，與王淑妃阿爺一房關係極親近。

見到王淑妃，王升寬趕忙躬身見禮。

王淑妃擺擺手，吩咐宮婢擺座。「皆是一家兄妹，寬郎不必多禮。」緊接著又嚴肅地道：「我已交代曹內侍將旖瀾廳裡發生的事情告知於你，若非我奕兒命大，今日就慘遭他人毒手了，不想我們的心慈卻換不來他們的善意。」

王侍郎揖手道：「某聽聞今日之事後，是大為震驚和擔憂的。三皇子在琅琊王氏這一輩裡最為出色，眼見聖主要將帝位相傳，卻處處招人陷害，可謂防不勝防。」說罷，話鋒一轉。「好在有驚無險，說不得此次我們可因禍得福。王氏宗族已做好了安排，王節度使也一直在等宮裡的消息，現在宮裡有應國公謝嗣業看著，外域有王節度使。禹國公的權勢也被聖主壓制了，況且禹國公對其嫡女韓氏在泰王府的地位和遭遇都極其不滿。」

王淑妃眼裡閃過一絲冷意，沈聲道：「二皇子竟如此愚蠢，敢對我奕兒不利，定不能輕饒！」

王淑妃又看回王升寬，頗為歉疚地道：「我本想將二娘子嫁與晟兒做正妃的，不想他好生不曉事，被溫家四娘子美色所惑，自己去求了門親事，辜負了我琅琊王氏一族的好意。如今只能先委屈了二娘，在臨江王府裡做一名側妃，將來奕兒繼承了大統，絕不會虧待二娘與我王氏一族的。」

王升寬聽到王淑妃提及五皇子，眼裡閃過一絲不屑。五皇子是王淑妃一手帶大的，日後三皇子繼承大統，五皇子充其量只是親王，若不聽話，怕是命都留不住。當初若是識臉娶了他女兒，無疑是送他自己一張護身符，可惜是個愣頭青。

王升寬慶幸二娘嫁的是三皇子，好好謀劃，不得將來可母儀天下？王升寬謙恭地道：「小女能嫁入臨江王府是她的福氣，豈有委屈一說？某只擔心小女那被嬌慣的脾氣，還請淑妃殿下多多擔待。」

王淑妃的眼睛眯了起來，想起臨江王府管事嬤嬤的回話，道：「二娘在臨江王府很是識大體，更不曾與謝琳娘等人起爭執，唯獨偏好飾物，可宮裡最不缺的就是這些，往後定不會委屈二娘的，將來有了子嗣，更是我皇家的大功臣。」

王升寬聽聞二娘偏好飾物，心下冷笑。二娘是含了金玉出身的貴家娘子，怎可能在意那些錢財外物？早先在府裡，她阿娘送與她的名貴首飾，她都毫不吝惜地分給了交好的貴家女娘。二娘雖稱不上聰明機靈，可好在有他這個阿爺以及王氏一族為她做打算。

王升寬不擔心二娘在臨江王府裡的處境，轉而提及五皇子。「淑妃殿下，依臣子看來，五皇子也不得不防。五皇子雖同為王氏中人，可經由賜婚一事可瞧出他與殿下不同心，五皇子的勢力雖不成氣候，但臣子擔心他會耽誤殿下和三皇子的大事。」

王淑妃擺擺手。「此事容後再議。我要去興慶宮陪奕兒了，你先退下，出宮時謹慎些，宮裡發生的事情切勿外傳，莫要在此時惹了聖主不高興。」

王升寬見王淑妃不願就五皇子多言，識趣地躬身退下。

王淑妃摁了摁額角，覺得頗為頭痛。若奕兒安然無恙，李晟根本不足為懼，就擔心奕兒沒有這般快恢復，給了他可乘之機。

興慶宮內殿寢室的燈火昏暗，隨著隔扇門的開合，燈芯迸出幾顆火花，案几上扁圓的藥罐在搖晃的火光裡扭曲了影子，濃重的藥氣和沈悶的哭聲令寢室氛圍十分壓抑。

王淑妃瞧了眼半坐在廂床錦杌上低聲啜泣的王側妃，微抿了抿嘴，只道王側妃果真是個幫不上忙的，好在還算安分守己。而謝琳娘亦是一改往日的勤勉，只沈默地坐在廂榻，靜靜地看著似在沈睡的李奕。

王二娘起身哭哭啼啼地喚了聲姑母，謝琳娘蹲身見禮後未有多言。

王淑妃想起白日謝琳娘單獨留溫榮說話一事，不免有些不悅，少不得打算提醒謝琳娘幾句，免得她過於相信外人。

「奕兒身子定會大好，二娘莫要哭哭啼啼，平日多向琳娘學著點兒，不要驚驚乍乍的。罷了，琳娘，妳先隨我出來。」王淑妃先至床榻邊，見李奕面頰上的潮紅已褪去，又安心了不少，謀劃著借謝琳娘與溫榮的關係，了去些麻煩。

王淑妃亦選了下午謝琳娘與溫榮相談的側殿，壁牆燭臺的燈火自雕盤龍紋屏風透進來，王淑妃和謝琳娘皆被籠罩在屏風的盤龍利爪紋陰影下。

謝琳娘看了眼屏風，下午陽光正好，尚不會覺得此間陰暗壓抑，不想晚上竟如此駭人。

王淑妃微抬下顎，看出了謝琳娘面上的不自在，放緩了聲音道：「琳娘，今日照顧奕兒，是辛苦妳了，晚上便讓二娘守著，妳去旁屋歇息吧。」

謝琳娘表情恢復嫻靜，軟軟地道：「阿家是羞煞兒了，照顧夫郎是兒的分內事，兒只盼夫郎早些恢復。」

王淑妃頷首道：「妳也不用太過擔心，既然醫官說奕郎沒事，那便是沒事了。對了，聽聞妳下午請了五王妃過來說話？」

謝琳娘點了點頭。「丹陽公主和五王妃過來探望奕郎，可聖主不允許他人入內，兒這才出來同五王妃說了幾句話。」

「五王妃也是個好姑娘，」王淑妃目光閃爍。「我聽聞午間開宴前，五王妃的侍從至興慶宮主殿尋了五皇子傳話，先才五王妃可有向妳打聽什麼？」

謝琳娘一愣，搖搖頭回道：「五王妃過來只是詢問奕郎的身子情況，而午時是兒央榮娘遣侍從同奕郎、五皇子傳話的，提醒他們太子、二皇子、德陽公主等人可能要對他們不利。」

王淑妃蹙眉不悅，急聲道：「妳早就發現有人要對奕郎不利，竟然還讓五皇子的人過去傳話？」

謝琳娘被訓得一驚，不自覺地抬手捂住腹，不明白為何王淑妃要發如此大的火？她正要說些什麼，又被王淑妃打斷。

原來王淑妃眼尖地發現了謝琳娘的舉動異於往常，她是過來人，怎會不懂？其眼眸裡閃過一絲喜色，面上的表情也鬆了些。「妳有身孕了？怎麼不早告知與我？」

謝琳娘有些躊躇緊張。「……兒正打算告訴殿下的。」

「罷了，今日出了這事，確實都嚇亂了。有身孕是好事，妳是頭胎更要千萬小心。妳與奕兒這兩個孩子，讓我怎麼說你們才好……」王淑妃吩咐內侍送上墊了軟褥子的矮榻進來，又仔細叮囑了琳娘，這才又說起五皇子和榮娘的事。王淑妃指著那片籠罩著她們的屏風陰影，溫聲道：「在這屏風的影子底下，妳舒服嗎？」

琳娘搖了搖頭，如實回道：「不舒服。」

王淑妃嘆了口氣。「如今五皇子就活在奕兒的影子底下……」

側殿一片靜謐，多寶閣裡水晶沙漏翻轉，珠沙流瀉的聲音沙沙作響，謝琳娘茫然地看著陰影猙獰的屏風，有些不知所措。

「晟郎是與奕郎關係極好，可他也是聖主名正言順的子嗣，是文采騎射均不遜於奕郎的優秀皇子，仔細想想，晟郎如此優秀，他如何肯心甘情願地站在三皇子的影子裡呢？更何況他並非我所生，並非奕郎的嫡親胞弟。」王淑妃慈祥的目光落在謝琳娘的小腹上，語調更加溫和，可字字如錐。「琳娘，這事不能怪妳，妳是個善良的孩子，我亦知曉妳和五王妃未出閣時就是交好的閨中密友了，可琳娘妳要明白，這人是會變的，妳真摯待她，並不意味她待妳能一如初心。」

謝琳娘低下頭，覺得心煩意亂。她一直認定五皇子和榮娘是會幫助奕郎的，不想今日竟從王淑妃口中聽到這番話。

謝琳娘微微啟唇，意欲反駁一二，卻又不敢忤逆了長輩，遂低聲道：「阿家所言，兒定會謹記，往後會小心的。」

王淑妃見謝琳娘此番作態，未免不悅，長嘆一聲，自語道：「晟郎生母王賢妃是我的胞妹，我們姊妹二人打小就在一處，感情十分深厚，賢妃不幸離世後，我待晟郎亦如己出，也未想過他會有異心，就盼他兄弟二人能真心互助。倘若奕郎真遭遇不測……」說起李奕遭逢不測，王淑妃忍不住哽咽起來，斷斷續續地道：「若真那般，晟郎不用再站於奕郎身後，我也願意朝廷上支持奕郎的朝臣轉去支持晟郎……想當初，奕郎亦仰慕溫榮才情，欲求娶溫榮做側妃，可因為晟郎的緣故，我一力反對，哪怕奕郎會因此對我怨恨。我也在聖主和太后跟前極力促成晟郎與溫榮……」

聽言，謝琳娘心裡大驚，瞪大了眼睛，不敢置信地問道：「阿家，奕郎曾求娶榮娘？榮娘為何從未與我說過……」

「傻孩子，這又不是什麼大不了的事情，」王淑妃見謝琳娘神態變化，心一緊，畢竟謝琳娘目前懷有李奕子嗣，她也擔心自己言語太過了，遂解釋道：「早年尚書左僕射府辦筵席時，奕郎向五王妃求取畫作被拒絕了，故此留了心。五王妃未將此事告訴妳，想來也是怕妳多心。奕郎與晟郎雖不至於為了個女娘傷了情意，可他二人之間少不得有了芥蒂，不過是明面上不說罷了。」

謝琳娘漸漸回過神來，不知為何，她忽然就想起了前年的曲江春宴。

曲江池畔煙波浩渺，杏花雲海，落英繽紛下是小女兒愁春的思緒。

那時榮娘因為她要被許配與二皇子而擔憂，在江畔風裡蹙緊了柳眉；而她則因為溫榮多半能和林家結親而開心，只覺得那落在髮鬢、肩頭的花瓣分外美麗……

罷了，虛妄之相正應那句物是人非。謝琳娘眼底露出一絲嘲諷，心痛難耐。

王淑妃親自上前牽起謝琳娘。「時候不早了，晚上就讓王二娘守著奕郎，妳現在是雙身子的人，一定要注意休息。興慶宮藥氣重，我安排宮車送妳去蓬萊殿。」

謝琳娘蹲身同王淑妃道別，失魂落魄地離開興慶宮。

李奕的身子恢復很快，不過兩日工夫便可自如行走，如今常由三王妃、王側妃陪著到芳萼苑或御花園散心，面色亦是漸趨紅潤，如此王淑妃以及支持李奕的三品以上重臣才放下心來。

這日李奕進南書房同聖主長談了一番，就連平日最得聖主信賴的盧內侍都被遣去了外間，只能時不時地聽見書房裡聖主爽朗的大笑，以及偶爾的高聲讚許。盧內侍不愧為宮中老人，整整一個時辰裡皆眉眼不動，直到聖主喚他命尚食局備下四人午膳，要請王淑妃、三王妃至含元殿一道用膳時，盧內侍眼裡才現出旁人不易察覺的笑意。

與此同時，大理寺也收到了聖主口諭，立時將溫世珩釋放。

溫榮一早得到消息，在送李晟出門後即更衣回溫家長房見阿爺。

進了溫府，再過穆合堂庭院的月洞門，走上穆合堂正門前的青石板路時，溫榮就遠遠地瞧見了阿爺寬大的赤色袍衫，隱約看到阿爺撩起前袍襬跪在地上，朝祖母深深一拜。

溫榮心裡輕嘆，眼圈卻忍不住紅了。經此一事，阿爺也算得了教訓，知曉捲入爭儲中是件多麼凶險的事情，仕途坦蕩只是表象罷了，實際每日都是在刀口子上討生活。希望阿爺平日行事可收斂一些，心思多放在保護溫家一府上。

溫榮對李奕還是心懷感激的，李奕的局看似凶險，實際上萬無一失，阿爺能這般快回府與家人團聚，多虧了李奕。

「五王妃回來了！」汀蘭見到溫榮，欣喜地喚道。

溫榮朝汀蘭等人擺了擺手，示意不用行禮了，而林氏和溫茹已急急忙忙地迎接出來。

林氏雙眼浮腫，面頰蓋了粉卻還透著一股青色，想來是這幾日因為溫世珩的事情擔驚受怕，沒有休息好。

溫榮瞧著心疼，兩步走上前，牽著林氏的手說道：「阿娘可要保重身體。」又轉頭看著精神尚可的溫茹說道：「我平日不在府裡，那些安神靜心的湯藥，妳要盯著阿娘吃下。」

溫茹噘嘴道：「那些湯藥如何管用？今日阿爺回府，一切便好了。」

林氏點了下溫茹的額頭，蹙眉道：「妳這孩子，越發放肆了！也不知道學學妳阿姊，平日行事穩重些，跑出去瘋瘋鬧鬧的，像個什麼樣兒！」

溫榮笑了笑，倒未說什麼，溫茹的性子確實越來越像盛京裡的貴家女娘，少了江南一帶的婉約，多了盛京女娘的肆意和爽直。前日溫榮還聽說茹娘約了別家娘子去練習馬毬，溫榮並未覺得有何不妥，畢竟她自己就有不善馬術的遺憾，故只叮囑了茹娘小心罷了。

「祖母、阿爺。」溫榮進了屋子，見阿爺未有變樣，不過是清瘦了一些，看來阿爺被關押在大理寺時確實未遭受什麼嚴刑，反而是祖母和阿娘更虛弱了。

「五皇子沒有一起來嗎？」

溫榮才和阿爺打了招呼，還未來得及詢問阿爺在大理寺的情況，就被阿爺打斷話搶了先。阿爺還是關心朝政之事，而這些事他也只肯同五皇子——他的女婿商量。

溫榮笑道：「公衙裡許多事等著晟郎去處理，故無法與兒一道過來。晟郎說了，申時下衙後會直接到府裡為阿爺接風的。」

溫世珩頷首，神情頗為凝重，本想問問端陽宴那日宮裡究竟發生何事，可礙於穆合堂裡人多口雜，而溫榮又是女娘，過多談論朝政對其不利，遂忍了下來，打算和五皇子去商量。

謝氏瞪了溫世珩一眼，不悅地說道：「好不容易回府，也不知道安生一些，你這般樣子可是要叫我們的擔心都白費？」

溫世珩羞愧地低下頭。「是兒不孝，這幾日讓阿娘費心了。」

溫榮知曉阿爺確實心懷愧疚，可是男子之志在朝堂之上，縱是有愧於家人，怕也無悔於選擇吧？既然有愧無悔，溫榮就只能求一府平安。

「算了，說了你也是聽不進的。讓慕嫻先陪你回紫雲居更衣休息，午時再一道過來用膳。」謝氏朝林氏和溫世珩擺擺手後，轉頭讓溫榮像往常一樣坐在她身旁，握著溫榮的手，慈祥地說道：「妳那蜜柚飲十分有效，用後祖母咳疾好多了，真真比那些醫官開的藥方子好。」

溫榮有些不好意思，在祖母眼裡，她做的東西總是最好的。如今天氣轉暖，祖母的咳疾好轉是在情理之中，蜜柚飲也只是調理的方子，若真有暗疾，還是需要宮裡尚藥局的醫官醫治的。「暑氣漸漸重了，可祖母更要注意些，千萬別貪涼，冬病夏治，才能根除了。」

謝氏點點頭，滿足地笑起來，眼角皺紋又深刻了些。「好好，都聽妳的。對了，榮娘，前兩日林府二娘子過來了，是向我討要蜜柚飲的，我仔細問了她，才知曉林大郎亦是咳疾難癒，不想他也不肯用湯藥，唯獨會時不時地吃些蜜柚飲，前次丹陽公主帶回去一甕，不幾日就叫他吃完了。」謝氏往後靠了靠，尋了個更舒服的姿勢，玩笑道：「林大郎年紀輕輕的，竟和我這老人家一樣任性。榮娘釀的蜜柚飲極珍貴，我這老人家都不夠吃了，哪裡捨得一甕甕地分他們？榮娘今日就將蜜柚飲的詳細方子寫了交給林二娘，恰好是五月，槐花開得正好，堂堂中書令府缺不了新鮮的槐花蜜和香柚，犯不著巴巴兒地來與我老人家搶好東西。」

溫榮趕忙應下。看著是祖母使性子，捨不得那甕飲子，實際上卻是在提醒她，與林家娘子交好可以，但莫要再與林家大郎扯上任何關係了。前次將蜜柚飲贈與丹陽公主是她未思慮周全，可她也捨不得丹陽為林大郎的事焦急。溫榮瞥了眼坐在下首、正捂嘴吃吃直笑的茹娘，忽然覺得有些頭痛。罷了罷了，丹陽越是信任她，她越要避開才是。

謝氏想起一事，興致極高地說道：「妳阿爺回來了是好事，過午時我們在府裡辦個小宴，將幾家娘子都請過來與妳熱鬧熱鬧！」

雖說是辦接風宴，卻也只請幾位同溫府關係交好的貴家女娘過來坐坐，謝氏等人並不打算張揚。溫茹照謝氏的吩咐，回廂房去寫請帖。

謝氏單獨留了溫榮在穆合堂裡說話。「榮娘，除了林家和謝家的幾位娘子，我還讓茹娘多寫一份請帖去陳府。」

提及陳府，溫榮自然想起因為一樁貪墨案而被流放到嶺南的陳知府一家。過去了兩年，也不知道陳月娘和陳歆娘怎樣了？當初陳家依附的是太子，現在眼見太子要被廢了，祖母還請陳家的人過來，會否不妥？溫榮在猶豫是否要同祖母明說。

溫榮忽想起前幾日聽到的傳聞，抬眼看著謝氏，問道：「祖母，兒聽聞陳家大房的主母過繼了一名庶女，可是真的？祖母又怎麼會忽然想起請陳家娘子過來呢？」

祖母笑了笑，並不以為意。「陳大夫人過繼了一名喚作惠娘的女娘在身下，惠娘的生母前幾年得病去世了，陳大夫人瞧她乖巧，故要了過來。今日之所以請她們，著實是因為陳府在妳阿爺被抓這事上幫了不少忙。照理當時旁人都該避嫌的，但是他們陳家非但沒有敬而遠之，陳少監還前往大理寺卿為妳阿爺上下打點。」

溫榮一愣，眼裡閃爍出幾許光彩，驚喜地問道：「祖母，難不成洛陽陳知府一家要從嶺南回來了？」

謝氏頷首道：「多半是了。」

如此溫榮是想明白了，原來陳家早轉向三皇子一派，這倒真真是個好消息。溫榮猛地想起陳月娘曾託她送與晟郎的流雲百福荷囊，忍不住皺起眉頭。當初陳月娘對晟郎有情，可晟郎著實對其無意，她勉為其難地替陳月娘送那荷囊，反弄得十分尷尬。希望月娘知曉她和五皇子成親後，不要錯怪了她才好。

溫榮表情的變化自瞞不過祖母，謝氏也知曉五皇子幫助陳知府家的那一段往事，遂輕輕拍撫溫榮的後背，安慰道：「兒女之情不能強求，更何況時過境遷，若陳家娘子看不清這一點，辜負了榮娘的一番情誼，往後也無須真心相待了。」

溫榮扯起嘴角，勉強笑了笑。「祖母放心，兒心裡也明白的。」

「好孩子，」謝氏將溫榮攬在懷裡。「別太辛苦了，許多事情有妳夫郎擔著，妳心裡放開些。像妳妹妹，每天無憂無慮的多好？」

祖孫二人又說了會子話，茹娘才回穆合堂。林府、陳府的娘子收到請帖後都回了信，說是約莫未時中刻會到溫府。

茹娘在編一只荷囊的穗子，紅粉絲線來回纏繞在茹娘纖細的手指上窸窣滑動，溫榮正要誇茹娘的手越發靈巧了，就聽茹娘笑說道——

「阿姊，這只荷囊喚作百年好合，編好了要送妳的。對了，前次三王妃還誇了我手巧，讓我也編一只送她，怎麼今日不請三王妃過來？」

三皇子中毒之事暫時未傳出，因此溫榮笑著回道：「聖主將三皇子和三王妃留在了宮裡說話，太后這幾日身子不好，也想有人陪著。」

謝氏聽見溫榮提起太后，直了直身子，看向溫榮。「待三皇子他們回臨江王府了，我再進宮探望太后。」謝氏已猜到大明宮裡不太平，故進宮看望老友的打算也往後推了。

溫榮笑道：「那日兒陪祖母一道進宮探望太后她老人家。」

未時剛過，丹陽公主和林瑤娘就到了，瑤娘和溫榮有一些時日未見，這會子拉著溫榮的手說個不停，尤其是說到嬋娘再過兩月就要生產，更是興奮不已，直到謝家和陳家的娘子來了，林瑤娘才被她們拉去一邊說話。

瑤娘才離開一會兒，丹陽公主便湊了上來，附耳低語道：「榮娘，三哥中毒的事情千萬不能讓瑤娘知道，否則她肯定得鬧翻天了，非纏著我帶她進宮看三哥不可。對了，昨日我進宮看望三哥，三哥身子已無大礙，還能提筆書法作畫呢！三哥福大命大，犯不著我們替他擔心了。」

「三皇子沒事就好。」溫榮一早就知李奕必然不會出事，只無奈身邊的人都在替他擔心。溫榮看向瑤娘，憂心地問道：「都這麼久了，瑤娘還是沒死心嗎？」

如今三皇子正妃和側妃都納了，瑤娘也到了及笄之年，若他對瑤娘有一絲情意，便會主動同林家商議的。

「她心裡也苦，前兩日阿家和我商量要為瑤娘謀一門親事，畢竟年紀不小了，她一個女娘，再拖下去要被耽誤的。後來不知哪個不長眼的下人口風不嚴，將阿家和我的談話傳到了她耳朵裡，她倒未為難我，卻與阿家吵了一架，這要是傳出去還像什麼樣了……」丹陽公主嘆氣道。

「找機會我也勸勸她，三皇子和琳娘感情篤實，她何苦耽誤了自己？」溫榮牽了丹陽至一旁煮茶說話，順便將蜜柚飲的方子寫給丹陽。「五月槐花開得正好，千萬別錯過了這一季。」

丹陽正要感謝溫榮，瑤娘領著陳府娘子走了過來。

「榮娘，這是陳府的三娘子，名喚惠娘。」瑤娘笑著介紹道。林家和陳家亦是世交，在祖母那一輩私交頗好。

溫榮站了起來，陳三娘子趕忙盈盈拜倒。「奴陳惠娘，見過丹陽公主、五王妃。」

「快起來吧，在府裡不必拘禮。」看著眼前嬌俏的女娘，溫榮眼睛一亮。陳知府家的兩位娘子已算秀氣了，可這位被過繼到陳大夫人身下的惠娘卻更加不凡，一雙水光盈盈的杏眸，襯得那嬌美臉龐脫俗清麗，身姿亦如溫蔓娘一般，如弱柳扶風，我見猶憐。

陳大夫人過繼惠娘的目的約莫不單純，怕是為了對付即將回京的陳知府一家，月娘和歆娘在惠娘身旁，是要黯然失色了。

「過來一起坐著吃茶吧，榮娘親自煮的茶湯，有幾人能有這口福？」丹陽公主坐在藤蓆上，笑著和瑤娘、惠娘招呼，待瑤娘在她身旁坐下，她才將先前溫榮給她的方子交給瑤娘保管。

瑤娘感激地看了溫榮一眼，就將方子小心地收進了荷囊。

溫榮親切地問了惠娘幾句話。

惠娘今年才十四歲，這段時日陳大夫人安排了她跟宮廷樂師學琵琶。說了一會子話後，惠娘不再那麼拘束，話也多了起來。「若丹陽公主和五王妃不嫌棄，下次奴獻個醜，彈一曲兒，還請丹陽公主和五王妃指點則個。」

「榮娘就知曉棋該往哪兒下、畫卷裡要上個什麼色、那風爐上的茶湯又沸否？論到琵琶，她哪裡能聽出個好壞？至多知曉是什麼曲兒罷了！」丹陽公主挽著溫榮打趣道。

溫榮掩嘴順著丹陽說道：「是了，於我真真是對牛彈琴，還是讓丹陽公主給妳點評點評吧！」溫榮對陳惠娘的印象頗好，惠娘的經歷與她二姊溫蔓娘相仿，甚至形容姿態都十分相似，可惠娘比之蔓娘卻更加坦率。

「我也不行的，倒是琳娘隨宮廷陸樂師學過琵琶，明日三哥和琳娘就要回府了，我們後日去臨江王府看望——唉唷！」丹陽說得興起，竟忘記了先前自己交代溫榮的那些話，這會兒被溫榮一扯衫袖才醒悟過來。

瑤娘詫異地看著她二人，疑惑道：「這是怎麼了？妳們去那臨江王府，能帶上我嗎？我也好久沒見到三王妃了。」

琳娘嫁與李奕之前，同林家二位娘子的關係亦不錯的。丹陽訕訕笑著點頭，也不再多說話。

很快的，謝家的兩位娘子也由茹娘帶著過來見禮，人多了，溫榮吩咐婢子送來茶點果品，又擺起雙陸棋和圍棋，她自己只在一旁看著，偶爾指點幾句。

幾位娘子玩玩鬧鬧，很快到了申時初刻，謝氏吩咐馬車先送謝家娘子和陳家娘子回府，丹陽公主和林瑤娘被留下來一道用晚膳。

約莫申時末刻，溫榮等人才聽到小廝的通傳，說是五皇子和軒郎一道回來了。

而溫世珩聽到消息，匆匆忙忙從東院書房趕到了穆合堂。溫世珩梳洗後換了一身新做的精白袍服，面頰上那些在獄裡無法打點的凌亂鬚髯亦新修了一番，又恢復了往日的威嚴神態。

謝氏乜斜了溫世珩一眼，不搭理他，喚了溫榮坐她身邊說話。她這兒子雖正直，卻缺了心眼，反倒要溫榮和她這老人家每日每夜地操心。

李晟進穆合堂後朝溫榮深深地看了一眼，眉眼微彎，眼眸深處是如春桃綻放的暖暖笑意，而後收回目光，斂神向謝氏見禮，再關切地詢問溫世珩在大理寺裡的情況，又是否有人為難等，知道岳丈確實一切安好，才鬆了口氣。

溫榮笑問道：「晟郎怎會和軒郎一道回來？」

「今日因公事去了崇德坊，正好路過國子監學，便將軒郎接出來了。」李晟溫和地回道。

「時候不早了，快用晚膳吧！」溫世珩惦記著晚膳後要請五皇子去書房說話，故急不可耐地命婢子在穆合堂裡擺起了晚膳。

直到丹陽公主和林瑤娘離府，五皇子隨溫世珩去書房，溫景軒和溫茹娘又被打發了出去，謝氏才拉著溫榮談起今日請謝府、陳府娘子過來小聚的真正目的。

溫榮為謝氏新換了一盞熱茶湯，今日用的茶具是簇新的加蓮紋魏玉杯，是極名貴稀有的進貢之品。前月五皇子李晟得了此物後帶回府與溫榮賞玩了一番，天氣漸熱，二人思及玉器有溫潤平心、安神降燥之效，遂決議將此套茶具送與溫老夫人在盛夏裡吃茶用。謝氏拿到茶具後，先將茶具在禪茶裡靜養了一月，這日才取出與溫榮同用。

「玉杯不會燙手。」謝氏笑著端起手邊的茶碗，探問道：「榮娘，妳對謝家娘子和陳家娘子有何看法？」

溫榮眼眸微閃，嫁到紀王府後對家裡的事情關心太少了，軒郎已經十七歲，早到了議親的年紀，祖母和阿家又要費心了。今日請幾家娘子過來，亦是想讓她幫忙相看一番。做好友只需考慮脾性是否相投，可若是聯姻做一家人，便沒有那麼簡單了。除了門當戶對和脾氣性情，名門貴族間還講究是否能互相扶持，可溫榮打心眼裡覺得，性情比之旁他都要重要。

溫榮仔細思索了起來。謝家是祖母的娘家，謝三娘子和謝四娘子並非琳娘的嫡親妹妹，是應國公胞弟的嫡女，先才弈棋時謝家二位娘子表現得落落大方、謙虛禮讓，棋路之間又隱約可見智慧，頗有謝琳娘的風範；而陳惠娘容貌嬌美、性子直爽，素養雖不若謝家嫡女，卻自有一番風度。單以性情比較，實在難以取捨。

溫榮認真地說道：「兩家娘子皆優異，謝家娘子的阿爺是武將，陳家則是文官，祖母和阿娘是否有這方面的顧慮？」

謝氏點頭道：「妳大哥一心要習武，妳阿爺已經同意了，若是和謝家成為姻親，有應國公一府以及五皇子的幫扶，軒郎成武將的路子會順坦些。」

溫榮笑道：「看來祖母和阿娘已經屬意謝家女娘了。不知軒郎是否知曉祖母這番安排？」

祖母微合眼靠回矮榻，面色不善，淡淡地說道：「別看妳大哥性子溫和，心眼卻和妳阿爺一樣不活絡，甚至缺了心眼，問他不若直接幫他安排。」

溫榮眉頭微微一皺，軒郎在從文從武一事上性子確實執拗，約莫因為此事，惹得祖母不高興了。溫榮仔細想了想，祖母的安排確實是對軒郎好的，遂答應道：「祖母，後日丹陽公主與我會一起去臨江王府尋琳娘說話，或者先讓兒去琳娘那兒探探口風？」

既然三皇子身子恢復，謝琳娘也能放下心來了。不論旁他，單論三皇子與五皇子以及她與謝琳娘的關係，兩家聯姻是再好不過了。

謝氏抬眼問道：「榮娘，朝中局勢可是要明朗了？」

溫榮點了點頭。「祖母放心，既然阿爺能回府，那就是八九不離十。只要後日三皇子和三王妃出宮回臨江王府，朝局就是真的明朗了。」

謝氏聽言很是欣慰。「那就好，榮娘就先去探探三王妃的口風吧。」頓了頓，謝氏嘆息道：「本來林家二娘子是最好的，可惜那孩子真真是個死心眼的，妳舅母因為林二娘的事情，沒少在妳阿娘面前抱怨，可惜了、可惜了……」

溫家和林家仍有親上加親的想法，瑤娘的品性、家世都無可挑剔，和她的交情又極深，若不是瑤娘一心念著三皇子，確實是一門好親事。

祖孫兩人正說著話，多寶櫥裡沙漏翻轉，玉石輕碰發出一聲脆響，謝氏看了看時辰，慈祥地說道：「不早了，讓下人備馬車，早些回去休息吧。」

溫榮應了聲，打算過兩日去了臨江王府後再來看望祖母。溫榮又向汀蘭交代了一番，讓平日裡多留心祖母的身子，這才出門吩咐馬車，讓小廝去書房尋李晟。

二人回到紀王府後，李晟看到煥然一新的內室，眼前一亮。

原來溫榮早晨出門前，命人將內室裡的幔帳和窗紗都換成了雨過天晴軟煙羅，清新的顏色在炎炎夏日裡讓人倍覺涼爽。

李晟與溫榮說起了揚州商船沈船一案。「榮娘，妳可記得我與妳提起過的，有人在江南東道看到了薛成扈的寵妾？」

溫榮點了點頭，如今德陽公主和二皇子是一條繩上的螞蚱。

李晟接著說道：「三哥和我的人就此線索查了下去，原來德陽公主派了不少人去江南東道，杭州郡刺史、揚州司馬等人的府邸都被德陽公主的幕僚控制了。」

溫榮一驚，不想他二人的手竟伸得如此長。思及德陽公主和二皇子的所作所為，溫榮一顆心漸漸沈了下去。江南東道賭船、進貢商船，兩樁案子都是德陽公主命人動的手腳，他們用幾十條人命，將聖主的目光轉移到江南東道上。揚州司馬被他們控制後，阿爺自然逃不開干係，若五皇子站出來為阿爺伸冤，他們定會將五皇子定為同犯相論；若三皇子、五皇子作壁上觀，溫府必覆，五皇子也將家宅不寧。可這些還不是最重要的，溫家傾覆只是他們丟出的一塊磚頭罷了。

在端陽宴之前，溫榮也不能確定德陽公主究竟是依附太子還是二皇子。溫榮輕嘆一聲，緩聲道：「德陽公主在眾人面前故意維護太子，她和二皇子要你們誤會這一切都是太子做的。」

李晟頷首道：「三哥比我們更早看透了局勢，主動服毒縱然萬無一失，但也是以身犯險了，好在如此我們化被動為了主動。」

溫榮搖了搖頭。「晟郎，雖然聖主屬意三皇子，可還不能掉以輕心，既然二皇子和德陽公主能控制江南東道，宮裡必也做了佈置。」

李晟眉頭皺起，沈聲道：「他們確實不會善罷甘休，若他們真的膽大妄為到敢謀反，也就不能怪我與三哥不念兄弟之情了。」

溫榮抿了抿嘴唇，若一切照前世發展，二皇子是一定會謀反的。

溫榮本來對前世宮廷裡太子被廢之事一知半解，但經歷了這世的端陽宴後，溫榮徹底將前世發生的事情想明白了。

前世的乾德十六年，聖主也在宮裡舉辦了端陽宴，當時德陽公主確實是支持太子的，而三皇子和五皇子還是逍遙王，故只有二皇子是太子唯一乃至最大的威脅，那時太子和二皇子已然勢同水火。在端陽宴後的又一次宮宴上，太子和德陽公主設計在酒水中下毒謀害二皇子，不想二皇子早有準備，太子、德陽二人陷害不成，反被二皇子算計了一道。

太子和德陽公主的行為徹底激怒了聖主，經由此事，太子被廢，德陽公主為了保住太子，企圖發動政變，可聖主和二皇子等人已有警覺，就在德陽公主意圖謀反的當日清晨，羽林軍查封了公主府，德陽公主被生擒。聖主念及親情且其謀反未遂，只將德陽貶為庶人。

二皇子本以為自己可以高枕無憂了，未料三皇子和五皇子搜集了他往年處心積慮謀劃和陷害太子的證據，更暗地裡交給了德陽公主。德陽公主本就極其憎恨二皇子，自然將所有的罪證都呈到了聖主案前，二皇子的所作所為俱被揭露。

聖主最不能容忍其子嗣為了帝位而不念親情，如此一來，聖主遲遲未下詔立二皇子為太子，反而將目光投向了溫文儒雅、極念親情的三皇子，由此又逐漸發現了三皇子不凡的治世之才，更感慨李奕從始至終謙恭的態度和平和的心境。

與此同時，二皇子感覺到來自三皇子的威脅，又驚聞聖主準備擬詔書封三皇子為太子，故鋌而走險，走太子的舊路，意圖謀反篡位。可從一開始，他就算計不過三皇子和五皇子，最終二皇子謀反不成，本人也被五皇子李晟生擒。

若沒有算錯，聖主將擬詔書封三皇子為太子的傳聞，也是李奕和李晟傳出來的。不打草怎驚得起二皇子這條大蛇，令其方寸大亂，倉促謀反？

前世發展確實對三皇子極有利，而現世因為她的重生，令三皇子本人成了最大的變數。

溫榮轉頭靜靜地望著壁牆上的青瓷燭檯，跳耀的燭火將溫榮那本就如天水洗滌般的眼睛襯得更加清澈明亮。

回憶起前世，溫榮心下生出些許淒涼。那世一府皆死於李奕的一道聖旨，重生伊始，她心裡確實對李奕存有恨意，可隨著時間流逝，前世的執怨早已淡去了，她對李奕已心死。記憶裡不知誰曾言「哀莫過於心死」，現在細細想來，心死其實是大解脫，心不死一直活在痛苦之中，才是真正的悲哀。

拋去個人的恩怨，李奕是難得的明君，他有容天下之度，惜黎民之心，雖不能斷言其是千古一聖人，可也是十分難得了，故溫榮從未想過要阻礙李奕稱帝，甚至是奪其性命。

溫榮正想得出神時，面頰忽生出一股暖意，不知何時，李晟低下頭，溫熱的唇正親吻在她那落於眼眸邊的髮絲上。有些癢，溫榮往後微微一躲，卻被李晟抱了回來。

「榮娘在想什麼？竟似將為夫的忘了。」語氣裡帶了一絲隱忍和霸道。「以後不許躲我，更不許想他人。」

溫榮正要反駁，李晟已將其攔腰抱起。

迷離的燈火映照在雨過天晴軟煙羅上，似別樣的春光，幔帳裡薄霧和香氣旖旎交纏，一聲聲輕輕重重的喘息聲，似在嘆那春宵苦短……

第三十二章

溫榮和丹陽約定一道去臨江王府的日子，是李奕和琳娘回府的第二日。

還有許多事要準備，因此溫榮起了個早，睡眠不足使得雙眼十分痠澀，好不容易睜開眼，只覺得屋子裡靜悄悄的，向枕邊看去，李晟已經起身了。

溫榮拉了拉床頭的鈴鐺，撩開幔帳，映入眼簾的是李晟在晨光微曦裡舒展的笑顏。

溫榮一直覺得李晟的眉眼好看到不像話，精緻的五官美到張揚，可又有一股與生俱來、難以言喻的凌厲之氣，令外人不敢直視。唯獨在面對她時，李晟才會收起一身的氣勢。

溫榮忍不住抬起手，纖柔的玉指輕畫過那道如墨染的俊眉，對視間彼此嘴角都彎起了瑰麗又肆意的輕笑，感覺好似初春暖陽下緩緩融化的枝頭冰雪，劃過新綠留下了炫目的痕跡，極致溫柔裡是極致的美麗，晃得人眼迷離。

李晟握住溫榮的小手貼在嘴邊，柔聲道：「怎麼不多睡一會兒？」

「昨日忙得忘了準備今日去臨江王府的伴手禮，祖母看中了謝家娘子，若是方便，我要問問琳娘的意思，既如此，我總不能兩手空空那般寒酸了。」說完話，溫榮才注意到李晟已換好了袍衫，一身寶藍色暗紋圓領窄袖的袍服，是再尋常不過的款式，遂詫異道：「今日晟郎可是要與我一道去臨江王府？這身袍服是不是太素淨了？」

「自然是要陪榮娘去臨江王府的，可我得先去一趟驍騎營，安將軍交代的事還未辦完。榮娘放心，巳時中刻我就回來。」說罷，李晟故意抬手露出窄袖上繡著的雙排銀線纏絲盤扣，坦然自若又歡喜地說道：「這是榮娘幫我結的，這身袍服再合適不過了。」

溫榮一見到那四對盤扣就覺得眼熟，李晟不提還好，這一提，溫榮精緻的小臉登時羞得通紅，好似春日裡初綻的桃李花瓣。

李晟被惹得心癢癢的，無奈天光漸現，他還有要事在身。

原來那幾對纏絲盤扣是溫榮前幾日結著玩的，初試手法不熟，盤扣兩側的纏絲結都不對稱，結完後，溫榮左看右看都不滿意，遂隨手丟棄在笸籮裡。她都未瞧上眼的物什，怎麼會被縫在晟郎的袍衫上？穿出去要是被人瞧見了，豈不叫人笑話？

思及此，溫榮匆匆忙忙披上絹衫，撐著床沿起身道：「前幾日宮裡為晟郎新縫製了兩身金紋對襟羅衫，若晟郎不喜歡，前日我還在東市製衣坊為晟郎做了套羅紗罩的大科袍服，我這就替晟郎更衣！」

李晟看到溫榮慌慌張張的樣子，差點笑出聲來，好不容易忍住，忙輕咳一聲做掩飾。「時候不早了，再遲巳時中刻就趕不回來了，榮娘非得怨我不可。」說罷，李晟急忙轉身，撩開門簾大步離去，空留溫榮在背後輕喚。

溫榮知曉李晟是故意為之，又羞又臊，卻只能氣得乾跺腳。

綠佩端了水進來，見溫榮一副氣急的模樣，實是罕見，綠佩覺得有趣，捂嘴直笑。

溫榮擰起眉頭，不悅地問道：「主子有難事，妳竟在一旁幸災樂禍的。我可問妳，五皇子袖口的盤扣可是妳幫他繡上去的？」

綠佩抖了下肩膀，連連擺手。「王妃冤枉奴婢了，奴婢自小跟隨王妃，王妃是知曉奴婢手拙的，刺繡等女紅活兒奴婢還不如王妃呢，哪裡敢幫五皇子縫製袍衫？王妃去問問碧荷，指不定是碧荷縫的！」

正巧碧荷進內室準備為溫榮篦髮，聽見綠佩將事兒推到她身上，生氣地朝綠佩啐了一口。「妳這壞心眼的小蹄子，虧我平日都幫襯著妳，可妳好事想不到我，壞事全怪到我頭上了！」碧荷看向溫榮，認真地說道：「王妃別聽綠佩瞎說，沒有王妃吩咐，我們哪敢隨意翻動五皇子的袍衫？是五皇子自己看到笸籮裡那幾只未結完的盤扣，向我們詢問了才知曉是王妃結的，本以為五皇子只是隨口問問，不想那些盤扣竟被五皇子收了起來，聽說是拿進宮裡，命尚衣局的女官縫製的。」

溫榮只覺得眼前一黑。竟然被拿到宮裡去了?!那還不如讓碧荷幫晟郎縫呢！溫榮頹喪地坐在矮榻上，手撐著額角，覺得頭疼。看來她還是該將女紅做熟了，別家娘子要麼完全不做，要麼為夫郎縫製極其精整的整身袍衫，偏偏輪到她了，不會又不自知，幾只盤扣做得歪歪扭扭的，末了還要五皇子親自帶進尚衣局尋女官縫釘。

綠佩在一旁大大咧咧地安慰道：「王妃出身尊貴，不會女紅是在情理之中，何況論起棋技畫藝，王妃在京中可是數一數二的。」

論出身尊貴，丹陽公主還為林大郎繡過荷囊呢！聖朝縱是不重視女子的禮教，可女子嫁人後還是要講究三從四德的，才藝早已沒有那般重要。溫榮無奈地搖搖頭，不再搭理綠佩，向碧荷囑咐道：「一會兒丹陽公主與我要去臨江王府，妳和甘嬤嬤先到庫房將那套麒麟紋的玉如意取出來。」麒麟送子，和合如意。

溫榮又特意選了一只裹洋紅錦緞的黃梨木匣子，做那對麒麟如意的裝匣，匣子扣合處鑲嵌了一顆顯眼的鴿血石，光是裝裱的錦匣就十分貴重了。溫榮除了希望琳娘能順利為臨江王府產下子嗣，亦希望溫府與謝府能如意聯姻。謝家女娘的品性和家世都無可挑剔，若無意外，將來琳娘母儀天下，那時溫府又將多了謝府做靠山。

碧荷領命出廂房，綠佩伺候溫榮洗漱更衣後，便去外間長廊，領幾名小婢子逗蟈蟈。

溫榮簡單綰了個矮髻，準備去廚房。做面子的伴手禮準備妥當了，還有手帕交之間表心意的小禮物。溫榮早做了一只萱草紋荷囊，這會兒打算親自去廚裡準備幾道小點心。琳娘很喜歡她做的水晶棗泥糕和栗粉酥酪，如今琳娘有身孕了，嘴怕是更饞了些，那棗米、栗粉、松仁都是滋補的，剛好適合琳娘。

溫榮如此想著，心裡也高興起來，走出廂房正要吩咐綠佩隨她一道過去，不想就聽見綠佩和侯寧吵了起來。

「這是怎麼了？」溫榮見綠佩喋喋不休地數落侯寧，侯寧本就性子訥實，此時被綠佩罵得毫無還嘴之力，一個五大三粗的爺們在綠佩面前像個孩子似的，脹紅了臉，不知所措。

溫榮憑著平日對他二人的瞭解，當下就斷定是綠佩在無理取鬧。

綠佩倒不自知，見到溫榮反倒更激動了，幾步走到溫榮身邊，憤憤地說道：「王妃，妳給評評理！我一人安安靜靜地在長廊這兒逗蟈蟈，他偏偏大剌剌的，也不通報就走了進來，我讓他停下他偏不聽，這下好了，將我辛辛苦苦養的蟈蟈踩死了！」

溫榮點了一下綠佩的額頭，低聲訓道：「侯侍衛是五皇子吩咐了守在院子裡的，他在院子裡要去哪兒還由得妳指手畫腳了？原先在溫府，每日裡妳逗弄蟈蟈就罷了，現在到了王府還不知道收斂玩心？更何況那蟈蟈該是在篾籠裡關著的，若不是妳隨便放出來，侯侍衛怎會不慎踩到？還愣這做甚，快向侯侍衛道歉！」

綠佩噘嘴，嘟嘟囔囔半天，也沒說出個道歉的話來。

反倒是侯寧通情達理，在旁解圍道：「還請五王妃莫要責怪綠佩了，是我先才沒留神，才不小心踩死了綠佩的蟈蟈。」

溫榮無奈地瞪了綠佩一眼，綠佩是讓她這個主子寵壞了，可她也不忍再過多地訓斥綠佩，好賴是在府裡玩鬧，也沒鬧出什麼事來。溫榮朝侯寧歉疚地笑了笑，道：「以後我再管教綠佩。侯侍衛可有事？」

侯寧遞了一份帖子與溫榮，躬身道：「前院小廝送了帖子過來，我見是王妃長兄溫家軒郎的拜帖，未敢耽擱。」

溫榮還是第一次收到軒郎往紀王府的拜帖，不免有些詫異，頷首微笑道：「辛苦侯侍衛了，往後帖子命婢子送過來便可，省得遇見綠佩這般不講理的，還惹了閒氣。」

「王妃，妳怎還嘲笑奴婢……」綠佩又羞又心疼蟈蟈，瞪著侯寧的雙眼像小銅鈴似的。

侯寧將拜帖交與溫榮後便離開了內院長廊，溫榮打開帖匣，原來後日國子監學放旬假，那日未時中刻溫景軒將至紀王府拜訪她。

溫榮心下有幾分好笑，軒朗多半是聽聞府裡要為他定親事，故才來向她打聽的。溫榮打算讓廚裡多備些松子，後日再做些松子酥讓軒郎帶至國子學去。

巳時中刻，李晟準時回到了府中。溫榮見無法說服李晟換下那身袍衫，只得作罷，好在那幾顆排扣已整得對稱，旁人也瞧不出不妥，溫榮遂起身吩咐馬車送他們去臨江王府。

馬車上，李晟看到了溫榮為琳娘準備的伴手禮，想起昨日宮裡發生的事情，與溫榮說道：「榮娘，聖主和太后都已經知曉三王妃懷有身孕了。」

李晟目光閃爍，眼神頗有深意，約莫昨日宮裡發生什麼事情了。溫榮微微抿嘴，轉頭說道：「不知是何緣故？」頓了頓又笑起來。「琳娘有身孕了是好事，聖主、太后、王淑妃他們一定很高興。」

李晟與溫榮仔細說起了宮中發生的事情。

原來隨著天氣漸熱，太后的身子有所好轉，昨日太后難得地出了延慶宮，往興慶宮尋三皇子和琳娘說話，聖主亦帶了五皇子往興慶宮探望。

李晟苦笑道：「三王妃將大家都嚇了一跳。」

溫榮心一緊。「晟郎這話是如何說的？難不成琳娘她……」

李晟搖搖頭。「並非榮娘想的那般，三王妃無事，不過有驚無險罷了。太后和聖主等人到興慶宮時，三哥正在書案前練習書法，問安後三王妃親自為太后端茶點，不想三王妃突發暈厥之症，所幸身旁有宮婢扶著，才不至於釀出遺憾。王淑妃立即去請了尚醫局的醫官，醫官把脈後，確診三王妃已有近兩月的身孕了。」

溫榮鬆了口氣。「還好，平日琳娘的身子底很好的，約莫是這幾日照顧三皇子太過疲累了。讓大家知道了也好，否則日日照顧三皇子不能兩全，現在琳娘可以安心養胎了。」

李晟面上沒有多餘的神情，看著錦盒裡的麒麟如意說道：「我們的麒麟送得正是時候。」

溫榮其實並不在意會有誰關注她送的伴手禮，遂只順著李晟的話頷首道：「早上醒來忽然想起府裡有對玉如意，前幾日才入的帳子。此事如此重要，晟郎昨晚怎不與我說了？要是準備的不合適該如何是好？現在回府換都來不及。」

李晟眉頭淺陷。「倘若真不合適也無妨，畢竟不合適也會有不合適的益處。榮娘，我現在是越發猜不透三哥的想法了。」

溫榮長長的睫毛微顫，李奕多半是因為她而對晟郎產生戒心了，至少現下猜忌已多於信任。溫榮抬眼看向李晟，李晟的神情好似天空的雲彩，細微變化中有些許飄忽不定，好在那眼神還是如碧空般清澈和堅然。

溫榮是安心的，她相信李晟。去年晟郎瞞著所有人向聖主求賜婚時，就有想到會面臨如今的局面，她也在盡己所能地避免晟郎因她的緣故再同三皇子產生衝突。

既然晟郎是真心幫助李奕，那麼縱是李奕從此不信不幫，但也可期不害。

她是盼著與晟郎的日子能少些波瀾和風浪，長安長相守。

溫榮低聲說道：「晟郎，三皇子自演的服毒一局，必是不肯叫他人知曉的，晟郎現在理當也不知，不若晟郎去調查下毒一事，再聽從三皇子的安排。」

李晟的眉心陷得更深了。「榮娘的意思是去調查二皇子？可那毒分明與二皇子無關。」

溫榮頷首道：「是去調查二皇子下毒一事，是否能找出證據並不重要。我們只是這般做而已，並不需要真揪出下毒真凶的。」

李晟恍然明悟，頷首道：「是了，這般做可讓三哥安心，一會兒我就去安排。」

溫榮微微一笑，不只是要三皇子安心，還要他放心紀王府。

「晟郎，太后身子怎樣了？太后知曉琳娘有身孕，一定很開心。」溫榮笑問道。

聖主的子嗣頗興，可太子成婚多年，膝下一直無子，二皇子又是側妃先有的身孕，在太后她老人家眼裡，多少都有些遺憾。太后的開心，不只因為琳娘是三皇子正妃，更因為弘農楊氏和陳留謝氏兩大家族世代交好，太后對三皇子和三王妃極其中意。

李晟目光閃爍。「太后身子好多了，還記掛著好友溫老夫人的身體怎樣，太后命尚醫局的醫官要定期到溫府為老夫人看診。對了，太后當時興起，見無外人，不但言她身子託琳娘的福好了許多，更向王淑妃道賀，笑稱其是雙喜臨門。」

雙喜臨門？溫榮瞥眼看著車窗外茂盛的銀槐。其中一喜自然是慶琳娘懷孕，另一喜呢？太后不是糊塗人，怎可能將立儲的大事拿出來玩笑？看來，聖主不幾日就會下詔書，立王淑妃為一品貴妃了。

紀王府和臨江王府只隔了幾條街，不過兩刻鐘的工夫，紀王府的馬車就停在了臨江王府大門前。

丹陽公主已經先到了，李晟和溫榮進府後被迎進了三皇子用於待客的豫清堂。

豫清堂裡，李奕坐在正首的雕終南山翠屏紋的紫檀矮榻上，身著秋香色綾釧紋錦緞袍服，髮髻紮了個頭巾。約莫前幾日閉於屋內未見陽光的緣故，精神雖好，但面色有些青白。

現在端陽月日頭正盛，可李奕的袍服頗為厚實。溫榮前幾日有仔細查閱關於西域蠱毒的藥書，藥書裡有言，中蠱毒輕者會產生畏寒的現象。溫榮的餘光漫過李奕，卻見其額角有層薄汗，看來李奕體內的蠱毒是悉數散盡了，如此也不過是掩人耳目而已。

丹陽公主、琳娘、瑤娘正在一旁說話，丹陽的心情很好，一直悄聲地向琳娘詢問些什麼，時不時地發出吃吃的笑聲。而瑤娘則有幾分不自在，她才剛剛知曉李奕中毒一事，無奈眾人之前都瞞著她。經過了這許多事情，她也不再是以前那個不懂事、只知道玩鬧和惹事的小娘子了，她知曉，大家瞞著她是因為信不過她。

琳娘有孕一事被眾人知曉後，也不用再遮遮掩掩，一身寬大的綾羅素紋高腰襦裙，薄薄外披下隱約可見身子豐腴。

而王淑妃覺得臨江王府裡的年輕婢女和嬤嬤都不夠穩靠，為了照顧琳娘的身子，特意派了宮中的女官到臨江王府，將謝琳娘的飲食起居安排得妥妥當當，只是這般未免有些大張旗鼓之嫌。

溫榮向李奕道了好，順著李晟的話意關心了李奕的身子。

琳娘目光輕掃過溫榮，波光流轉間的眼神裡少了分笑意。

丹陽朝溫榮招了招手，眾人在豫清堂吃著茶和點心。

琳娘忽然問起丹陽，關於其夫郎林家大郎的事情。「……五駙馬公差也有一旬了，可有消息回來？」

丹陽搖了搖頭。「他辦起事兒來連飯也忘了吃，哪裡會記得捎消息回府？光為這事，阿家都沒少數落他。」

琳娘看著溫榮笑了笑，頷首道：「昨日聖主提及溫中丞和五駙馬可是讚不絕口，出公差巡查，若要盡心盡責，是著實辛苦的。想當年溫中丞為重修錢塘堤壩，寒冬臘月的前往杭州郡，在修堤壩的江口一住就是月餘，經了刺骨寒風，直到事兒順坦了才回京。」

丹陽乜斜了琳娘一眼，笑道：「喜事多了架子就起來了，現在離寒冬臘月遠了去。如此相較了，林大郎可遠不及溫中丞辛苦，我可不知他去淮南道巡查，會在何處享福了。」

溫榮搖了搖頭。「比之寒冬臘月，驕陽酷暑一樣難耐，說不得林大郎回京了就得蛻層皮，丹陽和瑤娘也要不認識了。」

瑤娘今日第一次笑起來，拉著丹陽的手說道：「縈娘又在使壞了，她在詛咒大哥被曬成個炭頭呢！」

「罷了罷了，都在這兒互相擠兌呢！」琳娘目光一閃，嘴角浮出一絲笑來。「我們就把這兒讓給奕郎與五皇子說話吧，昨日宮裡賞了新鮮的櫻桃，足有鴿子蛋那般大小，知道妳們要來，我特意湃在井水裡了，我們一道去那雲亭小築和曲水流觴嚐果子，豈不更涼快——」

琳娘話還未說完，丹陽就起身了，笑道：「有好地方還不快帶我們去，省得在這兒悶得慌！」

見溫榮和瑤娘也無異議，琳娘便起身同三皇子說了一聲，恰好李奕正準備帶五皇子去書房，幾人遂一道離開豫清堂，在竹林柵欄處作別，而後琳娘帶了丹陽等人自竹林小徑一路往雲亭小築行去。

幾位娘子靠在竹亭裡說著閒話，溫榮覺得琳娘似乎有些意興缺缺，而瑤娘的心情本就不好，如此溫榮也提不起勁來，閒閒地看著活泉泉眼汩汩地冒著水花兒，再偶爾碾些花芯子，撒在泉水裡逗那群色彩斑爛的錦鯉。隔著竹尖葉兒，陽光零零散散地落下，清風裡竹葉沙沙作響，溫榮覺得有些昏昏欲睡。

「哎喲！」

丹陽一聲驚呼將溫榮嚇清醒了，溫榮與瑤娘都從竹椅上撐起身子，一臉茫然地看著丹陽。「怎麼了？」

琳娘好笑道：「丹陽饞我的櫻桃，一口氣拿了好幾顆，可妳們瞧瞧她那指甲，留得那般長，不慎掐出了櫻桃汁，滴在襦裙上了。」

溫榮順著琳娘的視線看去，果然瞧見丹陽的鬱金裙上沾了一滴鮮紅的櫻桃汁。

琳娘看了看溫榮和瑤娘，掩嘴笑道：「我帶丹陽去換身衫裙，妳們或是在這兒等我們，或是自個兒往竹林裡走走，竹林統共就這麼大，也不能把妳二人走丟了。」

琳娘又吩咐了女官，一會兒將她的安胎湯藥送到曲水流觴，這才帶了丹陽離開。

瑤娘坐不住，打算沿著竹林的青石甬道往深處去看看，溫榮閒得無事，遂與瑤娘一起離開了曲水流觴。二人為求清靜，遣退了跟隨她們的臨江王府侍婢。

溫榮與瑤娘有一搭、沒一搭地討論著竹林裡的景致，二人都有想說的話，卻又尋不到機會開口。

「榮娘，那可是被三皇子奉為上賓的番僧？」瑤娘忽然扯了扯溫榮，輕聲問道。

溫榮果然瞧見一名身著棕色麻衫、額上戴著嵌瑪瑙古銀箍的僧人，向她二人走過來。

番僧在不遠處停了下來，看向溫榮，雙手合十，微微鞠躬。

溫榮的目光碰到番僧時，直覺心神恍惚，不經意間往後退了一步。

竹林青石甬道上落了一層厚厚的竹葉，踩上去又鬆又軟，十分舒服。先前溫榮還感嘆竹林別有一番意境，可此時卻覺得不便了，每行一步，就會陷下一個竹葉小坑，竹葉坑沾住了溫榮的蜀錦繡鞋，每每挪動都覺艱難。

瑤娘察覺到溫榮的緊張，趕忙握著溫榮的手，關切地低聲道：「榮娘，妳怎麼了？若是見不得番僧，我們換條路走。」

溫榮亦詫異自己為何會如此緊張，努力穩住心神後朝瑤娘笑了笑。「不妨事的，番僧是三皇子的上賓，我們不便太過失禮。」

說話間，番僧已走至溫榮和林瑤的面前，施佛禮後笑問道：「敢問施主可是五王妃與林家二娘子？」

溫榮心生警覺，照理番僧未曾見過她和瑤娘，為何一眼就能認出？溫榮還禮道：「上僧多禮了。」

「五王妃心思靈透，是能看透前世今生的人。」番僧的聲音渾厚卻不失圓潤，好似晨鐘在薄霧中撞響，清潤曠遠能扶風直上。「可眼見不一定為實，太過信任眼前人怕會重蹈覆轍。禍端並非緣於妳誤會的人，若五王妃可早些看透，或許可徹底脫離這世苦海。」

溫榮面露驚愕，茫然失措地向四周看了看。被番僧點透有前世記憶，令她渾身發涼。

瑤娘不管不顧，怒目瞪著番僧，上前一步啐道：「我和榮娘道你是三皇子的上賓，才敬你三分，你竟然敢在這裡胡說八道、信口雌黃！你若再敢出言不遜，我命人將你捆了鎖柴房裡去！」

「瑤娘，不得無禮。」溫榮拽著瑤娘的手微微顫抖，儘量平緩了語調說道：「我與上僧素未謀面，不知上僧為何出此言？上僧話裡的玄機我也半分不明白，還請上僧容我俗人平庸，聽不得此等高語。」

番僧苦笑著搖了搖頭，竟露出悲天憫人之相。

溫榮越發警惕不安，為何此人會說她能看透前世今生，會知曉她有前世記憶？難不成他真是得道高僧？可若是高僧，又何必為難她一個凡人？

瑤娘憤憤地說道：「榮娘何須這般好脾氣？這等妖僧就該捆了，不能留他妖言惑眾！更何況此時榮娘的眼前人不就是我嗎？他竟然說我不值得相信，太可恨了！榮娘千萬別理他！」

溫榮怔怔地看著瑤娘，瑤娘的表情十分認真，溫榮也不知她是在故意安慰自己，還是真不明白番僧話裡的意思。番僧所說的眼前人，自然是晟郎，而她誤會的人，多半是李奕了。

番僧單手施無畏印，緩緩點頭道：「是貧僧唐突了，還請五王妃見諒。」說罷，番僧輕移步子，轉頭看向瑤娘，微笑道：「施主心地純良，可無奈執念過深，施主與佛家無緣，還請在凡塵裡順其自然。」番僧仰首看天。「枝葉重重遮天蔽日，生活裡看似陰暗再無光亮，可實際上要捅開這層蔭庇又有何難？」

番僧眼睛微合，自然垂放在胸前的五指輕動，無畏印化做了施願印。一陣風將溫榮與瑤娘上方的枝葉吹開，清光如瀑般傾瀉下來。

溫榮好不容易喘口氣，心神也穩定了。有否前世記憶，是她一人的事情，被番僧點破又能如何？她是五王妃，無過無錯，只要矢口否認，無人能奈何她。過了一會兒，溫榮發現站在身旁的瑤娘也被嚇得一言不敢發了。

「打擾二位施主了，貧僧先行告退。」番僧雙手合十，轉過身緩緩離開，一路行去一路唸道：「有因有緣集世間，有因有緣世間集，有因有緣滅世間，有因有緣世間滅……」

瑤娘好不容易回過神來，詫異地問溫榮。「榮娘，那高僧唸的什麼因緣因緣的，我怎麼聽不明白？」

溫榮喃喃自語道：「凡所有相，均為虛妄。若見諸相非相，則見如來。」

瑤娘見狀，扶額嘆了口氣，推了推溫榮。「榮娘，三王妃和丹陽公主多半回來了，我們也回曲水流觴吧？」

溫榮想起先才番僧對瑤娘說的那些話，忍不住皺起眉頭，聽話裡的意思，難不成瑤娘有修佛的想法？遂開口問道：「瑤娘，妳——」

「好了，榮娘何必為番僧的胡言亂語多心？那番僧也說我紅塵未了。」瑤娘笑了笑，打斷溫榮，又說：「其實在我看到三王妃幸福的笑容，又知曉三王妃已經懷孕時，就徹底死心了。大哥、丹陽公主、嬋娘、榮娘，你們一次又一次地勸我，可惜我原就是聽不進去，我知道我很討人嫌的，你們嘴上不說，可心裡都認為我不識趣、不自量力。在府裡祖父和阿爺看到我，都是擰著眉頭，不願與我多說一句話的。不過現在我真的想通了，琳娘那麼好的人，我憑什麼去傷害、去破壞她的幸福？更何況，三皇子的心裡和眼裡從來就沒有我。」

溫榮鼻子酸酸的，看著瑤娘憔悴失落的模樣，十分心疼，強作歡笑地安慰道：「我們哪有嫌過妳煩，大家是真的很擔心妳。瑤娘想開了就好，往後提親的人，怕是要將林府的門檻都踩壞了呢！」

「我要在府裡多陪阿娘幾年，多過幾年自在的日子，嫁去夫家少不得要受許多閒氣。」瑤娘步子放緩了些，又說道：「榮娘，先才番僧對妳說的那番話，我聽不明白也不打算明白，可我還是相信自己看到的。不管有什麼誤會，五皇子待榮娘都是真心的。眼前人是不應該愚信，可也應該珍惜。」

溫榮苦笑道：「我也實是不明白番僧為何要說出那番話？五皇子對我家有恩，又是我的夫郎，我怎可能不信任他、不依賴他呢？」

瑤娘頷首道：「榮娘放心，今日所聞我必不會傳將出去。」

二人說著話，回到曲水流觴，琳娘已經帶著更換一身簇新衫裙的丹陽回來了，這會兒女官正在伺候琳娘服用保胎的湯藥。

琳娘看到溫榮和瑤娘，笑道：「妳們總算回來了，先才我還在訓斥婢子未盡好責，要是妳們真在竹林裡走丟了，我可沒法交代。」

瑤娘笑道：「與那婢女無關，是我們將婢子打發了不讓跟著的。我和榮娘只是順著竹林甬道隨意走走、散散心，未去別的地方，還請琳娘莫怪。」

「不過是玩笑話。」琳娘看了眼竹林深處，端起盛了黝黑湯藥的白瓷碗，執錦帕掩唇，將湯藥悉數飲盡後，放下藥碗，皺著眉頭撚一顆醃過蜜的果子放進嘴裡，頗為遺憾地說道：「還是原先在溫府裡嚐到的、榮娘親手醃漬的蜜果子好吃。」

丹陽點頭贊同。「榮娘用的花蜜皆有講究，遠甚於宮裡尚食局的那些小食。既然琳娘都開口了，看她如今是雙身子，榮娘打發她些蜜果子吧！」

溫榮笑道：「真不能怪我小氣，開春時忙著籌備全禮，府裡上下都沒心思也沒空去收釀新鮮花蜜，過了最好的花期，釀出來的果子和尋常的就沒兩樣了。現在兩處府裡用的蜜果子，也都是廚裡管事嬤嬤前往東市果子鋪買來的，還及不上宮中的，妳們哪裡瞧得上。」

琳娘聽言笑起來。「算來我們幾人當中，丹陽是唯一一個自小就在宮中錦衣玉食長大的，可偏偏也就她一天到晚盯著我們手裡的好東西，什麼酒品、果子、糕點的，今日過來還非得穿走我一身衫裙，還敢說不是故意的。」

丹陽瞪了琳娘一眼。「可是討來給妳的，好心沒好報！」

玩笑了一會兒後，琳娘見丹陽和瑤娘對池子裡的錦鯉感興趣，遂吩咐婢子送了魚竿過來，讓丹陽和瑤娘由著興子往池邊垂釣，溫榮和琳娘則留在竹亭裡吃茶說話。

琳娘遠遠瞧著丹陽和瑤娘姑嫂二人談笑甚歡，頗有幾分豔羨。

琳娘吃了口茶。「榮娘，前幾日五皇子鮮少進宮，奕郎醒後多次詢問，似有事要與五皇子商議。」頓了頓又問道：「五皇子平日公衙裡的事務十分繁重吧？」

溫榮頷首道：「可不是？常常卯時出去，酉時才回府，這幾日因為三皇子的事情，晟郎每日裡是愁眉不展的。現在三皇子無事就好，如此晟郎也能安心了。」

琳娘看了眼竹亭旁的女官和婢子，笑道：「我在府裡閒了無事，榮娘可常來陪我，丹陽和瑤娘玩心重，在屋裡是待不住的，還是讓她們和一些貴女去山野騎馬狩獵的好。」

雖然琳娘一直是笑著同她說話，可溫榮總覺得琳娘情緒不對，許是有什麼話要與她說，可礙於有丹陽、瑤娘以及王淑妃遣來的女官，故不便開口吧？

琳娘喜靜，二人在竹亭擺起了棋盤。

溫榮想起祖母交代的事，認真地說道：「琳娘，這次家父能如此快放出來，是多虧了三皇子幫忙的，府裡還不知如何感謝。」溫榮見琳娘神情未動，又說道：「前幾日祖母特意請了幾位娘子到府裡玩，我瞧見了謝府的三娘子和四娘子，真真感慨時光如梭，算來三娘子可是已到及笄之年了？」

琳娘執黑子的手一滯，顯然明白溫榮要說什麼。若放在以前，她會毫不猶豫地應承並做說客，可現在卻有幾分猶豫……琳娘落下一子，圍住了溫榮的一圈白棋，笑道：「榮娘這般讓著我，下棋還有什麼意思？」

溫榮幫著琳娘將白子拾起放入棋甕中，搖了搖頭說道：「琳娘棋藝本就不差，我也許久未下，故此手生了許多。」

琳娘笑了笑，不疾不徐地說道：「謝三娘確實到及笄之年了，府裡也在考慮她的親事。」琳娘抬起頭，看向溫榮。「三娘是我二叔的嫡女，照理我們大房不該過問二房的事情，這裡面的緣故，想來榮娘也知曉。」

溫榮抿著唇，直覺琳娘語氣頗為生疏，遂尷尬地笑道：「琳娘說的有理，非嫡親確實不便干涉過多，還是讓府裡長輩去談吧。」

琳娘嘴角微翹。「祖母也想著哪日去探望溫老夫人呢！關於三娘的親事，我們府裡並不求對方大富大貴，唯獨郎君自身要爭氣。謝家世代出武將，二叔二嬸都尋思了要找個文質彬彬的女婿，祖母估摸也是這般想的。」

溫榮顰眉不語，琳娘知軒郎有心從武，說出這話分明是要她知難而退。此時搬出謝老夫人，亦是不想祖母登門與謝老夫人商議吧？既如此，她再開口將話挑明也是自討沒趣了。

「子女的親事確實讓長輩煩心，三娘那般優秀，定有不少貴家上門提親了，可是得好好挑挑。」溫榮順著琳娘的心意說話。既然琳娘無意與溫府結親，那就罷了。過幾日回府和祖母再一起相看別家女娘便是。只是，琳娘的態度令溫榮疑惑，不知中間究竟出了何變故？

琳娘認同地點了點頭，忽然想起一事，關心道：「對了，榮娘，妳大哥年紀也不小了，轉年的進士試可要參加？謝府裡，我二哥和三哥他們亦是在國子監上學，聽府裡長輩說了，明年想讓他們去試試。」

對於謝家的郎君，溫榮也是一早就有耳聞，雖不若林家大郎出色，卻也是極優秀的。在國子監裡，他們不但課業好，還有一身好武藝，畢竟出身謝府，自幼就有學習武藝。軒郎每每提及謝家的郎君，都十分羨慕。

軒郎轉年是否參試，溫榮還真不知，府裡似乎也未做此打算，遂說道：「軒郎回京時日尚短，入國子監也才兩年，想來還無法適應進士試，再過一、兩年，那時把握更大些。」

琳娘頷首道：「軒郎年紀不小，也該抓緊了，像林家大郎和趙家二郎那般，能一次及第的極少，少不得要考上好幾年。」

溫榮笑著低下頭看棋盤，她的白子被黑子吃了不少，棋盤裡黑子是占盡優勢。她先才走的每一步確實都在讓著謝琳娘，不只因為她懷了身孕，更因為她是閨中密友。在溫榮看來，她們二人非棋聖又非君子，弈棋根本不必講究輸贏，彼此舒心暢快便好。

溫榮知曉在棋盤裡應該如何重新贏得局面，但接下來的每一步仍讓著謝琳娘。輸得明白又怎會畏輸？無奈棋盤簡單，人心複雜，溫榮壓根兒不明白琳娘為何會忽然對她冷淡，與她生疏起來，難不成中間有小人作祟？

這一處曲水流觴，溫榮與琳娘一局棋將散，另一處臨江王府二進院子的書房裡，李奕和李晟正談及二皇子在杭州郡所做的事情。

李奕聽聞李晟在究查二皇子下毒一事後，心裡一下子放鬆了，既然連晟郎都未看出，旁人更不可能察覺到破綻。只有溫榮令他疑惑，不知溫榮娘究竟記得多少前世的事情？

李奕指尖輕扣書案，略沈思後與李晟溫和地說道：「晟郎分析得有理，梨花釀裡的毒多半是二皇子下的，此事想來聖主心裡也有數了。關於二皇子下毒的證據，晟郎暫時別追查了，既然我無事，不若就此息事寧人，以免惹得聖主不喜，縱是拿到了二皇子下毒的證據，也不見得對我們有利。」

李晟頷首道：「如今太子已不足為懼，我們確實不能將二皇子逼得太緊了，否則容易打草驚蛇，我會盡快將派去調查二皇子下毒一案的人手叫回來的。」

李奕笑道：「好，這段時日辛苦晟郎了。琛郎那邊是否有消息？」

林子琛調往御史臺後，即照溫中丞的吩咐，往淮南道出公差。淮南道毗鄰江南東道，林子琛往淮南道出公差是虛，前往江南東道與三皇子暗插在那兒的眼線會合、暗探德陽公主的勢力是真。三皇子和五皇子早已懷疑德陽公主，在發現德陽公主派人前往江南東道後更是心生警惕。初始德陽公主和二皇子的幕僚在江南東道還算平靜，不料後來竟惹出一系列禍事，更謀劃栽贓到溫中丞和他二人身上，三皇子這才與溫中丞等人合計了，將林子琛送往江南東道，搜集二皇子和德陽公主謀反的證據，需要時再以林中書令的名義將這些證據呈於聖主，而他兄弟二人仍不打算親自出面。

李晟確實有收到林大郎送回京的消息。「杭州郡刺史和揚州司馬等人的家眷俱被德陽公主的人軟禁要挾，姚刺史和溫中丞的關係極好，我有聽榮娘提起過姚刺史，為人正直真誠，琛郎已在想法子接近姚刺史，爭取想出兩全的法子。」

李奕蹙眉說道：「德陽好大的膽子，竟然染指朝政，私押朝廷重臣，企圖干涉聖主易儲之事。德陽雖是女子，可其勢力不容小覷，現在時機未到，我們只能再忍忍。」

李晟看了眼窗欞外鮮豔的顏色，問道：「聖主可確定了？」

李奕嘴角揚起，笑容很漂亮，點了點頭。「聖主心裡已有數，我求聖主饒恕大哥，畢竟大哥也只是一時糊塗，罪不至死。」

李晟想起溫榮與他打的賭，心裡輕嘆，緩緩道：「我聽三哥安排。」

李奕正要說什麼，其貼身侍衛在書房外命人傳話，言有急事求見，李奕朝李晟抱歉地笑了笑。「晟郎稍等片刻，我去去就回。」

李奕走出書房，徑直去了書房旁的側廳，先前在竹林處的番僧現已在側廳靜候。李奕看到番僧，連忙上前作禮，恭敬地說道：「上僧可是在竹林裡遇見了五王妃？是否真如某猜測那般？」

番僧緩緩地搖了搖頭。「貧僧見到五王妃了，五王妃和三皇子一般，只有殘像，可五王妃她並不迷茫，還請三皇子莫再執念。」

李奕的眉頭漸漸皺起，當初他將番僧請到府裡參惑，番僧言他被殘像所困，所以才備覺迷茫。番僧為其參惑是想替他解開心結，並無意探問他前世的記憶，可不想李奕浸於佛言中後，關於前世的某些記憶碎片竟漸漸清晰了起來，只可惜仍舊非常的少，少到讓李奕無法徹底看清前因後果。記不得因果，卻偏偏讓他憶起了前世某年的春分子時。

那日，溫榮坐在梨花樹下，披一件藕荷色比肩褂，身影纖薄，簡單綰了個矮髻，那髮髻正簪了他白日才送的蓮花瑩玉步搖。春分子時夜露深重，霧霜凝在蓮花步搖晶瑩剔透的玉珠上，點點水霧在燭光裡備顯細膩。溫榮聽到他的腳步聲，笑著起身朝他走來，步子搖晃了原本安靜的玉珠水霧，水霧在不經意間凝成滴珠，滑落在素雅的比肩褂裡，那蓮花玉珠上只能留下淺淺水痕。那年月光下芳萼苑的桃李杏花皆鍍了一層銀色，畫面十分唯美，可李奕的記憶裡沒有風景的顏色，因為桃李再美都美不過溫榮輕綻的笑顏。

李奕每每於夢中驚醒，浮現在眼前的都是溫榮那比春日花瓣還要精緻的容顏。

他隱約記得有人要毒害溫榮，他因此憤怒難耐。那將西域蠱毒混入熏香再放進紫宸殿的妃子，是一名重臣的嫡女，可重臣嫡女又如何？他毫不猶豫地將其打入冷宮，若非溫榮無事，他哪能留那惡毒女人的性命！

誤打誤撞，原來溫榮釀的梨花釀可以解蠱毒。這一世李奕先是懷疑夢境真假，於是他試了又試，最後事實證明了夢境是真的。儘管只是碎片，可也助他一步步地接近真相。

溫榮隱藏得太好了，他甚至不知道溫榮是否和他一樣，還記得前世的事情？直到番僧告訴他，確實還有人能看透前世今生，他才敢確定。只無奈許多事情他還未想起，所以無法理解和接受溫榮對他的態度。

李奕知道番僧是高人，遂有讓番僧去試探溫榮的打算，不想他還未開口，番僧就主動提出想見見五王妃，故才有了今日竹林的巧遇。

番僧看出李奕仍舊不得解，耐心地說道：「不論五王妃是否有前世的記憶，她對現世的生活都不迷茫。先前貧僧已勸解了林家二娘子，三皇子和林二娘一樣，心中同樣存了不該存的執念，久而久之將生貪嗔怨。萬事皆有定數，何須強求？待水到渠成，三皇子和五王妃皆能心思通透，那時因果將解開，得大善焉。」

李奕對番僧的說教並不滿意，瞥眼看到番僧肩上的褡褳，蹙眉說道：「上僧這是？」

番僧雙手合十，閉上了雙眼。「貧僧在盛京停留已久，到了該告辭的時候了。緣聚緣散自有時，還請三皇子見諒。」

李奕本想再挽留，畢竟每每聽其誦經講佛，夢裡的景象都會更清晰些，可看樣子番僧是去意已決了。「這些時日多謝上僧為某開悟，某備了份薄禮，還請上僧不嫌棄。」說罷，李奕就要吩咐侍從去取金箔錦袈。

不想番僧眼睛還未開，又搖頭笑道：「行走怎能多壓身？貧僧謝過三皇子美意，就此別過。」番僧繞過三皇子，徑直向外院走去。

李奕身邊的侍衛上前低聲問道：「主子，番僧是否要留？」

李奕摩挲著食指上的和闐玉扳指，回過頭淡淡地看向番僧的背影。從第一次見到番僧，再到今日離別，番僧俱是一身白灰色的棉麻袍子，那拖了幾扯麻線的殘破袍襬永遠穩穩地垂在番僧小腿邊，從不因其的步調而擺動或偏移分毫。

李奕原本淡漠的神情漸漸深了起來，眉心微微陷下，冷冷地說道：「你派人跟著他，出了城門再行事，厚葬。」

侍從領命躬身退下。

李奕閉眼深吸了一口氣，他本無意取番僧性命的，他是想將番僧留在臨江王府，他將奉之為上賓，待遇比之那些幕僚都有過之而無不及。就算真的要走，也應該等到他榮登大寶，那時他必厚禮相贈，步送其至京郊十里外。可惜番僧敬酒不吃吃罰酒，既然能算出古今和人心，為何還要背逆他的思想？他迷惘時對番僧極其信賴，傾訴太多，番僧知曉太多，此時離開臨江王府，只是在尋死。

李奕下意識地看了眼竹林方向，番僧言溫榮不迷茫，是不是意味著無論她是否有前世的記憶，或者有多少前世的記憶，都沒有對她現在的生活產生影響，她很滿意現世，很滿意和五弟的親事？

李奕一步步往書房走去。他對五弟是十分信任的，在朝政之事上晟郎對他也無二心。這次端陽宴他中毒後，晟郎在宮裡雖未表現得明顯，卻在暗地裡究查二皇子，此舉確實讓他對晟郎頗為感激，亦更為放心。唯一遺憾，是晟郎偏偏要同他搶溫榮。

若溫榮稀罕的是正妃之位，他總有一天也能給……

李奕回到書房，看到李晟正揹著手賞看牆面上的一幅字畫，遂笑道：「那是懷素的『苦筍帖』，前幾日王侍郎聽聞我在練習狂草，特意送來的。晟郎可喜歡？」

李晟瞇著眼感嘆道：「確實是好字，其勢驚人，有若驚蛇走虺，驚起驟雨狂風，又如千軍萬馬馳騁沙場，隨手萬變，不愧是狂草第一人。」

李奕爽朗地笑了幾聲。「晟郎好眼力，一眼就悟到字間精華了。師不譚經不說禪，筋力唯於草書朽。自幼晟郎的書法造詣就比我高，這帖子若晟郎喜歡，帶回去便是。」

李晟搖了搖頭，認真地說道：「這幅帖子定來之不易，王侍郎怕是用琅琊王氏族裡的藏帖與人交換的。君子不奪人所愛，我若真覥臉將畫帶走，絕非君子所為，且三哥已經讓過我許多事物了。」

李奕淺笑不言，負手走至窗前，陽光透過窗櫺照在他優雅俊美的側臉上，看來溫和無害，翩翩若仙。何謂君子不奪人所愛？若先被奪走了，再奪回來還能否算君子？

李奕又仔細地看了看「苦筍帖」，回首說道：「晟郎可好奇我為何將番僧引入府中，更視作上賓？」

李晟微顰眉，他確實有此疑惑，但也正如溫榮所言，那番僧必有其過人之處，既有用，便憫惜之，倒也無甚不妥，故李晟從未主動問起。

李晟搖頭道：「番僧離開太子府不幾日就被三哥接入臨江王府，我雖知三哥定有其他緣故，可難免有人會傳不利於三哥的流言。」

李奕頷首道：「對於請番僧入府的流言，我亦有所耳聞，多是關於讖書的無稽之談。」

李奕無奈地笑了笑，又說道：「之所以與番僧交往頗深，純粹是因為我與他投緣，那番僧佛法高深，更能參透許多妄想，甚至是前世今生。我在番僧口中聽到了許多有趣的言論，若晟郎有興趣，改日我可與晟郎詳說。」

李晟很是不解，擔心道：「什麼前世今生？三哥何時開始相信這等亂語了？聽聽就罷，斷不可當真。前朝就有君王因盲信方術之士，煉製甚長生不老丹，不但耗費大量人力物力，更誤了自己性命，三哥千萬不能被這等妖言迷惑，還請明辨。」

李奕的語調更顯溫和。「晟郎言重了，我亦不過是聽了覺得新鮮有趣罷了，與那等煉製丹藥的誤國之舉不同，晟郎對佛言有誤解，是因為晟郎從未接觸和相信過。對了，我聽聞溫府裡溫老夫人很早就修了家廟，而五王妃未出閣時，時常隨其祖母在禪房內修佛，更煮得一手上好禪茶，若晟郎同五王妃提起佛語和前世，她定不會陌生。」

李晟頷首認同。「榮娘確實比我擅長此道。」

李奕眸光閃爍，表情略嚴肅了些。「先才就是番僧尋了我出去說話，他是來告別的。相談甚歡，本想多留他幾日的，可惜人是過慣了閒雲野鶴的日子，哪裡像我們，困在這等牢籠之中。」

「三哥羨慕？」李晟眉眼的冷峻淡了些。「坐擁江山與遊玩山水間，確實是魚和熊掌不能兼得的，還請三哥以大局和蒼天黎民為重。」

李奕展顏笑起來。「五弟第一次將話說得如此直白。五弟放心，我自有思量，不會負了你們期望的。只是見到這等肆意瀟灑的人士，不免羨慕嘆服，心生幾分感慨罷了，孰輕孰重我知曉。」李奕又說道：「既然番僧離開，我身子也恢復如常，就該安心於朝政了。時候不早，蘭娘在庭院準備了席面，我們先過去，不叫丹陽她們久等了。」

蘭娘就是李奕的側妃，王侍郎府嫡出二娘子王玥蘭，謝琳娘懷孕一事公開後，為免謝琳娘太過勞累，臨江王府裡部分無關緊要的中饋，就交與王側妃打理了，如今日的席面安排，謝琳娘需陪丹陽和溫榮說話，根本分不開身。

曲水流觴裡，溫榮和琳娘話說完，棋也下完了，兩人抬眼相看，都覺得有幾分不自在。吃席面時二人話也不多，就連平日裡粗枝大葉的丹陽和瑤娘也察覺出了變化，丹陽更悄悄地勸溫榮，言琳娘如今懷孕了，脾氣難免無常，讓溫榮千萬別與她計較，凡事讓著點。溫榮聽言只能苦笑，也無法和丹陽公主詳說。

未時中刻，溫榮等人擔心會打擾到琳娘休息，紛紛起身告辭，臨走了丹陽被李奕留下問話，瑤娘則在一旁等候。溫榮見瑤娘有謝琳娘陪著，便和李晟一道先行離府。

出了臨江王府，李晟看著溫榮說道：「真叫榮娘猜準了，三皇子不但求了聖主原諒太子，也不肯讓我再究查二皇子。」

溫榮點了點頭。「三皇子善謀算，晟郎不必過慮。」

李晟撩起車簾子，正要扶溫榮上馬車，不想從馬車後方走出一人來，見到李晟和溫榮，微微施禮。「貧僧見過五皇子、五王妃。」

溫榮一愣，竟是竹林裡遇見的番僧。該說的話不是已經說完了嗎？為何番僧還會出現在臨江王府的大門處？溫榮略微緊張地看了晟郎一眼，頗擔心番僧說出甚令李晟生疑的話來。

番僧確實是特意留在王府的大門處等溫榮的，他本打算孑然無掛地離開，可無奈三皇子執念過深，已不是佛言能解的了，更重要的是，他知曉出府後，性命將由天。或許，五王妃可讓他徹底安心地離開。

一句凡事不能強求，既是對三皇子說的，亦是在警醒他自身，可他的修行還不夠，見不得蒼生遭亂世劫難。

「不知上僧還有何事？」溫榮眉眼不動，柔聲問道。

番僧先朝五皇子唸了句佛偈，才轉向溫榮。「本不該再攪擾五王妃，無奈貧僧七念未盡。五王妃是有緣人，動念間可關乎黎民蒼生興亡，若五王妃有一日開悟乃至參透世事，還請不忘初心。畢竟兩世裡關聯的只是記憶，無記憶者即是無辜者。」

番僧第一次躬身，朝李晟和溫榮各行一禮。「貧僧執念可消了，今日貧僧即將出城，不再踏入盛京一步，五皇子和五王妃可安心。」說罷，番僧不待溫榮等人反應，轉身快步離開，不過眨眼工夫，即轉入巷口，沒了身影。

「榮娘，上馬車吧，那番僧多半是胡言亂語的，就連三哥都被他迷惑了許久時間。」李晟轉頭看到還怔忡在原地的溫榮，沒來由地緊張和害怕，難不成榮娘真有何事未參透？不知為何，他心底生出一股期望，希望溫榮能一直不要參透，如此他才能心安。

溫榮點了點頭，面上神情雖不動，可心下卻已思緒萬千。番僧先才同她說的，其實和竹林裡所言的相互矛盾了。竹林裡勸她不要被妄相迷惑，要看清了真相；可先才又擔心她有朝一日能開悟，還勸她開悟後不忘初心。溫榮微微嘆口氣，罷了罷了，說不定那番僧真是胡言亂語，她因此費盡神思，真真是不值當的。

李晟先將溫榮扶上了馬車，自己又走到馬匹前，吩咐了桐禮幾句。

溫榮上馬車正要在墊了錦褥的車杌子上坐下時，就瞧見一只裹紅綢帶、雕竹林七賢紋的紅木長匣。溫榮眉頭微顰，她不記得琳娘或是丹陽有送禮物給她。溫榮側臉撩開帷幔簾子，李晟正好和桐禮交代完事情，回身朝馬車走來，溫榮向李晟招了招手。

「怎麼了？」李晟看著溫榮，露出溫和的笑來。

溫榮指了指馬車裡的紅木匣子。「晟郎，那可是三皇子送的禮物？」

李晟疑惑地搖搖頭，取過紅木匣打開，裡面是一幅書帖。

溫榮上前幫忙小心地將書帖展開。

李晟眉頭皺起，竟是他先才在三哥書房看到的、懷素的「苦筍帖」。

溫榮為書帖所吸引，未留意李晟神情的變化，連連感慨好字。

李晟苦笑道：「我只是賞玩一番罷了，不想三哥竟做禮相贈。」

溫榮不禁想起端陽宴時丹陽說的話，丹陽言李奕最是不吝嗇好東西，兒時丹陽和晟郎看中的東西，李奕皆會毫不吝惜地送給他們。

溫榮怔怔地看著紅木匣子，原來真是如此。

第三十三章

回到紀王府，溫榮去廚房吩咐晚膳，李晟將書帖收進了書房。

晚上，李晟難得的沒在廂房陪溫榮，而是在小書房逗留了許久。溫榮亦不打算去打擾，安安靜靜地在廂房裡看書。

壁牆上靠近溫榮的那盞燈火快要燃盡了，昏暗的燭光搖晃了起來，溫榮抬起頭，不由得想起在馬車上看到的那幅狂草，覺得有些技癢難耐。細算來，她已經很久未提筆作畫和寫字了，平日晟郎也只是陪她下下棋而已。

「王妃，奴婢這就去換新燭和剪燈花。」碧荷發現廂房昏暗了，忙丟下手裡的穗子，起身去取新燭。

「沒事，不急。」溫榮溫和地笑著。「我要去書房。」

溫榮才撩開門簾，就看到了一雙黑色雲靴。

「榮娘，是否有空陪我去書房？」李晟眉眼含笑，認真地看著溫榮說道。

溫榮抿唇微笑點頭，她心裡尋思了去書房的，晟郎就過來接她了，難不成晟郎真能猜透她的心思？

李晟牽著溫榮往小書房走去。「我在書房站了一會兒，總覺得少了些雅趣，思來想去，還是要滎娘幫為夫的忙。」

進到書房，溫滎看到案桌上整齊地碼著一排軟毫、硬毫、兼毫，各號大小的排筆染筆，書案上還鋪了一張堅潔如玉的宣紙。

李晟笑道：「滎娘可會草書？是否願與我同書一卷？」

溫滎合攏嘴角，原來晟郎和她一樣是技癢了。溫滎頷首道：「曾練過一二，只是遠不如懷素和張旭等大師，怕掃晟郎的興。」

「張顛素狂，我們是醉心紅塵的凡人，自然及不上他們癲狂。」李晟溫柔的目光落在溫滎白皙面頰上，滿懷誠意。

溫滎笑出聲，她分明指的是書法技巧，偏偏晟郎說到性情去。

「滎娘可用得慣兼毫和玉版宣？」李晟攬住溫滎腰身，雙雙走至案前。

玉版宣是半熟宣，對墨水濃淡的掌握比之生宣等要容易許多。晟郎小看她了，溫滎指尖輕撫玉版宣，笑道：「此宣細薄光潤，在宣品裡可謂冠首。」說罷抬起頭，雙眸含笑地望著李晟。「書法裡墨分五色，即使是一筆落成的草書也分個深淺濃淡，往日裡就是尋常的生宣，妾身也能用水墨寫意的。」

生宣滲水強，若用水墨在生宣上書寫作畫，可謂是落筆即定。墨水滲沁極其迅速，非極熟練者，根本不能掌握。李晟湊近溫滎耳邊，言語裡熱氣撩人。「松煙墨、桐煙墨由滎娘挑，為夫為娘子磨墨。」

願磨墨者意為甘拜下風，可這書法還未開始鬥了。

溫榮點了一枚裝在烏木匣裡的描金松煙古墨，李晟信手拈起，不顧素常的端端風儀，將絹袍寬袖高高挽起，又解開束腰的玉帶棄之一旁，興致極高地說道：「榮娘且見我急磨玄圭染霜紙。」

溫榮好笑道：「晟郎狂意漸起，真真似懷素大家顛始是顛之態。」

李晟左手緊摟溫榮的蠻腰，右手握松煙墨穩穩落下，沾水緩緩滑動，研出的墨色極勻細，待墨染硯臺，再揀一支玉管羊毫，飽蘸濃墨後遞與溫榮。

溫榮笑著接過羊毫，抬眼問道：「晟郎說寫什麼？」

晟郎的笑容收斂不見，露出一副深思模樣。「前有因寄所託放浪形骸之外的〈蘭亭序〉，那日琅琊一族王大家與名流高士風雅集會，在清流急湍處暢敘幽情，故才能揮筆而出那等波瀾起伏、抑揚頓挫的名帖，今日我們不見崇山峻嶺，亦沒有群賢鬥詩，僅有陋室閒情，佳人在旁，不若就書一篇〈洛神賦〉，可嗟佳人之信修。」

溫榮的兩彎籠煙眉微微揚起，剜了李晟一眼，噘嘴道：「晟郎好厚的臉皮，我可不能著了你的套。」

李晟鄭重其事地搖搖頭。「榮娘誤會為夫了，榮娘單寫『余情悅其淑美兮』一句可好？而後為夫再接一句。」

溫榮見拗不過李晟，只好作罷，提筆揮腕而作，筆鋒遊走，行雲流水般一氣呵成。

溫榮手腕纖細白嫩，雖不若男子那般剛勁有力，卻有一股巧勁，指實腕虛，手法圓轉，寫出的字飄逸飛縱。

李晟忍不住連聲稱妙，眼中露出驚嘆之色。榮娘身段玲瓏，可是立於書案前的姿態猶如山松一般，無論腕筆如何行走，其身姿皆可巋然不動。榮娘年不過十五，竟然已有這般令人嘆服的書法造詣。

寫完「無良媒以接歡兮，托微波而通辭」一句，溫榮收腕關鋒，筆回硯臺處。看著這幅字，溫榮心神微動。當初她和李晟之間，就是沒有媒人傳達愛慕之情的，她曾不以為意、無動於衷，是晟郎苦赴邊疆，憑一己之力謀得了這門親事。比之〈洛神賦〉裡只能遺情想像、顧望懷愁的感情，他們要幸福上許多了。

李晟捧起溫榮的書法，仔細端詳，感慨道：「字勢姿態皆極巧妙，看似規範，可墨色濃淡、用筆輕重緩急間卻變化無窮，為夫甘拜下風，是不敢班門弄斧了，慚愧慚愧。」

溫榮一邊轉身取過一張新宣鋪在書案上，一邊笑道：「晟郎羞煞妾身了，妾身剛入盛京不多時，就有聽聞五皇子的書法精湛，是盛京名流賢士中的翹楚。縱是不論傳聞，妾身亦親眼見過晟郎的行楷，可謂遒勁魄力，這會兒可是故意不肯讓妾身開眼？」

晟郎無奈地笑道：「哪裡是什麼翹楚，不過是一群目光短淺卻又自視甚高的紈袴子弟在那兒相互吹捧罷了。他們哪裡有為夫的幸運，能知山外有山、人外有人。」說罷，李晟手臂微收，將溫榮緊緊摟在懷裡，低首輕嗅佳人頸間馨香。

溫榮忍住笑，將李晟推開，嬌嗔道：「油嘴滑舌！」說罷，溫榮鋪平玉版宣，又去取羊毫蘸墨，要伺候李晟書法。

不想李晟搖頭道：「為夫要向榮娘求一幅草書墨寶，可若只是在宣紙上書寫，著實少了幾分肆意和放縱。榮娘隨為夫來。」不待溫榮反應，李晟一把將溫榮打橫抱起。

溫榮一聲嬌呼，手中蘸滿濃墨的羊毫掉在了地上，濺散的墨痕刺目肆意。

李晟抱著溫榮走到書房旁的一間小側廳裡，小側廳是做藏書用的，平日李晟鮮少過來，故溫榮也未曾來過，就見小書房的兩面側牆上置了一片書櫥，整整齊齊地碼著書卷和竹簡。

書房裡最顯眼的是一架擺於正中的四扇屏風，溫榮看到泛著瑩瑩光澤的屏風，一時愣怔。屏風架四周是鑲珐瑯的檀木，中間嵌的並非尋常畫紙，而是一層綃絲。

李晟將溫榮輕輕放下，溫榮走至屏風跟前，近了才發現屏風上的綃絲並非一色白，而是白裡透了極淡的綠色，溫榮目光微偏移，還可隱約看見用雙層蠶絲織出的、巍峨的秦嶺山脈。

「好生精緻的屏風，這屏風面可是用的天蠶絲？」只有天蠶吐的絲才會呈現瑩柔的綠光。溫榮細白手指輕畫過屏風面，指間的觸感極潤，原來綃絲面上已經染了一層上好礬石，可以文書作畫了。

李晟頷首笑道：「確實是天蠶絲所織。我一直想將此屏風擺到書房中，卻無奈其太過素雅了，三哥、丹陽等人都言不合適。今日難得技癢，我與榮娘就在這幅屏風上書法作畫可好？也算榮娘贈為夫的墨寶，放在書房可日日觀摩欣賞了。」

溫榮趕忙搖頭。「妾身不敢，天蠶絲得來不易，妾身的書法畫技實是難配上此等天蠶絲，還是用尋常宣紙吧。」天蠶絲本就極其金貴，更何況是隱繡了河山圖的。她雖作畫無數，綢緞絲絹也有用過，可在天蠶絲上作畫仍會心有餘悸，擔心白白糟蹋了這好東西。

李晟看著溫榮，緩緩傾訴道：「榮娘不必擔心，此屏風是我十歲壽辰時阿爺送的。壽辰那月，阿爺因為並汾戰敗一事情緒不佳，宮裡遂將我的壽辰宴無聲息地取消了，那時我還年幼，雖有些失落，但還是不甚在意的。本以為就這般作罷了，不想壽辰那日阿爺竟自己記起來。阿爺也未聲張，只親自到蓬萊殿來看我，那刻我正在憑記憶畫阿娘的畫像……」李晟頓了頓，眼睛微亮。「其實我畫得不像，可阿爺卻捧著畫看了很久很久。後來阿爺誇了我，稱讚我的書法和畫技在眾皇子中是數一數二的，並讓我畫完後，將阿娘的那幅畫像送去他書房。」李晟捧起溫榮的手輕吻，纖纖玉手上留有淡淡的墨香。「我將畫送去書房，接著阿爺就將這扇屏風送給了我。榮娘與我一道將這架屏風完成可好？有四扇呢，榮娘說該在上面寫畫些什麼？」

溫榮抬頭與李晟兩兩相望，每次李晟提及其母妃，神情和語調都是雲淡風輕的，唯獨眼底深處會有漣漪泛起，看似平平無奇，溫榮卻能感受到深入刻骨的痛意。

湖心不動，湖面怎會有波紋泛？

溫榮心神微顫，輕靠在李晟的懷裡，只想更貼近李晟的心房，令彼此心安。溫榮曾想詢問李晟關於賢妃殿下的事情，可又不知該如何開口。每個人都有深藏不願向他人傾訴的傷，晟郎年幼喪母，寄在王淑妃身下，在溫榮眼裡，此番經歷就是晟郎心底最軟弱之處。

李晟認真地看著溫榮。「榮娘可願與為夫共畫？」

溫榮早已經心軟了，只仍舊擔心糟蹋了這幅屏風，因為她明白了聖主送晟郎這幅屏風的心意。屏風雖貴重卻太過素淨，藏在絹面光澤下的大好河山隱約難見，有幸仔細端詳者，都將由衷感慨屏風裡暗藏的玄機。

世人都道聖主最愛長孫皇后，此言非虛，可惜長孫皇后走得太早了，無法陪伴睿宗帝一輩子。聖主稱孤，是一種高處不勝寒的寂寥之意。後宮佳麗三千，長孫皇后離開了，他需要一位如長孫皇后一般，能走進他心裡、與他共擔喜樂哀傷的女人。

溫榮早有聽聞王賢妃聰慧貌美，心地純良，除了不遜於王淑妃的才貌，還能彈一手極好的琵琶，舞姿更如天仙一般。有此佳人在身旁，聖主自然傾心，可王賢妃也不幸早逝了。

自王賢妃離世，許多年過去，宮裡再未傳出聖主專寵於誰的流言，只有偶爾聽聞哪位妃嬪賢良。如今宮內最賢良的，就是李奕生母王淑妃。

「晟郎，妾身擔心在屏風上塗寫是畫蛇添足，糟蹋了聖主和賢妃殿下的美意。」溫榮抿了抿嘴唇。屏風素淨裡透著風華絕豔，她在天蠶絲絹上書法圖畫，是否會弄巧成拙，破壞了屏風？

李晟搖了搖頭。「榮娘，我母妃也善畫，這幅屏風本是聖主送母妃的，更答應母妃要二人一起完成四扇屏風畫。可許下承諾後，聖主忙於朝政，將此事忘記，那些承諾一直無法兌現。」李晟摟著溫榮的臂彎更緊了些。「那時母妃與我說『來日方長，待天下時局穩定，你阿爺就有更多的時間陪我們母子二人』，可沒想到，在那不久之後，母妃就因舊疾突發，徹底離開了。榮娘，不若就由我們二人完成母妃的遺願，如此母妃在天上看到了，也會欣慰的。」

李晟的目光微潤，恍若雨後夜空裡被薄霧擋住的星辰，少了分光亮，卻能令人心生酸楚。這是李晟第一次主動和她談及賢妃殿下，還說得如此詳細。溫榮深深吸了口氣，胸口起伏間感受到李晟胸膛的暖意。

溫榮下定了決心，抬頭問道：「晟郎可知當初聖主與賢妃殿下打算在屏風上寫何字、畫何景致呢？」

李晟怔怔地看著溫榮，轉瞬間，神情就如雲開霧散的天空，歡喜道：「榮娘這是答應了？當初母妃想在屏風上畫四季圖，可聖主已將屏風送與我了，我希望是榮娘喜歡的。」

聖主與賢妃之間的感情並不需要他們來延續，他們能做的、能令賢妃高興的，是要比賢妃更幸福。

溫榮仔細打量四扇屏風，在屏風上作四季花圖確實再好不過，可晟郎想將屏風擺在書房，若只是四季風景，就少了幾分內蘊了。溫榮笑問道：「晟郎，不若我們在屏風上書畫四君子圖可好？春蘭、夏竹、秋菊、冬梅，既應了四季風景，又適合擺在書房。」

李晟聽言，眉毛微揚，展顏笑起。「好主意，就照榮娘說的畫。」

李晟吩咐人將屏風抬至書房，溫榮則在挑選合適的各號羊毫排筆及上好的松煙墨。畢竟屏風上已有風景和顏色了，她是捨不得再用豔俗的染料於屏風上塗抹的，淡墨相宜便可。

紀王府書房裡，溫榮的指尖輕點墨香，而兩街之隔的臨江王府，李奕剛收到其貼身侍衛的回報。

李奕安排侍衛在番僧出盛京後將其殺死，但同時顧念舊情，吩咐成事後要厚葬番僧。那番僧在盛京裡孑然一人，無親無故，李奕本以為此事是萬無一失，更不會引起人懷疑的，不想侍衛竟回報未得手。

李奕面上似覆一層冰霜，蹙眉問道：「是否看清救人者是誰？」

侍衛低首心悸，搖了搖頭。「那時月亮正好被雲遮蔽，我們實是未看清對方身形和模樣，只知來者武藝極高，且無意取我們性命，亦無心戀戰，將番僧救下後，立時騎馬離開了。」

李奕靠回矮榻，拇指來回揉眉心。究竟會是誰將番僧救走？

侍衛跪在地上。「主子交代的事情未辦妥，還請主子責罰。」

李奕閉眼搖了搖頭。「罷了，此事不怪你們，是我太大意了。」

侍衛思及京郊外阻攔他們動手的黑衣人，握緊了拳頭，鬱結地說道：「主子，那黑衣人似乎跟隨了番僧一路，故才能在我等動手時立即出現。會不會是太子派來的人？」

李奕睜開眼睛，眸光裡透著一股冷意。「不會是太子，如今太子自身難保，只是在東宮裡自求多福，況且他不知道番僧今日離開臨江王府。」說罷，李奕起身走到侍衛面前。「罷了，你下去吧，暗中調查此事便可，莫要引起他人懷疑。」

李奕走至格扇窗前。不想番僧竟然一路有人保護，照理知曉番僧離府的僅有幾人……李奕覺得有些疲憊，或許他不應該讓番僧和溫榮見面的，非但無一絲用處，反而令溫榮離他越來越遠。

「奕郎。」

書房外傳來謝琳娘溫軟的聲音，李奕回過神，恢復了一貫溫文儒雅的神情，快步走出書房接迎謝琳娘，看著她笑道：「夜裡風重，怎麼不在房裡歇息？」

「妾身見奕郎晚膳吃得少，故特意為奕郎熬了碗燕角蓮子粥。奕郎身子剛恢復，可不能餓著了。」謝琳娘轉身自托盤裡端過一只彩紋梅花三彩蓋碗，柔柔地說道：「先才妾身已在房裡等了奕郎好一會兒，後來知曉奕郎在書房裡忙公事，遂將粥帶過來了。若是打擾到奕郎，還請奕郎莫怪妾身。」

李奕連忙自琳娘手中接過三彩碗，轉身放至案几上，笑道：「辛苦琳娘了，往後這等瑣事便讓婢子去做吧。琳娘先回房休息，我將這些公文看完，也就去歇息了。」

琳娘抬眼還想與李奕說些什麼，卻見李奕神情凝重地看著案几上高高的公文。謝琳娘沒來由地心生煩悶，垂首道安後退出了書房。

「淡墨點葉，濃墨點蕊，幾叢幽蘭自屏間舒放而下，不過五葉三花卻已如彩蝶起舞。榮娘的綿綿數筆，就將春蘭的柔美清雅展現得淋漓盡致了。」李晟面露驚豔之色，手執竹管羊毫略沈思片刻，而後在第一扇屏風的右上角揮筆而書——婀娜花枝葉，空谷自芬芳。

「蘭花似世上賢達，獨在深谷幽香，晟郎題的詩極貼切。」溫榮一邊說一邊看向李晟於第二扇屏風作的夏竹圖，微微一怔。「晟郎的夏竹迎風垂立崖間，竹葉疏密適宜，深墨為面，淡墨為背，極顯靈性。崖間竹旁的那枝靈纖竹是畫龍點睛之筆，兩竹相偎相依，如此不顯寂寥孤單，更多一份世人羨慕的連理之意。」

溫榮未有猶豫，提筆狂草而下——竹取相扶意，破岩中。

李晟面上滿是笑意。「榮娘懂我，這一畫一詩都將我比下去了。」

第三幅秋菊亦是溫榮所作。石畔旁的秋菊千葉競攢，繁簇似錦，比之春蘭空谷自香的高潔，秋菊淡雅裡更多了一股傲然之氣，有著百花相妒的芬芳和顏色，更可在蕭瑟秋風中驚豔晨光。

李晟在旁題下——百花苦恨秋風殘，誰知金蕊泛寒霜。

溫榮拊掌連聲稱讚好詩，最後一扇屏風是李晟所作的冬梅。晟郎以淡墨細線寫花瓣，扶蘇瘦枝綻玉蕊，冰雪清冷裡瓊葩含露，暗香浮動，梅枝瘦削曲折卻極剛勁有力，淺蕊點點清韻絕然，就連梅枝下的青石暗苔亦顯生機和新意。

李晟的筆墨粗細濃淡用得極其協調，筆風肆意灑脫，峭拔瀟灑，此點令溫榮十分嘆服。

溫榮半歪著腦袋，片刻後抿唇笑起，落在梅旁的是極娟秀的隸書——歲寒幸作相知友，年年至此為君開。

「好一句『年年至此為君開』！」李晟看向溫榮，清亮的眸光裡是濃濃的歡喜意。「不論鬥詩還是鬥畫，為夫都輸得心服口服。」

榮娘輕拭額角的香汗。「晟郎過謙了，榮娘是無論如何也畫不出如此清俊的夏竹與冬梅的。」

李晟接過溫榮手中的羊毫，隨手遞給了一直在旁伺候的綠佩。

綠佩和碧荷見主子終於收手了，著實長出一口氣。主子是畫得興起，可她二人在旁磨墨、換筆、洗筆好不緊張和辛苦啊！

李晟往後退了一步，仔細欣賞二人聯手畫的屏風，四幅圖風格迥異可卻格外和諧。四時景、題詩、絹面、屏風，四者可謂渾然天成，相得益彰，李晟對此屏風是極其滿意。

「五皇子、王妃，已是亥時末刻，該歇息了。」碧荷在旁提醒道。

不知不覺過去了兩個時辰，歇下來才察覺到疲憊。李晟牽著溫榮回廂房沐浴更衣，要安寢時李晟想起一事，交代道：「榮娘，明日軒郎過來，不若留了一道用晚膳，我有段時日未見到軒郎了。」

提及軒郎，溫榮就想起白日裡琳娘與她說的話，心裡不免不舒服，表情也慵懶了些。晟郎見狀關切道：「榮娘可是有心事？」

溫榮眉梢輕動，笑著搖搖頭。「妾身無事，許是先才站得過久，故有些累了。」

「是為夫的大意了。」李晟自床榻下來，在溫榮身前蹲下。

「好癢，別鬧！」溫榮見李晟要脫她的鞋子，笑著往後連連閃躲。「晟郎，快安歇吧，明日還要早起呢！」

李晟輕捉住溫榮瑩白細潤的腳踝，不能叫溫榮跑了，可又不能弄疼了。「榮娘，聽話不鬧，就一會兒。」

這語氣就像哄孩子似的，溫榮羞澀地低下頭，內室安靜了下來。李晟將溫榮的腳架在了他的膝頭，手指一下一下地摁在腳心，輕重正好，溫榮覺得全身的疲憊都要散去了。

約莫過了小半炷香的工夫，散了疲憊的溫榮徹底輕鬆下來，濃濃的睏意席捲而來。溫榮的眼皮子跟打架似的，許是太過舒服了，竟來不及與李晟說一聲，就靠在軟衾上沈沈睡去。

李晟抬頭靜靜地看著溫榮精緻的睡顏，溫榮長長的睫毛微微顫動，在白皙的面頰上投了一片如扇的秀影。李晟站起身才發覺兩腿都已麻了，也不待緩過來，就在溫榮的身旁坐下，凝望片刻後，俯下身在溫榮的櫻唇落了一吻，溫軟的觸感令李晟覺得這一刻綿長又太過短暫。他的動作十分小心，生怕吵醒了這份寧靜。

李晟用極輕而微弱的聲音嘟囔了一句，才將溫榮抱起平放在床裡，又小心翼翼地為溫榮蓋上了薄衾。李晟起身放下幔帳，走至案几前將燭火吹滅，又回頭看了看床榻，夜色裡的雙眸如星辰般清亮，李晟的眉毛漸漸皺起，至外間吩咐碧荷等人守好夜後，就去了書房。

第二日。

溫榮將雨過天晴的窗紗推開，天光透進來，地上映著福娃抱桃圖案的格窗紋。溫榮吩咐廚裡將她早起做的點心擺至側廳，一會兒要招待軒郎了，安排妥當後，溫榮才坐在書案前清算帳簿。

「還未到三伏天就已經這般熱了，也不知以後該如何過！」綠佩咋咋呼呼地領著小婢子進廂房。「王妃，這些荔枝和櫻桃都是鎮了冰的，解暑再好不過，王妃嚐嚐看。」

溫榮扦了顆荔枝小口咬著，隨手摸了摸墜在鎖骨處的冰玉石。

綠佩眼睛亮，一眼就瞧出溫榮新戴了一條玉鏈子。石榴籽大小的玉珠連成一串，最下方則墜了一小片雕捧蓮紋的圓形玉珮。

玉鏈並無過多花哨之處，只極其精緻雋雅。溫榮早上醒來時在枕邊發現的，知曉是李晟留下給她的禮物，故也未多想，直接吩咐碧荷為她戴上了。

初以為只是一條尋常的玉鏈，不想當那片圓形玉珮貼在肌膚上時，竟會沁出絲絲涼意，將夏日的暑意盡數消去了。溫榮仔細瞧過，約莫是何稀罕的玉種，她也不曾見過的。

綠佩笑道：「五皇子送王妃的首飾可真漂亮，這條玉鏈與王妃最是般配了！對了，婢子隱約記得丹陽公主也有一塊一樣的，可她是將玉珮墜在腰間的。婢子是聽丹陽公主身邊的宮婢說的呢，說這是極稀罕的冰玉種，夏日裡佩帶再好不過。還是五皇子有心，將玉珮串成鏈子，解暑效果更好，如此王妃就不用再擔心酷暑難耐了！」

溫榮頷首笑道：「綠佩現在不會只知道鬥蟈蟈了。」

綠佩聽言，不好意思地低下頭。

溫榮看了眼果碟，又說道：「綠佩，妳將新鮮的櫻桃和荔枝分給碧荷、侯侍衛他們一起嚐嚐，我一人吃不了這許多，別糟蹋了。」

綠佩聽到溫榮提及侯侍衛，瞪著眼睛嘟囔道：「給他吃才是白白糟蹋好東西呢，還不若我與碧荷、春桃她們一起分了！」

「越發沒大沒小，我的話妳也不聽了，平日裡哪能少了妳和碧荷吃的？快將這碟送過去了，就當作妳前日的歉禮。」溫榮揮揮手，不再搭理綠佩，低下頭繼續清算帳簿裡的支出。李晟在南郊有三處莊子，盛京城裡還有許多宅院和鋪子，除了東市的兩處鋪面，晟郎在崇仁坊、勝業坊的宅院都是空置的，只派三兩名老嬤嬤偶爾打掃。

溫榮忽然想起晟郎在宣義坊還有一處宅院，就是前年裡借給陳知府家女眷暫住的。溫榮將簿子仔細翻查了一遍，都未曾看到那處宅院的記錄，溫榮抿了抿嘴唇，將帳簿合了起來，喚甘嬤嬤至廂房，詢問了一些管家的事情。

溫榮用過午膳後，在廂房裡小憩了一會兒，未時中刻還未到，就收到閣室小廝的傳話，說是溫景軒已經到了。溫榮連忙起身更衣，至二進院子的院門迎接軒郎。

溫榮見軒郎的神情有些沈鬱，心下不免擔心。

二人在二進院子的側廳裡坐下說話，溫榮好奇道：「今日軒郎旬假，阿爺不是為軒郎請了武功師傅嗎？怎麼會有空過來？」

軒郎的表情頗為不自然，囁嚅了半晌才說道：「聽聞王妃昨日去了臨江王府，我擔心王妃和祖母、阿爺他們商量妥當了，就來不及了。」

溫榮知曉軒郎所言何事，昨日她也因此在琳娘那兒碰了釘子，可軒郎為何會說來不及？溫榮仔細想起祖母提及此事的態度，當時祖母的神情就有幾分古怪，難不成……

溫榮也不與軒郎繞彎子，直接問道：「軒郎可是不滿意謝家的娘子？」若是真不滿意，溫榮許是能更舒心些。

軒郎搖搖頭。「我未見過謝家女娘，哪裡談得上是否滿意？只是我不想這般快地將親事定下來。聽聞榮娘與三王妃過了口風，這事若這般定下，就沒有轉圜餘地了，所以還請王妃幫忙緩一緩。」

「軒郎看上別家女娘了？」溫榮輕鬆地笑起來。「若軒郎已有心上人，與榮娘直說便是，又不是甚打緊的事兒。在榮娘看來，門第沒有那般重要的，只要是正經人家的娘子，我都可以幫軒郎。」

溫景軒垂首不言。

溫榮見狀心一沈，忍不住皺起眉頭。溫榮將新做的蜜糖松子酥擺在軒郎面前，道：「知曉軒郎要過來，早上我特意去廚裡做的，軒郎嚐嚐，味道是否和以前一樣。」

溫景軒咬著下唇，似是下了極大決心，終於開口道：「榮娘，前月趙二郎與幾名同窗邀請我去平康坊吃酒，我認識了一名樂伎……」

溫榮聞言大驚，前世溫景軒被溫景祺等人帶了去平康坊吃酒享樂，白白耽誤了學習的光陰。這一世為了避免此事再發生，她已未雨綢繆了，不想軒郎還是著了此道！三皇子身子剛恢復，阿爺才回府沒多久，了了這樁大事，溫榮還以為能鬆口氣了。溫榮緊緊揉著錦帕，無怪祖母提及軒郎時會是那般神情。溫榮有一事不解，蹙眉問道：「軒郎，那趙二郎不是已經去翰林院當差了嗎？怎會回國子監，還帶了你去那平康坊？」

溫景軒知曉榮娘心生不悅，鬱鬱地說道：「那日翰林院休假，趙二郎回國子監請教習赴宴，學裡有幾名同窗與趙二郎交好，他們知曉趙二郎與溫府是姻親，遂將我一起帶上……」

溫景軒心裡也不是滋味，當時他推託不過，畢竟趙二郎是蔓娘的夫郎，總不好駁其臉面，將關係鬧僵了。可到了平康坊，見到鄭都知（注）後，他卻是實實地被鄭都知的才情折

注：都知，青樓歌館經常舉行文酒之會，除散閒官員之外，也常邀請文人雅士湊趣，場子裡除了絲竹管弦、輕歌妙舞和陪酒女郎外，還必須有一位才貌出眾、見多識廣、能言善道的名伎主持宴會節目，這種節目主持人就稱為「都知」。

服。鄭大娘子不但彈一手好琵琶，吟詩作對的本事亦在他們這些郎君之上，最令他受寵若驚的是，那鄭都知竟也屬意他。

溫榮瞭解了來龍去脈後很是頭疼，趙二郎和溫蔓娘定是故意為之，那鄭大娘子多半也是事先安排好的。本以為一家人過繼到長房後，和二房的恩怨是非可就此了斷了，如此看來，確實是她掉以輕心了。

「祖母年紀大了，阿爺又極嚴苛，因為學業的事情，阿爺已對我頗為失望了，阿娘遇著事便焦急慌亂，茹娘又年幼，故許多話我都不能和他們說。鄭大娘子雖是平康坊的一名都知，卻並非一出生就是賤民，實是因其有官身的阿爺遭冤入獄，其阿娘母家又家道中落，萬般無奈之下才被其叔父賣到煙花柳巷中的。我知曉良賤不能為婚，府裡更不可能捨錢與我，替鄭都知贖身，祖母和阿爺也丟不起這人。榮娘不必擔心，我心裡都有數的……」溫景軒怔怔地看著粉彩碟裡的蜜糖松子酥，頓了頓又說道：「榮娘，我是以借書的名義從府裡出來的，武功師傅還在府中等我，我就先回去了。」

溫榮回過神，將一直捧在手中的茶碗放回茶盤，茶湯已經冷涼了，那茶湯裡照軒郎口味加的酥酪，和著茶粉凝成了乳沫浮在湯面上。溫榮抿了抿唇，舒展眉頭，抬眼勉強笑道：「我心裡有數了，議親一事暫且不急，府裡軒郎順著長輩一些，我會儘量安排好的。」

溫榮本想照晟郎吩咐留了軒郎用晚膳，可軒郎以練武為由，執意推辭。食案上的點心還一點未碰，溫榮吩咐婢子將松子酥裝食盒，交與跟隨軒郎的僕僮，再一路送了軒郎出府。

溫榮回到廂房後，無心再整理甚帳簿了，思及先才軒郎認真的神情，溫榮明白軒郎確實是動了真情的。溫榮對流落風塵的女娘更多的是同情，正如軒郎所言，她們的命運是極悲慘的，除了如鄭都知那般因家道中落而被親眷所賣的，還有因世代賤籍，迫於無奈只能操賤業的。若非這種種緣故，哪裡會有女娘心甘情願地墮入那般境地？

平康坊的戶伎是賤籍，重金贖出也只能做侍婢，至多為妾室。若軒郎執意要納鄭大娘子為妾，與其一家人爭得面紅耳赤，還不若就去官府將鄭都知放良籍了。放眼盛京裡的貴家郎君，娶幾房妾室確是尋常事，亦不會影響軒郎日後再明媒正娶貴家女娘為正妻。

終究是萬般無奈下的選擇，溫榮撚了一根秋香色絲絛在手中把玩，絲穗子一根根纏繞在指間，又一根根地慢慢解開。

若二者互相傾心，或許還不算難事，可歷來市井皆言風塵女子的性子多涼薄，不知那平康坊的鄭都知對軒郎究竟存了何心思？倘若真是被趙二郎等人用銀錢收買，意在對付他們溫府，溫榮是不能容忍軒郎被欺騙了的。鄭大娘子那兒她要遣了人去仔細打聽，唯一安慰的是軒郎還不至於被迷昏了頭，還能為府裡考慮一二，不至於不管不顧。

溫榮輕輕摩挲絲絛上的玉環，轉頭看到嵌在妝奩上的鴿血石，免不了想起昨日贈與琳娘的伴手禮，自嘲一笑。現在她都不知道是該慶幸還是該遺憾了，慶幸琳娘未瞧上溫府，否則昨日將這事兒談妥了，她都無法和琳娘、謝府去交代。

如今溫家二房將溫蔓娘嫁到尚書左僕射趙家，就意味著溫家二房和二皇子是脫不開干係了，只不論溫家二房是支持太子還是支持二皇子，都會想方設法來對付長房的。

細想來，他們怎會肯讓長房和謝家順利聯姻？除了因為祖母是出自謝家，更因為如今謝家勢力正盛。

陳留謝氏是四大家族之一，族裡世襲罔替一品國公爵，三王妃的阿爺又是重權在握的兵部尚書謝嗣業，聖主還賜了謝嗣業正二品輔國大將軍的官職。同時也正因謝家在朝中勢力越盛，故謝家人要極了面子。

倘若兩府真商定親事，趙家二郎必定會站出來四處宣揚軒郎的風流韻事，稱軒郎和鄭大娘子是如何的兩情相悅，如此無疑是在打謝家的臉面，謝家人怎可能容許嫡出女娘到溫府去受委屈？與其真真到長輩層面地影響兩府關係，不若徹底作罷。祖母那兒由她去作說客，而阿爺就需要晟郎幫忙了，阿爺現下就聽得進三皇子和五皇子說的話。

溫榮正想到晟郎，綠佩就進門道——

「王妃，五皇子回來了，命小廝抬了個好大的箱子去書房呢！」

溫榮瞥了眼沙漏，申時未到。怎麼這麼早回來了？

「榮娘！」屋外傳來李晟頗為興奮的聲音。「我將早年收集的、放在宮裡的字畫都帶回來了！待我命書僮整理後再一道賞玩可好？」

溫榮笑著起身，將李晟迎了進來，又取出李晟在府裡慣常穿的絹絲袍衫。這兩日晟郎每每與她談及書畫，都笑得像個孩子似的，似是生活無憂無慮，晟郎亦對這份悠閒自在十分滿意。溫榮一邊為李晟換袍衫，一邊問道：「晟郎怎這般早回來了？今日官衙裡無事嗎？」

李晟慢悠悠地說道：「今日未去官衙，聖主召了三哥與我進宮問話。對了，欽天監挑了個黃道吉日，下月初一，聖主將冊封淑妃殿下為正一品貴妃。」

溫榮眸光閃爍。「淑妃殿下賢良淑德，在太后身體抱恙時，將後宮管理得井井有條，此次三皇子中毒一事，更彰顯了淑妃殿下的德容和博愛，聖主冊封淑妃為一品貴妃，也是在情理之中了。」

「那日又要辛苦榮娘了。」李晟彎著眉眼朝她笑，眼底嘴角的弧度皆藏了青澀朦朧的情意。

對於李晟無微不至的關心和小心翼翼的溫柔，溫榮有時會覺得忐忑，畢竟此刻的李晟和平日威風凜凜的嚴肅冷漠模樣相比是判若兩人。溫榮不知道哪一個才是真的，許兩個都是。

不論哪樣，她都愛著這鮮衣怒馬的郎君。

「不過是進宮參宴罷了，能遇見丹陽等人，也是件有趣的事情，哪裡有什麼辛苦的？」

溫榮踮腳為李晟扣領襟上的最後一顆扣子。

李晟抬手輕撫溫榮的眉心。「下午軒郎來過了？可是出了什麼事情？榮娘有皺過眉頭的痕跡。」

溫榮沒好氣地拍掉了李晟的手，不知晟郎著的什麼魔，哪能就瞧出她皺過眉頭了？溫榮也不隱瞞，和晟郎說了軒郎遇見鄭都知的事情，順便又將昨日在臨江王府琳娘態度的變化一五一十地告訴了晟郎。「軒郎確是有為鄭大娘子贖身、再納她為妾的心思，可阿爺是斷然不會輕易同意的，更不肯替軒郎出這筆不菲的贖金。軒郎與我說了心裡的顧慮，他亦是不想因個人的事情影響了整個大局面，無奈他人微力薄，也是在徒增煩惱。」

溫榮知曉不能將所有的錯都推給趙家二郎，趙二郎只是引了軒郎去平康坊，最後被女色所迷的是軒郎自己。溫蔓娘和軒郎曾在一府裡生活了許久時間，故溫蔓娘對軒郎的性子再瞭解不過，知曉軒郎脾氣極其和順，壓根兒不知該如何拒絕他人。不會拒絕也就罷了，偏偏又對旁人鮮少防備。此事若換作三皇子或五皇子，趙二郎等人就是在白費力氣。

李晟垂首略思索片刻後，安慰溫榮道：「不過是小事，軒郎年紀尚幼，議親可以再等些時日，盛京裡不缺待嫁的貴家女娘，也不見得謝府就是最好的。當務之急是瞭解鄭都知的為人品性，若二人真是兩情相悅，我們不能棒打鴛鴦，強行拆散軒郎與鄭都知；可若鄭都知品德有缺，我們亦不能太過心慈手軟，否則會害了軒郎的。榮娘得先費些心思安撫好溫老夫人，莫讓老夫人太過焦慮了，岳丈那兒若有我能說得上話的地方，榮娘儘管開口。」

聽到晟郎言軒郎年紀尚幼，溫榮就覺得有些好笑，晟郎只比軒郎長了一歲而已，說起話來已經和長輩一樣了。既然晟郎都說是小事，溫榮的心也放寬了些。鄭大娘子她先才就安排了人去打探，溫榮唯獨擔心祖母，祖母出身謝家，對溫府與謝府聯姻一事抱了極大期望，無奈現在要失望了。祖母年紀這般大，可孫輩還不能讓她老人家省心。

李晟瞧見溫榮促狹的神情，猜到她在想什麼，伸手捏了捏溫榮圓翹的鼻尖。

「我倒覺得陳府娘子不錯，下次可以帶了軒郎去挑挑。」李晟看到了溫榮親手做的松子酥，理所當然地端到跟前，神情一本正經。

李晟平日裡幾乎不沾甜食，唯獨溫榮親手做的甜點，他總會霸占著一人慢慢吃完。早先還未娶到溫榮時，他就常常去國子監，蹭溫榮為溫景軒做的松子酥。

溫榮的秀眉擰了起來。「晟郎何時見過陳家惠娘的？」思及陳惠娘姣美模樣和爽朗性格，溫榮心裡倒也頗為滿意。「陳家會不在意軒郎的風流事嗎？」

李晟認真道：「我壓根兒未見過甚陳惠娘，但陳家也不止有陳惠娘一名女娘。軒郎的風流事不幾日就會被遺忘，待到明年，還會有幾人記得此事？縱是記得，又有何人敢拿出來說話？」

李晟倒是自信滿滿，溫榮也明白了李晟話裡的意思，心下生起一股歡喜意。「晟郎，陳知府家的娘子何日會到盛京？」

李晟笑道：「若不出意外，下月上旬陳知府一家人就會抵京，榮娘在京裡又多了伴了。」

溫榮抬眼道：「晟郎可記得陳月娘曾託妾身送一只荷囊與你？那荷囊是陳月娘親手繡的……」思及此，溫榮心裡有幾分吃味。「若是月娘還有心思，晟郎是否要……」

聽言，李晟皺眉不悅，將溫榮一把拉進了懷裡。「這事我還沒怪妳了，妳卻還敢自己提起！三年前初見榮娘，我就下了決心，今生若能娶榮娘為妻，便再無所求，絕不會納甚側妃姬妾的，我只想同榮娘一道做不羨鴛鴦的快活神仙。若溫榮不願與我共度此生，一個人過也罷了，所以榮娘以後不許再瞎說瞎想給我添亂子了！」

溫榮的臉頰一陣陣發燙，羞澀地點了點頭。她還未習慣，可晟郎說起情話來已是一套一套。

「對於三王妃……」李晟緊鎖眉心。「榮娘可能要留心一些了。」

溫榮也知曉琳娘是與她生分了，心裡不免沈甸甸的。見時候不早，溫榮起身道：「晟郎，你先休息會兒，我去準備晚膳。一早我聽碧荷說了，昨晚我歇息後你又去了書房，往後不許再那般辛苦。」

李晟笑著點了點頭。「我知道了，榮娘離了我是會睡不好覺的。」

溫榮只當沒聽見，就要走出屋子，廂房裡又傳來聲音——

「榮娘，差點兒忘了，我有樣東西要交給妳……」李晟取出一本薄薄的線裝暗本帳簿交給溫榮，放低了聲音說道：「榮娘，簿子裡是我這些年暗地裡置下的產業，王淑妃和三哥也不知曉。可是不多，榮娘不要嫌棄。」

溫榮好奇地翻開帳簿看了幾列，宣義坊的宅院果然記錄在冊。「晟郎這是……」難不成晟郎徹底撒手不管中饋的事情了？

「若軒郎執意要贖鄭都知，溫中丞必然不肯搭理，我們也不便在明面上幫忙。」李晟溫和地說道。

溫榮微微蹲身，朝李晟感激地笑了笑。「妾身代大哥謝過晟郎。」贖金的事兒確實是她發愁的，只是這般慣著軒郎也不妥當，還是該讓他得些教訓、長長記性的，總不能每次都著了別人的套。

轉眼到了六月初一，正是欽天監挑出來的、冊封王淑妃為一品貴妃的黃道吉日。

溫榮前一日和李晟商議後，挑選了一只繪寶傘、蓮花、金魚、盤長結等八吉祥紋的三彩魚口花瓶，再一對金銀相間、雕葡萄花鳥紋白玉扣香囊做王淑妃的賀禮。

天還未亮，李晟和溫榮就起身收拾了。李晟見時辰尚早，並不急著更換入宮參禮的朱紫色蟒科袍服，只著一身絹服就去庭院裡練劍，溫榮則喚了碧荷為她篦髮更衣。

「王妃，甘嬤嬤過來了，可是讓她進來說話？」綠佩撩開簾幔問道。

「快讓甘嬤嬤進來。」溫榮一邊說道，一邊看著銅鏡裡的自己。

碧荷照吩咐，為溫榮梳了個半翻高髻。溫榮又在妝奩裡仔細選了一支赤金八寶如意對花釵、一對赤金累絲石榴花，讓碧荷替她簪上。如此不會顯眼和花俏，卻也不至於太過素淨。

「王妃。」甘嬤嬤進屋向溫榮問安，看了眼碧荷，不敢開口。

「不妨事的，碧荷是自己人。」溫榮笑道。甘嬤嬤是祖母送在她身邊的，不但極瞭解府裡中饋事宜，行事更極謹慎小心，平日裡幫了她許多忙。這次軒郎看上平康坊娘子一事，溫榮亦是交給了甘嬤嬤，由甘嬤嬤派人去暗地裡打聽鄭大娘子，究查鄭大娘子的品性。

昨夜因為晟郎一直在廂房陪她，故甘嬤嬤進來問安後就退下了，甘嬤嬤是擔心說太多關於她母家的事情，會令晟郎不悅。甘嬤嬤的這份解意，亦令溫榮很是放心。

甘嬤嬤認真地說道：「奴婢照王妃的吩咐，遣人在平康坊裡打探了幾日。鄭大娘子是平康坊徐娘館的頭牌，擅長席糾和作詩，京裡的貴家郎君到徐娘館都會花重金點請鄭大娘子。」甘嬤嬤頓了頓又說道：「奴婢的人打聽到，這段時日鄭大娘子稱恙，不論那些貴家郎君出幾多錢帛，她都不肯出來。算來鄭大娘子發生變化的時間，與郎君認識鄭大娘子的時間剛好吻合。」

溫榮頷首道：「甘嬤嬤，想法子直接接觸了鄭大娘子，若她真對軒郎有意，並非為趙二郎等人利用，我會想法子贖出她。」

甘嬤嬤憂心地說道：「王妃是一副好心腸，可鄭大娘子這般閉門不見客，不免引起他人懷疑，館子裡的鴇母徐十娘已經不悅，長此以往，就算趙家郎君不說出去，市井裡也會傳出關於郎君的流言的。」

「不妨事的，先使點錢帛安撫了鴇母吧。」溫榮抿嘴說道。

甘嬤嬤道：「奴婢還有一事不敢瞞著王妃，前往平康坊的小廝偶然間瞧見了臨江王府的人，也是在打探鄭大娘子。」

溫榮一愣。臨江王府？難不成是琳娘？「可能確定了？」

甘嬤嬤點頭道：「那人是臨江王府管事吳嬤嬤二媳婦的兄弟，喚作曾大。往日奴婢等人前往東市採買時，曾有見過吳嬤嬤和他一、兩次面，故斷不會認錯。」

溫榮緊鎖眉心，臨江王府的人為何會關心此事？縱是琳娘和她生分，也與溫府無關了。溫榮仔細交代道：「甘嬤嬤，除了安排在平康坊打探消息的人，再派些人跟著吳嬤嬤和曾大。行事小心些，不能讓旁人發覺，更不能讓人知曉是紀王府的。」

溫榮要查清楚臨江王府究竟想做什麼。既然晟郎都囑咐她要留心琳娘了，她總不能再無動於衷。

甘嬤嬤領命退下。

碧荷取來了溫榮穿的衫裙，溫榮看著碧青束胸袘地長裙上的杏黃瓔珞，忍不住嘆了口氣。琳娘的態度如何說變就變了？今日進宮亦是會見著琳娘的，溫榮尋思著和琳娘好好談談，可直覺琳娘對她充滿了防備。

過了一會兒，李晟也回到了廂房裡，溫榮吩咐婢子為李晟備香湯沐浴，又親自服侍了李晟更衣。二人簡單用了些清粥小菜後，便乘馬車往大明宮行去。

每逢宮中有喜事，市坊的高牆青簷上都掛滿了紅綢。無奈在炎炎夏日下看到這等醒目的豔紅顏色，人的心情就會無端地焦灼起來。

入宮參賀的朝臣和女眷，在大明宮延福門前排起了長龍，紀王府的馬車則向左拐入了建福門，李晟出示宮牌後，侍衛將馬車迎進宮裡。

李晟本打算帶溫榮先去蓬萊殿向王淑妃請安的，向宮人打聽後才知曉，王淑妃一早更換好鈿釵禮衣，便往延慶宮尋太后了。

李晟與溫榮二人遂轉向往延慶宮行去，到了延慶宮，經由內侍通報才被引入殿中。溫榮就見三皇子、琳娘、丹陽公主等人已端正地坐在蓆子上，與王淑妃一道，陪太后說話玩笑。

李晟和溫榮正要行禮，太后先朝他們慈祥地笑道：「晟兒和榮娘也不用多禮了，快坐下吧。讓你們一個個孩子過來陪我這無趣枯乏的老人，心裡也實是過意不去。」

丹陽公主笑道：「我們都是搶著陪祖母說話的，就是祖母嫌我們煩，如今更是獨寵了琳娘！」

果然琳娘被安排了坐在太后的左手邊，而今日的主角兒王淑妃卻只是在太后的右手上席。

溫榮款款上前，將一匣上好的禪香呈與太后，笑道：「這匣檀香是祖母特意吩咐兒帶進宮孝敬太后的。祖母說了，若是因盛夏暑氣重難入眠，用這蘭心禪香再好不過了，還請太后不嫌棄。」

「這孩子說話就是叫人疼！榮娘許多日未進宮了，快過來讓我仔細瞧瞧！」太后將溫榮喚至身前，親手接過了溫榮捧著的禪香，又感慨道：「宮裡醫官、婢女無數，可真真懂我難處的就婉娘一人。天氣熱了，我那冬日的頑症是好了些，可卻真真難入眠了，再或者一夜要醒上數次，安神湯藥皆無半分用，實是苦惱。」

是。

王淑妃等人聽言，忙連聲道慚愧，言未盡早發覺，不能為太后解憂，是他們小輩的不是。

「罷了、罷了。」太后牽著溫榮端詳了片刻，很是滿意地點點頭，目光轉向了李晟，說道：「晟兒，婉娘將她最疼愛的孫女交給你了，你可得好好寵著，否則我第一個不饒你。」

太后輕拍溫榮手背。「榮娘也去坐了休息，若是晟郎讓妳受了委屈，儘管與我說便是。」

「兒謝過太后憐惜。」溫榮滿面笑容，小心地退至旁席，在李晟身邊端正坐下。

太后將禪香交與女史，端起壽桃紋茶碗，吹散茶面上的棗絲茶沫子，淺淺吃了口，來回看了看三皇子和五皇子，笑說道：「今日是淑妃的好日子，奕兒、晟兒可得好好祝賀祝賀你們阿娘。」說罷，太后拍了拍額頭，自嘲道：「我這老糊塗的，都忘記今日要改口了，卉娘已經是皇上正式冊封的一品貴妃了！」

王淑妃垂首笑道：「太后可不曾糊塗，正式冊封禮還未下，兒哪敢妄自稱言了？太后莫要開兒的玩笑了！」

李晟在外慣常的冷眉俊眼，聽了太后說的話後，亦不動聲色地低頭吃茶。王賢妃過世後，他就被王淑妃帶到身下，故太后習慣地將王淑妃當作他的母妃，可李晟從來都置若罔聞。

眾人陪著太后玩笑了一會兒後，聖主遣內侍至延慶宮，喚三皇子和五皇子往書房說話。

太后看了眼時辰，佯裝生氣地說道：「孫兒難得聚在一起陪陪我，才一盞茶工夫，他老子爺就迫不及待來要人了，生怕耽誤了他的事似的！罷了罷了，我也老了，沒那福氣享熱鬧，你二人快去書房吧！」太后扶著琳娘的手臂直起身子，又笑著緩緩道：「如今琳娘有了身孕，宜靜不宜鬧，王貴妃一會兒要冊封參賀，也不能出去瞎胡鬧了，妳二人陪了我在內殿說話，丹陽帶了榮娘去外頭玩。太華池南處蓮荷開得比往年都好，衡陽她們一早就過去了，妳們也一道去瞧瞧。」

溫榮等人領命退下，太后、王淑妃、謝琳娘則移步至內殿，內殿裡案席四處都置了曲足案几，安放著盛滿冰塊的青瓷缽，宮婢在案几後方執繡孔雀青絲紋的寶葫蘆長柄羽扇緩緩地搧動，絲絲涼意繚繞內殿。

太后吩咐宮婢點燃謝氏送的禪香，舒服地靠在矮榻上，朝琳娘笑道：「看見妳與溫榮、丹陽關係如此好，我就想起了當年與婉娘還有妳祖母在一起的日子。」

王淑妃暗暗朝琳娘使了個眼色，琳娘緊張地捏縐了一方錦帕。

謝琳娘抬頭看著格扇窗外白晃晃的日光，微微失神。內殿外驕陽似火，可琳娘覺得有些冷，是一股從心底深處湧出的寒意，她不知道自己該做什麼，又在做什麼。

太后的眼神充滿慈愛。「琳娘，聽聞前幾日奕兒回府後，晟兒和榮娘都去臨江王府探望了，往後你們依然要互相扶持，莫讓聖主和我失望。」

琳娘想起那日溫榮與她下棋的情形，溫榮面有期待，對她幾無防備，溫府欲同謝府聯姻，其實軒郎各方面確實都不錯的，然太后並不知曉此事。琳娘忽然像是吃了蠅子，覺得有點噁心。琳娘抬起頭說道：「五皇子與榮娘對奕郎很是關心，榮娘知曉我懷孕後，還送了一對麒麟玉如意。」

王淑妃安靜地撚著青金玉串，偶爾抬眼看看謝琳娘。

太后滿意地頷首道：「麒麟送子，好寓意，榮娘是個細心的孩子。」

琳娘恭敬地點頭道：「可不是？榮娘還與我說了，讓奕郎安心養身子，聖主和朝政那兒的事情，可以暫時交給五皇子，不必奕郎掛心。」

王淑妃在一旁笑道：「將那些公事交與晟兒，奕兒是再放心不過的。這些時日晟兒常往書房協助聖人處理政事，聖主也是時常在妾身跟前誇晟兒能幹，朝裡的大臣也信得過晟兒。」說著說著，王淑妃的聲音弱了幾分，頗有些戚戚然的味道。「前幾日我就在想了，倘若奕兒不能逢凶化吉，有晟兒在身邊，實是莫大的安慰……」

太后的臉色暗了暗，不悅地說道：「今天是大好日子，要是再說甚喪氣話，莫怪我放臉了！妳一個做長輩的，這般不曉事！」

王淑妃驚慌地說道：「阿家教訓的是，是我亂了心神，失態了！」

「罷了，過去的事情就過去了。能有兩個優秀的兒郎在身下，是妳的福氣。」太后轉向琳娘，淡淡地問道：「榮娘還與妳說什麼了？」

琳娘不敢正視太后的目光，低頭摳茶碗上的福壽浮紋。「榮娘也沒有再說什麼，只明言五皇子能替奕郎分憂罷了。」

太后面上露出倦容，說道：「說不得晟兒和榮娘是好心的，可事兒也分能幫和不能幫。榮娘年紀輕不懂事，妳平日裡可以多教教她。」

琳娘連忙頷首應下，不再多言，延慶宮內殿一下子安靜了下來。

太后合上眼，靠在矮榻上歇息。

王淑妃看向謝琳娘，微微點頭。

很快的，有人往延慶宮稟報，言宮裡下帖子請的內命婦與外命婦都已在麟德殿的東側殿等候了，而各王妃公主等人，亦在前往麟德殿內殿的途中，還請王淑妃移步麟德殿。

太后聽言擺了擺手，讓王淑妃先過去陪了賓客，而她和琳娘待到吉時再直接往麟德殿主殿參宴。

王淑妃應聲退下，獨留琳娘一人在太后的目光之下。

琳娘自幼便常進宮玩耍，太后對她的好勝過了許多公主，而琳娘亦將太后視作親祖母一般，可以撒嬌玩笑，但，此刻琳娘卻如坐針氈，心裡極不自在！

第三十四章

太后命宮女史替她和琳娘換一盞加棗絲和桂花的岩茶湯，半瞇著眼睛道：「妳有身孕，不能吃太涼了。」

琳娘抬起眼，想謝過太后的關心，不想正迎上了太后審視的目光，神色裡頓時現出幾絲慌亂。

太后緩緩地說道：「琳娘，妳兩歲時就被妳祖母帶進宮向我請安了，那時妳粉雕玉琢，黑葡萄似的眼睛機靈又真誠，我瞧著是十分歡喜，隔上兩日就要妳祖母或阿娘將妳送進宮來陪我。那兩年，妳跟在我身邊的時間遠遠勝過了丹陽她們，別人都道我將妳視作孫媳婦待，他們哪知我是將妳當作嫡親孫女兒的。」

太后招了招手，讓琳娘在她身旁坐下，伸手整理了琳娘的髮鬢，嘆了一聲。「妳這孩子啊，心裡在想什麼、在擔心什麼，我幾乎都能感覺到的。妳的阿家王淑妃在後宮裡這許多年，熬到今日不容易，我為了後宮的安寧，為了不讓聖主因後宮的事情分神煩心，故這幾十年裡，許多事我都是睜一隻眼、閉一隻眼的。謝家將妳嫁進皇家來，我就想保護了妳，保護妳內心的純良和真誠，不讓妳受到任何傷害，但如今看來是不可能了。我身子一日不如一日，奕兒的前路已明，往後的路得靠妳自己走，而且會越來越難走。」

琳娘輕咬下唇，忍不住紅了眼睛。自從王淑妃告訴她，奕郎早在三年前就欲求娶榮娘時，她心裡就像架了一把鋸子，緩慢卻又不間斷地鋸著，原本處處適宜歡心的生活漸漸血肉模糊起來。琳娘的聲音有一絲顫抖，道：「太后，是兒太過小心眼和善妒了，兒對不起您的厚愛……」話還未說完，琳娘的眼淚便滑了下來。她本不是一個自私自利的人，她還是想和原來一樣，真心實意地與溫榮做手帕交的。

太后拿起錦帕，擦去琳娘臉頰邊的淚水。「傻孩子，別哭了，一會兒眼睛腫了還如何去參加王淑妃的冊封典禮？我讓楊尚宮親自為妳施些傅粉。」

琳娘吸了口氣，緩了緩情緒。「太后，五皇子和榮娘是真心實意關心我們的，先才是兒的妒忌之心在作祟。」

太后搖了搖頭。「榮娘雖是我至交婉娘的孫女，可畢竟不是我看著長大的，論起親疏遠近，是遠不及妳。可榮娘是個極聰明的人，品性也確實高潔，並非小人。我不管妳與榮娘之間有何誤會，妳們還是盡早的冰釋前嫌吧！既然妳嫁與奕兒做正妃，就該想著如何守住奕兒，而非揪著那些早已過去且不可能發生的事情斤斤計較。」

琳娘羞愧地低下頭。如今臨江王府裡已有了一個側妃，她不將心思放在臨江王府，反而心心念念著該如何對付和防備早已嫁入紀王府的榮娘，太后雖未明說，卻是在斥責她愚蠢。

太后的眼眸微閃，先才慈祥的神情忽然就嚴肅了起來。「關於榮娘妳不必過慮，只是晟兒太過優秀，不怪妳們會多心了。立儲一事將近，宮裡少不得要亂上一場，晟兒那兒我自有安排和處理，絕不會讓他影響了立儲君一事。」

琳娘驚訝地看向太后。「五皇子確實對奕郎無二心的，太后這是要——」

「好了，妳一名女娘安心養胎，管好府內中饋便是。我也不會對晟兒和榮娘如何的，只打算讓晟兒暫時離開盛京罷了，這也是為了磨礪磨礪他。」太后吩咐女史備宮車，又與琳娘說道：「今日妳我的談話莫傳將出去，否則王淑妃面前妳也要難堪了。吉時將到，我們去麟德殿吧。」

琳娘怔怔地看著宮婢將太后扶起，指甲掐得拇指生疼。她已經認錯了，她正想去與溫榮道歉的，可為什麼，為什麼她還是害了五皇子和榮娘？終究還是遂了王淑妃的意嗎？

琳娘失魂落魄地隨太后一起坐上宮車，太后雖顧及琳娘懷有身孕，特意命宮車行得慢些，可神情卻嚴肅冷漠，琳娘縱是有心再替五皇子和榮娘說話，也不敢開口了，生怕惹得太后不悅。到頭來，她還是一個膽小自私的人……

冊封大典進行得很順利，禮官在高臺上唸完了長長的冊封書，王淑妃一襲九重錦紗禮衣，高髻簪攢絲金鳳銜南海珍珠步搖正釵，環十一流蘇寶鈿，踩著大紅錦緞緩緩向高臺走去，而聖主坐在殿臺正前方的雕龍紋明黃高背靠椅上，淡淡地看著越走越近的王淑妃，偶爾揉揉眉心，略顯疲憊。

王淑妃接過封誥，眾朝臣賓客皆跪地稱賀。

溫榮亦在人群之中，改口稱貴妃，連聲讚其賢良。今日的貴妃冊封禮雖遠不及皇后冊封禮來得宏大，卻也可見聖主重視。

宮宴時琳娘以身子不適為由，獨自前往蓬萊殿歇息，溫榮本想上前關心與陪伴，卻想到琳娘此舉可能就是為避開她，心冷了下來，有些悶悶不樂。

除了琳娘參賀後移步蓬萊殿歇息，德陽公主亦匆匆離宮，不肯同眾人玩樂。太子則是在上次端陽宴後，就被軟禁在東宮，沒有聖主旨意，不得參加任何集宴，也不得見任何人。

用完席面，丹陽和溫榮嫌日頭太大，打消了去太華池泛舟的想法，轉而去附近的柳槐園納涼。丹陽吩咐了茶點後，與溫榮一起在銀槐樹下的露心亭裡說話。

丹陽想起琳娘先才的神情，蹙眉說道：「自從琳娘懷孕後，心思重了許多，我瞧她有些鬱鬱寡歡，問她為什麼她也不肯說。」

女子有身孕後疑心確實會更重，溫榮執團扇緩緩搧涼，琳娘或許只是對她心生芥蒂，可不想現在也波及了丹陽。若是塵封著不願讓他人知曉的心結，就只能靠她自己去想明白和解開了。不過，縱是琳娘再不願與她親近，她也斷不會有傷害琳娘的想法。

「榮娘，五哥怎麼這般快過來了？」丹陽驚訝道。

溫榮轉頭，果然看到一襲朱紫蟒袍的李晟向她們這處亭子走來。

溫榮和丹陽起身迎上前問道：「怎麼了？」

李晟朝丹陽笑了笑，與溫榮歉疚地說道：「榮娘，聖主吩咐三哥與我留下，一會兒妳與丹陽一起出宮……」

送走李晟後，溫榮閒靠在亭臺石凳上，聽著木葉沙沙的聲音，思緒一下子飄到了很遠的地方，丹陽連喚了她幾聲，她才回過神來。

「在想什麼呢？五哥只是不能陪妳出宮罷了，又不是出遠門，晚上就會回府的，瞧妳失魂落魄的模樣！」丹陽不知何時命宮婢取了一只雙面蒙皮羯鼓，在那兒有一下、沒一下地胡亂敲著玩。敲著敲著，丹陽自己停了下來，皺眉說道：「話說回來，先才琳娘的模樣倒真真是失魂落魄的，都不敢正眼瞧妳，像是做了甚虧心事似的。」

虧心事？溫榮忍不住想起甘嬤嬤在平康坊見到臨江王府下人一事。這事算不得光彩，越少人知道越好。溫榮笑道：「別胡說八道了，琳娘現在懷了身孕，自然要警惕些。我先才是在瞧那隻蟻蟲，約莫是從枝葉上掉落到土坑裡的，掙扎了幾番，是爬不出來了。」

丹陽噘嘴看了一會兒，覺得好生無趣。「閒來無事，不若妳我二人早些出宮吧？時辰尚早，還可去那東市逛上一番。」

看來丹陽也是悶壞了，溫榮頷首贊同。「好久未去東市了，也不知東市是否添了甚新鮮玩意兒？」

打定了主意後，二人與宮婢留了話，就前往丹陽未出嫁前的丹鳳閣。溫榮換了一身斜襟束腰、寶藍色雲海紋服，丹陽則穿杏黃綴珍珠流蘇窄袖胡服。

丹陽鮮少瞧見郎君扮相的溫榮，打量一番後笑道：「比三哥和五哥還要俊俏，改日命宮廷畫師為榮娘畫幅像吧！」

溫榮笑嗔了丹陽兩句，吩咐宮車停在丹鳳閣外等她們。她與丹陽的這番扮相，若叫好事人瞧見了，免不了會說三道四一番。

待宮車將她二人送出宮，又同乘紀王府的馬車前往東市。

東市一如往常的繁華熱鬧，溫榮與丹陽下了馬車後漫無目的地逛著，畢竟平日她們什麼也不缺。丹陽眼睛掃著沿街兩面的錦緞莊子，對於哪家莊子過幾日會到一批江南東道的綢緞、哪家莊子的夾纈料子花色最多，竟十分瞭解。可是數來數去，除了程記的瑞錦綢緞還能製小衣外，其他的皆比不上宮裡的技藝，難入丹陽的眼。

溫榮詫異道：「丹陽可是時常過來東市？」

丹陽頷首道：「可不是了？嫁到林府後，林大郎他每日為了公事忙忙碌碌，府裡中饋又是由阿家一人打理，我無所事事的，比原先在宮裡還要無趣。偏偏妳和琳娘都要掌中饋，我哪裡好意思常打擾？故此無奈，只能隔三差五地與瑤娘一道四處閒看。」

溫榮不解道：「京裡貴女們不是常邀了一道打馬毬狩獵嗎？丹陽怎不與她們一道？」

丹陽搖了搖頭。「都是一些未出閣的娘子，哪能日日在一起玩。」

溫榮與丹陽進珠寶首飾鋪和熏香鋪子，挑了些送人用的簪子和應季新香，二人正準備轉身離開熏香鋪，再去買些小食點心時，迎面遇見了各摟著一名女伶、朝她們走過來的趙家二郎和溫家祺郎。

溫榮心裡一沈，都是她最不想遇見的人。不知那趙家二郎和祺郎是何時走得這般近的？如此軒郎的事情，二房豈不是也都知曉了？溫榮能確定軒郎的事還未傳將出去，難得二房如此的安靜。

趙淳和溫景祺鬆開摟在懷裡的豔麗女伶，走上前抱了個鬆拳，向丹陽與溫榮行禮道：「見過丹陽公主、五王妃。」

丹陽也見不慣他們攜伎玩樂的作態，並不待見他們，只微微頷首道：「在外不必多禮了。」

溫景祺朝溫榮多行了一個拜禮，恭敬地說道：「祖母、阿爺、阿娘時常提及三叔父和五王妃，道是十分想念，如今祖母身子抱恙，無法出府去尋三叔父和王妃，還請五王妃見諒。」

溫榮微仰首，看向溫景祺笑了笑。她和阿爺都知曉了當年的易子一事，故鮮少再前往溫家二房，可她阿娘良善，又不知曉實情，故還是會時不時地去二房幫忙。溫景祺在丹陽公主面前這般說話，可是在暗斥阿爺與她不孝？溫榮嘆了一聲，無奈道：「阿爺前段時間被他人誣陷，無故在大理寺關了好幾日，府裡為了此事日日唉聲嘆氣，原本阿娘是每隔幾日都要過去同老夫人請安的，卻因此急病了，府裡忙得不可開交，甚至無法往二房說一聲，還請祖母和伯父、伯母見諒。過兩日阿爺、阿娘身子恢復了，榮娘一定一同前往。」

溫景祺連忙道：「三叔父的事情我們亦有聽聞，無奈有心無力，還望五王妃莫怪。」

「都是一家人，哪有怪不怪的？時候不早，我與丹陽先告辭了。」溫榮說罷，牽起丹陽，往旁邊讓了幾步，就要朝前走去。

「五王妃且慢。」

溫榮聽見趙二郎的聲音，心裡頗為不快，勉強笑道：「不知趙二郎還有何事？」

趙家二郎的丹鳳眼微微挑起，抱拳嬉笑道：「無事無事，某只是問問軒郎怎樣了？這段時日我與他的帖子，皆被他拒了，算來我們也是一家人，不要生分了才好！」

溫榮神色微變，不鹹不淡地笑道：「軒郎不若趙二郎天資聰絕，趙二郎縱是每日遊樂也可一舉中的，可軒郎就不行了。平日軒郎的課業已頗為緊張，阿爺又督促得緊，還請趙家二郎體諒。」

趙二郎悠閒地搖著羽扇，只作不明溫榮話中的意思。「五王妃過獎了，知於情教於樂，在玩樂間才能得知學真諦。」趙二郎看向溫景祺。「祺郎可是這般覺得？」

溫景祺垂首，連連稱是。

「不若讓軒郎跟了我娛情於教，說不得軒郎也可一舉中的了！」趙二郎執羽扇拊掌，啪啪作響，肆意地笑了幾聲。

溫榮面色有些掛不住了。

丹陽見狀，沈著聲音道：「溫家軒郎平日得空了自會請琛郎指導功課，琛郎是進士試的一甲頭名，想來不會教差了，如此煩勞不到趙二郎。」

「哈哈，對，我都忘了五駙馬與五王妃、軒郎是表親，一早就是走得極近的。五駙馬狀元及第，我們是自愧不如啊，還希望五駙馬對溫軒郎不會矯枉過正了。」趙二郎意味深長地看了溫榮一眼後，二人躬身向丹陽公主和溫榮告別。

丹陽看著那二人摟著女伶調笑的背影，啐了一口。

溫榮朝丹陽感激地說道：「趙二郎說話實是恬不知恥，先才多虧丹陽替我解圍了。」

丹陽不以為意地說道：「趙二郎和溫祺郎都是京裡出了名的浪蕩公子，若讓軒郎跟了他們，必然會荒廢了的。那趙二郎看著是進士榜上一舉中的了，可誰知道他是不是憑的真才實力？多半是他那當尚書左僕射的阿爺為他買的進士！」

「哎，罷了，我們離這等人遠些便是。」溫榮想起軒郎被趙二郎引著認識了平康坊娘子一事就心煩。

丹陽忽然想起一事，問道：「趙二郎不是才與溫府二房的蔓娘全禮嗎？還未兩月，他如何又在外尋歡作樂？虧得蔓娘是個好脾氣的，我可容不下這等性子的人在身邊。」

溫榮好笑道：「妳就是炫耀了有個耿直端正的好駙馬！趙二郎的品行一向如此，盛京誰人不知他就好招蜂引蝶、尋花問柳的？可許多貴家女娘還不是飛蛾撲火似地迎上去。」

丹陽執錦帕捂嘴笑道：「也不怕妳惱，二房的溫菡娘不正是因為這個緣故，被送到咸宜觀去了？對了，她可被接回來了？」

溫榮搖了搖頭。「聽說要被送去三年，二房那兒的事兒我也鮮少關心了。時候不早，我們先回府吧。」溫榮看了眼綠佩手裡捧著的雕蓮花瓣浮紋銀盒，銀盒被西下的斜陽鍍上了一層暖暖的橘色。

出了東市，林府所在的興寧坊和安興坊就不同路了，二人各自乘上了府裡的馬車。

丹陽忽想起一事，撩開簾子與溫榮喊道：「榮娘，過兩日我有些事兒要進宮，要與我一塊兒去嗎？」

溫榮想著過幾日要回溫府，且陳知府家的娘子說不得哪日就進京了，手裡又還有許多閒事，重要的是進宮裡她又十分不自在，遂朝丹陽笑著搖了搖頭，婉拒了丹陽的好意。

回到紀王府，因晟郎未回府用膳，故溫榮只命廚房備了點清粥和解暑的槐葉冷淘。

一直到戌時末刻，溫榮才聽見前院小廝傳五皇子回府了。

溫榮站起身，揉了揉眼睛，先才她在昏黃的燭光下，已有些昏昏欲睡。溫榮正準備出廂房去迎晟郎，晟郎已繞過長廊走了過來，只見晟郎面上亦滿是疲倦之色。

「怎麼了？」溫榮拿來了李晟的家常服，為晟郎換上。

李晟皺著眉頭說道：「聖主欲一舉平定隴西，如今朝中能領兵打仗的將軍和武將年事都已高了，聖主打算廣選陪戎校尉至忠武將軍的各品階武將，還要提三名懷化大將軍，今次可算不拘一格尋人才。」

溫榮眉眼柔和，低聲道：「選人上，晟郎可替聖主分憂了。」

李晟搖了搖頭。「為了公平，不日聖主將開宮中的校習場……」頓了頓，李晟又說道：「我也要去比武，聖主更將親臨觀視。」

溫榮一怔，抬眼看著李晟道：「聖主是要晟郎親赴隴西？」

溫榮躺在廂床上輾轉反側。晟郎本就是武將，在征戰之時前往邊疆是在情理之中的，更何況若晟郎在校習場勝出，就將被直接封為正三品懷化大將軍。

沙場上刀劍無眼，溫榮是擔心晟郎的安危，但也從未想過要阻礙晟郎的仕途，或是自私地讓晟郎與她一道躲在安樂窩中。她明白終有一日，晟郎會一襲銀光甲冑，騎於戰馬之上與她揮手，再同她許下期限，半年或者一年再或者兩年，總之不管多長時間，晟郎都會回到她身邊，然後仍舊與她一道下棋、鬥詩、作畫。所以她不是不讓晟郎上戰場，只是未想到這日來得這般快，她還未做好準備，心裡著實不安。

溫榮睜開了眼睛，在黑暗裡靜靜地看著晟郎，數著他均勻的呼吸。溫榮抬起手，想摸一摸晟郎的眉毛，可動作卻慢慢停了下來，怕吵醒晟郎了。晟郎現在是一日都不得閒，不是忙公衙的事情，就是被召進宮裡與聖主談論到深夜。

溫榮輕輕挪動身子，打算翻個身再嘗試入眠，不想腰間忽然就多了一隻溫暖的手掌，將她拉進了懷裡，清朗的聲音在耳邊響起——

「榮娘可是睡不著？」

溫榮枕在李晟的肩膀上，點了點頭。「晟郎怎麼也還未睡？」

李晟溫柔地說：「因為我知道，榮娘雖嘴上不說，心裡是極擔心和不捨離開我的。」

溫榮秀眉蹙起，有種被猜透心思的惱意，可轉瞬又釋然了。「聖主之命不可違，更何況若隴西能平定，是利國利民的……」溫榮的聲音漸漸小下去，眼角沁出一點晶瑩，此刻心上不捨的情緒才生生蔓延開來。她一直壓制著心頭的自私之念。

李晟輕拭去溫榮眼角的淚水，氣息更沈了些。「榮娘，對不起，若是邊疆真亂，妳我都無法拒絕，只是此次……我亦心有疑慮。」

溫榮詫異地看著李晟，不解道：「晟郎的意思是？」

李晟道：「其實我不該質疑聖主的想法，可仔細想來確實有蹊蹺。這兩年韃靼人比之吐蕃可算極安靜了，據邊疆回報，西南一帶近年雨水足，草場肥沃，韃靼人甚至用牛羊與邊疆聖朝百姓平等易物，鮮少發生搶奪和推進邊境線的暴行。」

「難不成聖主是擔憂韃靼日漸強盛？」溫榮的眉頭擰得更緊了。「和韃靼必須打持久戰，此時籌備出征需月餘，行程月餘，至隴西一帶怕是已入冬了，聖朝兵將不耐嚴寒，且無故發兵也不得邊民民心。天時、地利、人和一個不占，還不若引韃靼內亂。」

韃靼是遊牧民族，雖有可汗，可部落分散，各自為政，要削弱韃靼遊牧一族的國力，何必一定要用武力解決？

李晟輕笑了兩聲，湊近溫榮，在溫榮面頰上啄了一下。

溫榮這才意識到她說得過了，不好意思地說道：「是妾身逾矩了。」

李晟搖搖頭。「是我先與榮娘說起聖主不是的，要逾矩也是為夫的先逾矩了。其實正如榮娘所說的，天時、地利、人和一個不占，聖主不糊塗，若是真要出征，多半應該拖到嚴冬的時候，而後開春再抵隴西邊疆。」

嚴冬出征？那更勞民傷財了，且兵將都要受盡苦楚。溫榮噘了噘嘴，既然是與晟郎夜談，也不再有顧忌了。「聖主的顧慮無可厚非，組建培養兵將也無可厚非，可無論怎樣，現在去征討韃靼都不划算，除非聖主有別的打算。」都道聖主英明，那就是聲東擊西之法了。

李晟頷首道：「為夫與榮娘可謂是英雄所見略同，若沒猜錯，聖主打算在冊封太子之時，將部分人遣離盛京。」

外患可抵，內亂將動國之根本。聖主此舉並無不妥，可是聖主不是已經屬意三皇子了，為何要將晟郎調離盛京？溫榮靜謐了片刻。「晟郎，三皇子還是懷疑你嗎？」

李晟搖了搖頭。「和三哥無關，三哥聽到聖主要我前往校習場時，面上的驚訝不是裝出來的。離開大明宮後，三哥還問了我如何想的。」頓了頓，李晟又說道：「聖主下此決定也頗為突然，我有懷疑了是王貴妃，可王貴妃應該影響不了聖主的決議。」

溫榮抿了抿唇，晟郎留在盛京，是三皇子登基的最大助力，將在二皇子謀反時阻止二皇子。倘若在此節骨眼上將晟郎調離盛京，會不會給了二皇子可乘之機？既然非三皇子慫恿的聖主，就說明李奕也沒有做好一人對付二皇子的準備。

「晟郎，你不能走，走了，反而可能導致內亂的。」溫榮埋在李晟的懷裡，輕聲說道。

李晟輕輕嘆氣，一下一下地撫著溫榮鴉青的長髮。「縱是三哥和榮娘都信任我，可若聖主執意為之，我亦不能違逆。」

「晟郎，聖主是擔心你會妨礙到三皇子登基，那二皇子呢？聖主是否亦打算將二皇子身後的武將遣離？」溫榮仰首問道。

李晟搖了搖頭。「還不知道，二皇子身邊的武將似乎不多，除了統領羽林軍的光祿勛禹國公。」

不管二皇子和韓秋嬏的關係如何，禹國公都只能支持了二皇子。雖然禹國公兵權遠不及琳娘的阿爺應國公，可他手下的左右羽衛守著皇城內外的秩序和安危，是極大的威脅。

立三皇子為儲君，二皇子必反。可聖主現在還未有立儲的動靜，照這般發展下去，不幾月，晟郎就要迫於無奈的離京了，既如此，等怕是等不及了。

溫榮認真地說道：「晟郎，二皇子遲早要謀反，只是時日有先後。倘若二皇子在聖主下令命你們前往隴西之前謀反，晟郎立功後可願稱臣呢？」

李晟安靜地看著她，眸光在夜色裡微微發亮。溫榮心裡不免有些擔心，稱臣，是否會傷了晟郎的心？

「如果是三哥，本就是了，還何來的願不願呢？」晟郎沈默了半晌，笑道：「只是要逼二哥謀反怕沒那般容易，現下二哥也極謹慎了。」

聽言，溫榮心底湧起一股酸楚，晟郎的話裡多少透了不甘吧？溫榮眼前浮起白日在東市遇見的趙二郎那張嬉笑風流的臉，眼底泛起淡淡的寒意。「晟郎言之有理，三皇子和晟郎如今行事一定要比二皇子更加小心謹慎，對於逼二皇子謀反之事不能做得太過直白了，與其直接逼迫二皇子本人，不若借聖主之力削其黨羽甚至臂膀，到時再讓聖主明白晟郎的心意。」

再溫和畏人的禽羽，不論被何人拔了毛都會想方設法反啄的，更何況那禽鳥是被捋了冠羽。

李晟思索後頷首道：「確實可以一試，二皇子身後的朝臣不禁查，尤其是尚書左僕射等人。對了，榮娘，我聽宮裡的內侍說了，太后時不時地召三王妃入宮說話，過兩日三王妃約莫又要入宮了。」李晟提醒道。

溫榮點了點頭。「晟郎放心，漫說現在琳娘與妾身生分了，就是往常，許多話和事情妾身也不敢帶到女眷中去說的。」

李晟微微一笑，替溫榮攏了攏被角。「榮娘一向極知輕重，為夫怎會不放心？時辰晚了，榮娘別擔心了，相信為夫一定能處理好的，我也捨不得離開了妳。」

溫榮乖巧地點點頭，可合眼後意識卻仍一片清醒，只是一動也不敢動，生怕吵到了晟郎休息。徹底安靜下來後，溫榮才琢磨起先才晟郎的那句話。晟郎並非是叮囑她不要與琳娘提及朝政之事，而是在提醒她，今日這事，可能與琳娘有關。宮裡除了太后，還有幾人能影響聖主的決定？可琳娘總不能與三皇子也分了心思吧？溫榮眼睫微顫，罷了，她還是先將溫府裡軒郎的事兒解決了吧，琳娘那兒她尋了機會，好好談一次才好。

晨光微熹，溫榮如釋重負地睜開痠澀的眼睛，由於一個姿勢維持太久了，溫榮的全身都是痠痠麻麻的。溫榮轉頭，看到李晟伸展手臂時也擰了下眉頭，眼神和她一樣都透著疲憊。看來晟郎與她一樣，整夜都無法入睡，可因為擔心吵到彼此，故亦是一個姿勢一動也不動。

溫榮照李晟吩咐，命婢子打來了涼水，李晟洗了冷水後才恢復些精神，用過早膳後又神采奕奕地去公衙了。

轉眼過去了五日，丹陽公主又發帖子過府，再次詢問溫榮是否要與她一道進宮尋太后說話。溫榮想著今日要回溫府與祖母談軒郎的事情，遂拒絕了丹陽的好意，順便吩咐傳信的小廝，帶一小罐她親自做的果汁露交與丹陽和瑤娘。

「綠佩，妳去請甘嬤嬤過來。」溫榮朝綠佩說道。

這幾日，每每晟郎出府後，甘嬤嬤都會過來向她回報關於平康坊鄭都知的事情，聽之溫榮也漸漸放下心了，那鄭都知確實是傾心於軒郎的，如此她便思量著暗地裡費些錢帛，將鄭都知贖出來吧。溫府亦有許多宅院，倘若祖母也同意了，再由祖母為鄭都知安排一處宅院。

鄭都知一事不難，反倒是那名在平康坊裡見到的、臨江王府的下人，隨著甘嬤嬤的暗查，溫榮的疑慮越來越濃……

臨江王府。

吳嬤嬤家的二媳婦在卯時初刻坊市大門剛剛打開時，就領了府裡的木牌，帶著幾名婢子往西市做採買。

臨江王府常要熬一些藥膳，除了部分宮裡分下來的名貴藥材，其餘皆是在西市名喚益草堂的藥鋪子裡採買的。到了西市後，吳嬤嬤家的二媳婦為各個婢子安排了任務，自己則徑直前往益草堂，照管家提的單子領藥材。

在距離益草堂約莫三家鋪子的巷口，吳家媳婦的兄弟曾大已提了個盛滿草藥的笸籮等候多時。吳家媳婦泰然自若地走了過去，和自家兄弟打了聲招呼，接過曾大手裡的笸籮，翻檢了一番，蹙眉說了幾句話，才從腰間取下粗麻荷囊，掏出幾顆金豆子。曾大收了錢後，轉眼就消失在晨光的薄霧裡。

吳家媳婦如常去藥材鋪子領藥材，簽了帳簿，再往西市深處去尋那幾名婢子。

溫榮起早向甘嬤嬤瞭解了情況後，就吩咐馬車前往溫府。

靠在車廂那搖搖晃晃的格扇上，溫榮思及晨時甘嬤嬤與她說的事情，忍不住地擔心起琳娘。原來吳嬤嬤一家人並非是謝家送與琳娘的親信，也不是臨江王府後來從人牙子處買的。

吳嬤嬤一家最早是在琅琊王氏族裡做雜事，後來臨江王府王側妃的阿爺調入盛京，就將吳嬤嬤一家人都接了過來，放在南郊的莊子上幫忙，中間又轉了三兩次，最後才到了臨江王府。若不仔細查，著實很難發現。如此看來，吳嬤嬤根本就是王側妃的人，縱是平日裡聽了琳娘的吩咐，也不會是真心的。

溫榮將遮住格窗的帷幔拉開了些，隨著車子的前行，會有些許涼風吹進來，令車廂不至於太過悶熱。甘嬤嬤安排去跟隨吳嬤嬤和曾大的人有看到，吳家媳婦的兄弟曾大數次前往當鋪和錢莊，皆是用赤金的鐲子、簪子，再不濟也是金豆子，去更換散錢和絹帛。

雖然聖朝有規定，賤籍不允許著絲綢料子袍衫，亦不允許使用赤金料子的首飾，但主子將赤金之物賞賜給婢子算是常有的，便是綠佩和碧荷手裡的赤金物也不會少了，可溫榮知曉她二人皆是安分收著的。算來綠佩和碧荷是她身邊的一等侍婢，才能時不時地得賞賜，可吳嬤嬤都只是臨江王府廚裡的一名管家，更何況是她家的媳婦和媳婦的兄弟？怕是連主子的面都瞧不上吧，哪裡來的那許多錢物？溫榮也是心存疑慮罷了，並不知曉中間究竟有何貓膩，只能吩咐甘嬤嬤命人跟好了曾大，盯梢他的一舉一動。

不一會兒，溫榮就到了溫府長房。

穆合堂裡，謝氏正在和林氏閒閒地摸葉子牌。暑氣重了，婢子也鮮少在庭院裡踢花毬，皆聚在長廊下吹穿廊風納涼。

溫榮進內堂後，謝氏一邊招呼溫榮在她阿娘林氏的身邊坐下，一邊數落道：「妳阿娘連個葉子牌都玩不利索了，妳好好教教！」

汀蘭端了一只八寶攢盒進來，攢盒裡的八個格子各繪吉祥圖案，每個格子都放了不同的時令水果或是蜜果子，幾枝銀簽擺在果盤中間，溫榮瞧著那攢盒比宮裡設宴的還要好看。

汀蘭將攢盒放在溫榮身旁。「王妃嚐嚐，這水晶葡萄是莊子上才送來的，可新鮮了，奴婢又用井水湃了兩個時辰，這些荔枝和櫻桃則是用冰鎮的。蜜果子還是王妃釀的呢，老夫人不到配湯藥的時候都不捨得吃，可王妃回來了，都要上幾碟的。」

溫榮笑道：「祖母單吃著許是會覺得太甜了，若喜歡，平日除了湯藥，配配素粥還是可口的。」說罷，溫榮看了穆合堂一周，詫異道：「茹娘怎不在府裡？」

林氏笑道：「徐府的娘子前幾日就送了帖子來，喚茹娘一道去學花式蹴鞠，茹娘閒來無事也就應下了。今日她知曉妳要過來，本是想不去的，可妳祖母說了，既然答應了就不能輕易食言。一會兒茹娘會回來與我們一道用午膳。」

溫榮頷首笑道：「茹娘可比我開朗多了，只是天這般熱，茹娘在日頭下可得小心中了暑氣。」白日阿爺去公衙，軒郎則是住宿在國子監，茹娘再出去玩了，府裡是要冷清許多。

溫榮陪著祖母和阿娘玩了兩局葉子牌，歇下來了林氏才開心地與溫榮道：「榮娘，前兩日我和阿家說了，想為軒郎定門親，榮娘可有甚好主意？京中貴家娘子太多了，光是與我們府交好的，未出閣的女娘都有幾十人呢！」

林氏本還未關心軒郎的事情，實是因為前日她與其他府裡的夫人去寺裡祈福，那一個個夫人都在問軒郎的年紀，又是否婚配，聽話裡的意思，那些夫人似乎十分中意軒郎，有同溫家聯姻的想法。林氏見自己的孩子是搶手的熱餑餑，自然高興，回府後多次提起此事，只可惜溫世珩忙公衙的事情不上心，而謝氏卻又一直避開不肯談，今天好不容易將溫榮盼回來了，林氏遂興高采烈地提起。

溫榮嘴角微揚，笑嗔道：「阿娘怎麼那般急著要為軒郎娶媳婦？軒郎才十七歲罷了，功名都還未定，哪裡要著急。」

林氏笑著道：「榮娘還不知道這裡面的玄機，就是要趁現在定下一門好親事，將來若軒郎真考不上進士試，只能靠蔭補，對方也不能反悔退親了！」

謝氏聽言，皺眉沈沈地咳嗽了幾聲，林氏才訕訕地閉了嘴。

溫榮朝林氏笑道：「阿娘說的有理，可這事兒真真不能草率了，若是輕易地聽旁人道，再因為一時心血來潮就將此事定下來，將來不得會誤了軒郎的。」

林氏一愣，本以為榮娘會向著她，可仔細想了，榮娘的話也有理，她就是聽了周圍那些夫人道多了，才起的念頭，便連那些夫人給介紹的貴家女娘，她都不曾去瞭解過。

謝氏看了眼林氏。「時候不早了，妳先去準備午膳吧。今日榮娘過來了，吩咐廚裡多做幾碟新鮮的冷膾。」

林氏不好意思地笑了笑，應聲出了穆合堂。

溫榮看著謝氏，歉疚地道：「祖母，為軒郎議親的事，暫緩一緩吧，琳娘那兒還未鬆口呢。」

謝氏嘆了口氣。「府裡一個個都是靠不住的，這事兒還得妳去費心。妳妹妹茹娘前幾日還沾惹了些事，府裡瞧著事兒不大，也沒去與妳說了，省得妳又要擔心。」

溫榮一怔。「茹娘怎麼了？」

謝氏道：「京裡那些未出閣的貴家女娘，約了一道去城郊的籬莊打馬毬，茹娘也興沖沖地帶了新買的月杖去了，不想打馬毬時，薛國公府張三娘的青駒被旁人的毬杖擊到，青駒本是衝撞向茹娘的，幸虧茹娘馬術極好，輕鬆避過了。結果於她身後瞧熱鬧的尚書左僕射府趙家娘子遭了殃，被生生撞下馬，臉摔花了不說，腿也斷了一隻。張三娘雖也墜馬了，可不及趙家娘子傷得嚴重。」

「這事倒也怪不得茹娘的。」溫榮端起茶呷一口，薛國公府的張三娘對晟郎情思極重，她與晟郎還未全禮前，張三娘就時常對付自己，約莫還是不肯死心，對溫家仍存怨恨。此次驚馬雖不知張三娘是否有意為之，可將趙家娘子撞成重傷，是真真惹下大麻煩了。算來尚書左僕射府和薛國公府皆是依附了二皇子，不知二皇子是否會出面調解？溫榮道：「雖與茹娘無關，可趙府也是溫家二房的姻親，少不得我們府裡要去探望和慰問的。」

「軒郎和茹娘都是讓妳和妳阿娘寵壞的。」謝氏寵溺地點了下溫榮的額頭。「我讓妳阿娘帶了些補品和一朵雪蓮去趙府探望了。」

溫榮的目光裡透了一絲惋惜，那雪蓮是她特意送給祖母和阿娘活血補身子的，拿去趙府於趙娘子而言也無甚用了，糟蹋了好東西。

溫榮為祖母將迎枕擺正了，又提起了軒郎的事情。「想來祖母是知曉軒郎在平康坊認識鄭都知一事了。」

謝氏面上露出嫌色，頷首道：「不過是名樂伎罷了，早些替軒郎定一門好親事，他的心也就收回來了。」

溫榮搖了搖頭，看來祖母只是一味地排斥，並未和軒郎談過，更不知軒郎心裡究竟做何想法。「祖母，軒郎此次很是認真，怕是沒那般容易妥協的。」

謝氏思及平康坊的女娘，嫌惡道：「只要我在這世上一日，就不會允許軒郎將平康坊的女娘引進門的！退一萬步講，縱是我答應，他阿爺也必不會答應的。」謝氏猛地咳嗽了幾聲，面色脹得通紅。

溫榮嚇得不敢再往下說，連連拍撫謝氏的後背，自責地道：「都怪兒未思慮周全，先穩住軒郎便是了，祖母千萬莫要激動。」

謝氏長嘆一聲，抓著溫榮的手腕。「若軒郎和茹娘能有妳一半聰明聽話，我也不用再操心了。」

溫榮生怕再氣著祖母，垂首不敢言語。

延慶宮內殿。丹陽和琳娘正在陪太后說話，丹陽忽想起她先才帶進宮、要送與琳娘的香膏落在丹鳳閣了，遂起身出內殿，吩咐宮婢替她取了過來。

吩咐後，丹陽回到內殿門前，正要撩殿門珠簾，聽見太后和琳娘在談聖主欲發兵平定隴西一事。事關朝政和聖主的決議，太后與琳娘亦不敢多言，可那三言兩語，就已令丹陽感到震驚甚至憤怒了，珠簾外的丹陽神情越來越凝重，雙手亦越收越緊。

「公主，可是有甚不舒服的？」站在一旁的宮婢緊張地上前問道。先才她以為丹陽公主只是出內殿交代事情，不過一會兒工夫就回來了，遂未像往常那般高聲通報，現下看來似有不妥……

丹陽蹙緊眉頭，神色嚴厲地看向宮婢，壓低了聲音說道：「退下！咋咋呼呼的，驚著了太后與三王妃妳如何擔當得起！」

宮婢聽言，忙噤聲退至一旁。

丹陽彎起嘴角，撩開珠簾，盈盈走進內殿，與太后笑道：「祖母，內殿外的紫鳳羽和紫袍金帶大芍藥開得好生漂亮，兒一時看癡了。」

太后寵溺地看著丹陽。「御花園裡多了是，丹陽喜歡，我一會兒讓宮人搬到林府的馬車上。」

丹陽也未拒絕，蹲身謝過了太后。

太后留了二人在延慶宮用午膳，丹陽和琳娘知曉太后膳後要午歇的，遂一道起身告辭。丹陽準備回丹鳳閣，而琳娘則前往王貴妃所在的蓬萊殿。二人沿著延慶宮四周雕祥瑞紋的抄手遊廊，緩緩向外走去。

丹陽瞥了眼琳娘的小腹，兩個月的身孕仍舊是不顯懷的，且琳娘這段時日皆是著寬鬆的絲絹裙衫，故除了雙肩處略顯豐腴外，其餘並無變化。

琳娘感覺到了丹陽在打量她，先低下頭看了看自己，才不自然地轉頭朝丹陽笑道：「丹陽怎麼了？我可是穿錯衣衫了？」

丹陽搖了搖頭，面上神情頗為淡漠。「琳娘身子不便，怎不在府裡好好歇息，反時常進宮走動，若是動了胎氣該如何是好？」

琳娘不以為意地說道：「平日在府裡坐得發悶，出來走走也是好的。更何況太后年紀大了，想尋人說話，我總不好拒絕了。」

丹陽眉心微陷。「王貴妃的冊封日上，我和榮娘見妳精神不佳，還擔心了妳，我們都道妳是懷了身孕，故心思重、多疑慮，倒也無可厚非，不過今日瞧著琳娘的精神還是很好的，可是因為擔心的事情在太后的幫助下解決了？」

琳娘一愣，停下了腳步，蹙眉說道：「丹陽是不是誤會了什麼？」

丹陽深深吸了口氣，不肯再多說什麼，直到二人行至延慶宮外，準備各自登宮車回殿時，丹陽才將琳娘留了下來。

丹陽回過身，欲將她們身後的宮人遣離，無奈王貴妃派了的、跟著琳娘的幾名女官猶豫著不肯離開。

琳娘沈默了片刻，才命那幾名女官先行退下。一切妥當了，琳娘朝丹陽冷靜地說道：「丹陽剛才都聽見了什麼？事情並非妳想的那樣，是否肯聽我解釋？」

丹陽搖了搖頭，面上露出失望的神情，她確實只聽到一些隻言片語，可如此就已經可以確定，聖主命五哥前往邊疆的決定，同太后和琳娘有關。丹陽執錦帕摁了摁額角，太后的內殿置了冰，消了暑氣，可走出來後，明晃晃的日頭將青石磚和宮牆都灼烤得炙熱。丹陽還是擔心琳娘會耐不住這暑氣，遂說道：「我們到宮車上，那兒曬不著太陽。」說罷，丹陽先扶琳娘乘上準備前往丹鳳閣、正停在宮牆陰影下的宮車，而後自己再踩了小凳子上去，接著丹陽才冷著臉說道：「我聽到太后說讓妳放心，言五哥過幾月就將被聖主送往邊疆了……」說罷，丹陽抿了抿唇，嘆了口氣，低聲道：「話倒是說得極冠冕堂皇，什麼五哥是武將，要將他送往戰場上多歷練幾年。琳娘，當妳心存顧慮向太后尋求幫助時，妳有考慮過榮娘嗎？」

琳娘緊扯著帕子，有幾分心虛地說：「丹陽，這事是太后決定，真的與我無關了。」

丹陽蹙眉不悅。「平日我是不及妳與榮娘的心思細密，可我也不傻，此事若與妳無關，太后為何要妳放寬心？妳擔心何人不好，偏偏要擔心五哥！我自小是和三哥、五哥一道長大的，他們二人關係如何我再瞭解不過，妳不過是才嫁給三哥罷了，憑何要去懷疑了他們？我和榮娘都道妳懷了身孕，時時處處讓著妳，妳卻……」丹陽見琳娘面色發白，趕緊合上了嘴。她一時激動，說得過分了些，好賴琳娘現在也懷了身孕，不能受太多刺激，如此想來丹陽亦頗為後悔，遂將語調放輕了，想緩和了氣氛。

不想琳娘目光渙散，神情哀怨，整個人似垮了一般，幽幽開口道：「丹陽，我從未懷疑過五皇子，五皇子是奕郎最好的兄弟，我怎可能陷害了他？我甚至不敢讓奕郎知曉聖主的決議與我有間接的關係！我是真不知道為何會弄到今日這番地步，或許真是我一時鬼迷了心竅……」

「好了，琳娘妳先緩一緩，這中間究竟是何緣故？」丹陽見琳娘一副悔恨的模樣，是越來越糊塗。除了對此事不解，更莫名琳娘的情緒。早前琳娘的性子是極平和持重的，縱是真遇見事兒也能處事不驚，可這段時日，琳娘似變得膽怯怕事。丹陽再思及先才她自己的態度，雖說語氣重了些，可還不至於令琳娘悲悽至此。

琳娘雙目泛紅，猶豫了片刻，才下了決心，將心事與丹陽和盤托出。「丹陽，妳是否知曉奕郎曾屬意縈娘？」

丹陽怔怔地看著琳娘，一時也不知該如何開口。她是知曉三哥愛慕縈娘的，當年三哥曾央求她請縈娘入宮聽戲，還讓對棋技幾乎一竅不通的她去和縈娘下棋。三哥如此費周章僅僅是為了能多見縈娘幾面，多得幾張縈娘親手擺的棋譜。其實這些都還罷了，她後來甚至知曉，三哥利用她生生拆散已在議親的林家大郎和縈娘。

丹陽閉上眼睛，將心頭的煩鬱一掃而光，半晌後睜眼認真地看著琳娘。「那又如何呢？如今妳才是三哥的正妃，更何況，縱是三哥曾屬意縈娘，可縈娘對三哥是無半分情意的，她更不曾做過任何一件對不起妳的事情。妳因此與縈娘過不去，甚至暗地裡做些見不得人的事情，妳覺得對縈娘公平嗎？」

琳娘心裡五味雜陳，被丹陽訓得多了，反而生出一絲不甘，蹙眉喃喃道：「丹陽是否知曉林家大郎的過往？又可知曉他為何每日裡忙於公事，鮮少陪了妳？」

丹陽看向琳娘的眼神由驚詫到失望，冷笑道：「琳娘，妳將此事說出，是否想讓我與妳同仇敵愾？可惜此事我很早就知曉了，當時妳與榮娘顧及我的情緒，從不提及半字。算起來我還得感謝了二王妃，是她先要離間我與榮娘，如此我才去仔細查了真相。」

被丹陽這般一說，琳娘的面色由白變紅，不過片刻工夫又如金紙一般，聲音也越來越弱。「難不成妳毫不在乎……」說罷，琳娘身子一斜，精神恍惚地靠在了宮車壁上。

丹陽見狀大驚，趕緊起身就要喊宮婢去請醫官，並打算將琳娘扶進延慶宮的內殿歇息，不想琳娘軟軟地抓住了丹陽的手腕。

琳娘虛弱地說道：「此處離丹鳳閣近，送我去丹鳳閣休息吧，我這般樣子叫太后和王貴妃瞧見了，怕是不好解釋，許是又要怪我多事了。」

琳娘氣力雖空，可神情卻十分堅然，丹陽見狀是又急又怕，也不再和琳娘爭辯，立即吩咐宮車行往丹鳳閣，同時命她的貼身婢子悄悄地去請醫官過來。

到了丹鳳閣前，內侍抬來了墊雙層軟褥的肩輿，丹陽親自將琳娘扶至廂房內室的床榻上，為了讓琳娘舒服些，丹陽又吩咐宮婢在廂房的四周置了冰鉢。

看著琳娘憔悴的模樣，丹陽蹙眉緊張道：「照理臨江王府和宮裡皆有悉心照料妳身子，可怎感覺妳的精神和身子還不如往日了？」

琳娘搖頭，合上眼，忽覺得心慌意亂。雖然腹中胎兒尚算穩定，可她卻莫名地焦慮和擔心，總有孩子要保不住的感覺，思及此，琳娘心一陣陣揪痛，淚水順著眼角就滑落下來。

丹陽見琳娘也不理睬她，只顧自地傷心落淚，更是急成了熱鍋上的螞蟻，她甚至想命宮婢將榮娘請進宮了，遇到此情況，她著實不知該如何是好。

幸虧醫官很快趕到，為琳娘把脈後醫官眉頭緊蹙，面露疑色，詢問了琳娘日常的飲食和作息後卻又未見不妥，而安胎藥的方子也是宮裡尚醫局開的。最後醫官只開了些溫和的安神藥，叮囑琳娘放寬了心，莫要思慮過重了。

丹陽吩咐醫官莫將此事傳開了去，醫官領命後同丹陽、琳娘告辭退下。

丹陽命宮婢往蓬萊殿傳話，言其將琳娘留在了丹鳳閣歇息。而後丹陽一人在外間來回踱步，打算與榮娘寫一封信，告知琳娘現在的情況。不知為何，丹陽此刻極同情了琳娘，先才心中的怒氣已完全消散了。五哥的事情只能再想了辦法，現在去怪琳娘也無濟於事。

丹陽在書案前坐下，提起筆後思來想去，決意將聖主欲派五皇子出征一事完全略去不提，倘若榮娘知曉在暗地裡算計五皇子的是太后和琳娘，那麼她們三人之間的情意，怕是真就毀了。丹陽命宮婢將信送往紀王府後，便起身回到了內室，安靜地守在琳娘身邊，眼見琳娘吃過安神湯藥後情緒穩定了許多，才略微放下心來。

丹陽也不敢再提起溫榮和五皇子的事情，過了約莫一炷香的時間，琳娘先打破了這壓抑的沈默。琳娘抬眼看向丹陽，面有哀戚之色，緩聲說了句對不起。

丹陽搖頭輕嘆。「若有機會，妳與榮娘說聲對不起吧。」

說罷，丹陽注意到格窗外的日頭已曬至銀槐的樹冠處，遂問道：「快至午時了，琳娘可有想吃的？我去吩咐了御膳房。」

琳娘似未聽見，顧自地說道：「我並無意離間妳與榮娘的，不過是想妳能明白我內心的感受罷了。先才是我太過激動，其實前幾日太后就教訓過我了，而我也早已想通，縱是有該提防的人，也不該是真心待我們的榮娘。」

丹陽聽言，眉毛微挑，鬆了口氣。「琳娘，妳可知我對榮娘是一直心懷愧疚的？林大郎與榮娘是多麼般配的一對，若不是我，他們早已喜結連理，哪裡還能生出這般多的事來？林大郎怨我也對，我從未怪過他二人，反而是不斷不斷地自責，直到現在我親眼看見榮娘和五哥過得很幸福、很快樂，我心裡才好受了一些。」丹陽認真地看著琳娘，又說道：「也正因為如此，當我知曉五哥因為妳那些沒有緣由的擔心而要遠赴邊疆、與榮娘分開時，言辭才會那般激烈了。」

琳娘讓丹陽將她扶起靠在了圓枕上，原本的櫻唇此時無一絲血色，虛弱地道：「我沒有胃口了，丹陽亦不用特意去準備何午膳，將就吃點兒稀粥，不叫餓著肚裡的孩子便是。」

若不是為了奕郎的孩子，她恨不能狠狠地餓上兩天，許是如此她才能清醒些，否則每日都是恍恍惚惚的。

丹陽正要數落琳娘，就聽見外廊傳來通報，原來王貴妃遣了人過來，丹陽連忙起身至長廊詢問是何事。

女史朝丹陽行了禮，命宮婢將食盒端上來，恭敬地說道：「奴婢見過丹陽公主。貴妃殿下知三王妃與丹陽公主在一處很是放心，只是因為三王妃如今有孕在身，膳食上需十分注意，貴妃殿下念及三王妃與丹陽公主尚且年幼，少不得會疏忽了，遂特意吩咐奴婢將蓬萊殿為三王妃準備的午膳送過來。」

丹陽吩咐宮婢接過食盒，先送進廂房，而後笑道：「我代三王妃謝過王貴妃了。三王妃言她昨日未休息好，精神不濟，也不敢貿然過去了叫貴妃擔心。」說罷，丹陽執錦帕，抵著鼻尖，輕笑了一聲。「三王妃真真是睏了，到了我這兒徑直就去廂榻上歇息，我這就去喚了她起身用午膳，不要辜負了王貴妃的一番心意。」

蓬萊殿的宮女史往廂房裡看了眼，謝過丹陽公主後就告辭了。

丹陽回到琳娘身邊，命人將食盒裡的碟子都取了出來——一份櫻桃畢羅，一碗湯洛繡丸，一碟金粟平，再就是一碟鱠魚絲了。琳娘瞧了眼也無甚胃口，在丹陽好賴勸阻下才多少吃了點兒。

用過午膳後，琳娘在丹陽的廂房裡沈沈睡下。壓在心上的石頭落地了，輕鬆後是難得的安心，也就不再去想了旁他……

第三十五章

安興坊的溫府長房，午時將至，茹娘才匆匆忙忙地趕了回來，溫榮瞧見滿額頭汗水，臉頰也被曬得通紅的茹娘，忍不住笑了兩聲。

茹娘與溫榮說了這幾日發生的有趣事兒，見祖母和阿娘不曾注意到她，才拉著溫榮的手悄聲說道：「阿姊，我聽金城郡公家的娘子說，溫蔓娘在趙家的日子不好過了，趙二娘墜馬後，那趙夫人指著溫蔓娘的鼻子罵了她是喪門星，趙二郎也還是日日在外尋花問柳、夜宿平康坊的。也不知當初溫蔓娘和溫菡娘怎會趕趟似地嫁去趙府，爭得妳死我活。」

溫榮笑道：「如此說來，將來茹娘選夫婿眼睛可得放亮了。」

茹娘噘著嘴。「京中女娘最羨慕的就是阿姊和三王妃了，都說三皇子與五皇子是盛京裡最優秀的郎君呢，風度翩翩、俊朗風雅的，哪裡會像謝家的那幾個郎君。說來他們也是出自高門大院，卻沒有半點應有的風度和教養，自以為是、眼高手低！」

溫榮聽了有幾分迷糊。「茹娘說的謝家郎君，難不成是應國公府裡，琳娘的堂兄弟？」

茹娘點頭道：「可不就是他們？有一次他們到籬莊瞧我們打馬毬，在旁嘲諷譏笑的，沒少說風涼話，好生叫人討厭！阿姊，妳說他們是不是沒有半點風度？」

溫柔抿嘴好笑。「聽茹娘這般說道，謝家郎君可真真是不成！下次我們府裡辦宴，就不請他們了可好？」

茹娘哼了一聲。「必然是不請的，縱是府裡抹不開面子請了，我也不能待見他們！」

茹娘還是小孩子心性，溫榮雖未與謝家郎君有過多接觸，卻也相信謝府的家教不會有失。溫榮見茹娘哈欠連連，約莫是上午玩累了，遂讓茹娘自己去歇息。

謝氏等到林氏和茹娘出了穆合堂，又仔細地向溫榮詢問了琳娘的態度。溫榮不想讓祖母傷心，只說琳娘顧忌軒郎年幼且未取得功名，倘若她出面回謝府說媒，怕會引得二房不悅，認為琳娘在以勢壓人。

謝氏嘆了口氣。「哎，琳娘的考慮不無道理啊！若是一名前途無著落的郎君欲求娶茹娘，我們也是不同意的。罷了罷了，就照榮娘說的，再看一看吧，想來軒郎也不會這般快走武將的路子，亦不會那般快的從戎了。」

溫榮又陪祖母說了會兒話，就告辭回紀王府了。今早晟郎出門前還與她說了，那陳知府一家未直接進京，而是先拐去了洛陽，約莫要在洛陽停留一段時日，再進京叩謝聖主。

溫榮一回到府裡，就接到丹陽從宮裡寄與她的信。

溫榮初拿到信覺得頗為好笑，丹陽先是鍥而不捨地邀請了她兩次，皆被她拒絕後，還不忘再修封書信與她。溫榮揭開信封，看著信裡的內容，原本輕鬆的神情越來越凝重，果然有人故意挑撥她和琳娘。細想她與李奕之間，除了李奕私藏她小衣一事不足向外人道，其餘皆可算是再尋常不過的，竟也能被利用了。知曉了緣故，溫榮倒也不甚在意，反而更擔心琳娘的身體。丹陽也在信中說了，琳娘的精神狀況極差，漫說沒有了早先的冷靜，情緒也極容易波動，甚至許多本迫於無奈才會說出的話，琳娘也會輕易地說出口了。

溫榮和丹陽原本以為這一切是琳娘懷孕導致的，可現在看來，其中似有蹊蹺。

溫榮將甘嬤嬤喚了進來。那臨江王府的吳嬤嬤必不是個善茬，說不得就是受了王家人的指使，趁如今琳娘懷身孕有可乘之機，暗地裡對付了琳娘。

溫榮向甘嬤嬤問道：「甘嬤嬤，妳派了去盯梢曾大的人，有看見他將草藥交給吳家二媳婦是嗎？可知曉都是何草藥？」

甘嬤嬤道：「是一些尋常的補藥。曾大與西郊幾處莊子上的藥農相熟，故能拿到比藥鋪裡更便宜的藥材。曾大和吳家媳婦私下買賣的那些藥材並非臨江王府主子所用，皆是下人央他帶的。」

聽言溫榮更加詫異了，若是便宜藥材，曾大怎可能有那許多赤金物什去錢莊和當鋪了？

「那曾大換了散錢後是做甚用的？」

甘嬤嬤回道：「是為了去賭坊賭錢。曾大在賭坊輸了不少錢帛，此事吳嬤嬤約莫不知曉，否則也不能放心曾大。」賭博之人輸多了將眼紅，影響了心緒，辦事少不得就會出紕漏。

溫榮正色道：「甘嬤嬤，妳多派些人手去西郊的那幾處藥莊，盡快查清曾大在藥莊上都收了何藥材？還有，這幾日收的藥草和前段時日的是否有不同了？行事仍舊小心些。」

「是，王妃。」甘嬤嬤領命退下。

綠佩在旁聽得暈暈乎乎的，想詢問主子是何事如此神秘，卻又擔心逾矩了。

「綠佩，幫我準備筆墨，我要修封信與丹陽公主。」溫榮朝綠佩吩咐道。待甘嬤嬤查清楚了，倘若曾大真採買了對琳娘不利的藥材送入臨江王府，她是必然不肯眼看琳娘被人謀害的，只是揭穿這一切靠她一人不夠，她還需要丹陽的幫忙。

信中溫榮只交代了丹陽要準備的，而具體事情並未詳盡寫，畢竟此事三言兩語說不清，不若日後當面解釋更好。

溫榮才將信交給小廝，李晟就回來了。溫榮先與李晟打了招呼，又轉頭吩咐小廝領了府裡的夜行令，盡快將信送去林中書令府給丹陽公主。

李晟聽到信是送去中書令府的，與溫榮說道：「丹陽此刻約莫還未回府裡，先才她當著我的面同三哥發了好大的火，好像是三王妃出了何事，她也未敢太過聲張。」

溫榮頷首道：「琳娘今日在宮裡差點兒暈厥，是丹陽帶了她去丹鳳閣歇息的。琳娘不肯讓太后和王貴妃知曉此事，約莫是擔心她們責怪了三皇子吧。」溫榮頓了頓，嘆氣道：「也不知怎的，琳娘懷孕後身體竟一日不如一日，也難怪丹陽要生氣了，她定是在責怪三皇子不曾照顧好琳娘。」

李晟想起丹陽訓斥三哥時說的話，眼神黯了黯。丹陽話裡有他們三人才知曉的深意，便是榮娘也不知曉這中間的糾葛了。李晟抬眼定定地看著溫榮，當初他既然知曉是三哥利用了丹陽，將已在議親的琛郎和榮娘拆散，就也能阻止三哥。可他亦是有私心了，故在三哥嚇唬丹陽時做了一名沈默的看客。可丹陽約莫也早已對林大郎有心了吧，否則怎可能在三哥嚇唬她，說甚聖主要將她許配與趙家二郎時，驚得面如紙色，而後三哥只簡單地提點了幾句琛郎的好處，丹陽就迫不及待地去求賜婚了？若言丹陽有悔，也並非是後悔她居於深宮，不知市井間琛郎與榮娘已將訂婚之盟約，而是後悔她為何不能早一些在榮娘之前與琛郎相識。

一切看似陰差陽錯，都道冥冥中自有定數，可誰敢說彼此間的任何一個人，不曾為了爭取自己的幸福而自私過？如此何人皆無愧。

溫榮疑惑地看著李晟，不知晟郎為何一言不發，只直勾勾地盯著自己。溫榮心虛地抬手擦了擦面頰。「可是妾身面上沾了灰？」

李晟嘴角一翹，慢慢浮起笑容來，朝溫榮搖了搖頭，修長的手指輕叩案几，高雅的神情裡透著一絲高深莫測的味道。

溫榮瞧著晟郎的姿態，想起今日茹娘言盛京裡待嫁的貴家女娘，皆誇三皇子和五皇子風度翩翩。那些貴家女娘是極有眼光的，晟郎此刻可真真是漂亮和瀟灑。

溫榮閃爍的眸光裡透出幾許笑意，而李晟似對溫榮的心思瞭若指掌，又支起了腿，曲臂撐於案几上，手指虛拂額角旁的鬢髮，從容優雅間是說不盡的風流。

溫榮抿嘴好笑，晟郎露出這番風流姿態與她相看，她偏偏不肯遂了他意，顧自地擺弄起手旁的小銀爐，只作甚都未曾瞧見。

半晌得不到回應，李晟終於放下端著的姿勢，順著先才榮娘所言，悠然地笑道：「榮娘不必擔心，我是一定會照顧好榮娘的。」

溫榮眉梢微挑，她是在擔心琳娘，也是在抱怨三皇子既娶了琳娘為妻，卻未照顧好琳娘的事，壓根兒沒有要求晟郎向她許諾何事。溫榮隨手將小銀爐擺回多寶櫥，忽然想起晟郎剛才提起了三皇子和丹陽，好奇道：「晟郎今日不是去的公衙嗎？為何又進宮了？」

晟郎無奈地兩手一攤。「還不是為了聖主將開校習場的事情。」說著，李晟站起身，牽過溫榮，兩人一起在矮榻坐下。李晟攬著溫榮玩笑道：「去宮中與聖主、三哥一道商議朝政之事也好，否則照今日衙裡的安排，我是要前往陪都洛陽出公差的。現在不用去了，如此我才可以早早回府陪榮娘。」

溫榮乜了李晟一眼，使著小性子道：「若是去陪都，不過二、三日便能回來的，可若晟郎去了邊疆，快則一年，慢則……」溫榮眼圈一紅，不肯再往下說了。

李晟將溫榮攬進懷裡，輕聲安撫道：「別擔心，我和三哥在做準備了，二皇子是耐不住，早已蠢蠢欲動的，只不過需要一個契機罷了。既然聖主的決議不合適，我們也不能盲從。」

溫榮隱約聽見晟郎極低地嘆息了一句，言聖主年紀大了……溫榮心頭微微一顫，聖主確實年紀大了，而且身體一日不如一日，平日裡皆是強打著精神的，因為睿宗帝明白，他現在還不能垮了。溫榮的目光黯淡了下去，照她前世的記憶，聖主是熬不過今年冬日的。

「對了，榮娘可是在暗查臨江王府的下人？」李晟面上暖暖的笑容依舊，看著溫榮的目光微閃。

溫榮點了點頭，暗查臨江王府下人一事，她雖未故意瞞著晟郎，但也未主動提起，畢竟晟郎在外已經很辛苦了，她不想晟郎還要因內宅之事煩心。溫榮如實道：「我吩咐甘嬤嬤遣人去了西郊，暗查西郊的幾處藥莊。在臨江王府二進院子廚房裡負責採買的吳嬤嬤等人，最早是在琅琊王氏族裡做粗活的，後來才被王側妃的阿爺帶到了盛京，如今又在臨江王府裡做起了小管事，所以妾身不甚放心。」

晟郎頷首道：「下午丹陽說三王妃的心緒極為不寧，如此怕是無法打理臨江王府的內事。對了，榮娘，西郊除了那幾處藥莊外，其實還有不少零散的藥農，小藥農沒有田產，但經常往山裡採摘草藥，與旁人直接買賣是無須提供憑據的。倘若臨江王府的下人對西郊山嶺地形熟悉，就是自己前往採摘也無甚不可。」

溫榮聽言眼睛一亮，感激地看著李晟。「妾身謝過夫郎提醒。」

李晟笑道：「是榮娘要多費心思了。可不論榮娘與三王妃的關係如何，這終究是臨江王府內宅的糾葛，故我幫不上忙，而榮娘若是真查到了確鑿的證據，也只能將證據交給三王妃，我們是不能逾矩動臨江王府下人的。」

溫榮微彎著眼睛笑道：「晟郎放心，妾身會把握了分寸，琅琊王氏一族是王貴妃的母家，妾身哪敢去招惹了？妾身只吩咐下人暗地裡跟著，皆是極小心謹慎的，不會與臨江王府的下人起衝突。妾身只是希望琳娘能順順利利地誕下麟兒，並無意與王氏結怨。」

李晟輕撫溫榮的面頰，溫暖地說道：「望三王妃能知榮娘的好。」

溫榮篤定王側妃等人縱是暗害琳娘，也不敢太過明顯了，約莫是尋機會在琳娘的飯食裡下了慢性藥，令琳娘某日自行小產。思及此，溫榮亦是十分焦急，王側妃等人無害人之心是最好的，可若真是在對付了琳娘，她必不能袖手旁觀！溫榮揉著錦帕，心念著得快些了。

可是越急越是無進展，一連七日，甘嬤嬤派往西郊的下人都未打聽到一絲有用的消息。哪怕將藥莊上的帳簿子翻開，那曾大也只是採買一些尋常的滋補藥材。盯梢曾大的人也未瞧見曾大有去尋過小藥農，更未親自進出山林。

就在甘嬤嬤快要放棄，準備回府向溫榮稟報，言那曾大在藥材採買上無蹊蹺時，就有小廝看到曾大去尋了西郊最偏遠處的一名小藥農，去尋小藥農時，曾大似乎十分緊張，匆匆忙忙自藥農手中接過小竹簍，給了些零散錢後，就疾步離開了。

盯梢曾大的僕僮在曾大離開後，亦尋了那藥農仔細詢問，不過才一、兩句話，僕僮就知曉了曾大取走的是何草藥。那藥農還說了，曾大是第二次過來尋他拿草藥了，又言這種草藥是雞肋，鮮少有人需要用此草藥治病。小藥農亦是頭年秋季無事採挖，而後任其蔭乾的，一年裡都無人問津。放眼這片西郊，恐怕就他家會存留一些。

紀王府的僕僮也買下了一小簍子，回府後交與甘嬤嬤。

那藥農滿臉疑惑地瞧著僕僮的背影，怪道今兒是什麼日子，平日完全無人問津的草葉子，一連賣出了兩簍。

這日溫榮亦不在府中，而是去了曲江池的芳林苑。現下芳林苑裡各色芍藥花開得正好，花團錦簇，彩蝶翩舞。故皇宮在曲江池畔舉辦了賞花宴，邀請公主和王妃參宴賞花。不想參加賞花宴的人數寥寥無幾，園林裡的景致是十分熱鬧了，可如此卻備顯得人聲冷清。

三王妃謝琳娘因懷孕不能太過奔波，二王妃韓秋嬏則是稱恙，就連平日裡最喜歡熱鬧的丹陽公主也因突發惡寒而臥床歇息。溫榮知丹陽確實是病了，前日她還特意前往林中書令府探望，好在丹陽病得並不嚴重，醫治妥當約莫一、兩日就能痊癒了。

一半人以林林總總的原因未參加賞花宴，與溫榮交好的女娘都未來，一場宴席下來，反而是衡陽公主在陪了她。溫榮對衡陽雖無特別的好感，卻也不排斥了。衡陽的性子確實如丹陽所言，極會察言觀色，可心也不壞。約莫是因其母妃在後宮地位低下的緣故，衡陽打小就活得極為小心。衡陽公主似乎很想同她和琳娘套近乎，用席面時有問溫榮是否可帶了她一道去臨江王府探望三王妃，溫榮自思如今她自己和琳娘的關係都還未緩和了，遂也不敢隨便應下。

宴會後，王貴妃又送了一盆喚作「晨玉曉霜」的粉白相間重瓣大芍藥與溫榮帶回去，還笑著吩咐溫榮常隨晟郎進宮玩，也好陪她和太后說話。

待溫榮回到紀王府，已過申時初刻。溫榮吩咐小廝將芍藥擺在二進院子的長廊盡頭，如此襯著庭院裡的青翠顏色，格外好看。

回到廂房，溫榮看到甘嬤嬤已在廊下等候，遂連忙將甘嬤嬤請進屋，甘嬤嬤朝溫榮見禮後，將早上小廝自西郊藥農處買來的一竹簍草藥捧上前。

「五王妃，府裡僕僮親眼看到曾大在小藥農處買了此種藥草，奴婢對草藥不瞭解，遂特意請了安興坊善理堂的郎中相看，發現確實有不尋常。」甘嬤嬤謹慎地說道。

溫榮讚許地向甘嬤嬤點了點頭，溫府早前曾多次請善理堂的郎中為茹娘和軒郎等看診，遂知曉那郎中雖居於平凡，卻是極其精通藥理的。

甘嬤嬤見溫榮頷首認同，這才繼續說下去。「善理堂的郎中說了，僕僮買回來的是碣麻仁枝葉，由於碣麻仁枝葉治療血虛津傷的功效不若碣麻籽，而副作用又甚過碣麻籽，毒性更會於體內累積，故幾乎是無人用碣麻仁枝葉入藥的。」

溫榮聽言蹙緊了眉頭，抬袖自竹簍裡拈起一根被曬得枯黃的乾枝，湊近鼻端輕嗅，氣味很淡，並不刺鼻，更不會讓人留下印象，若是摻在尋常滋補草藥裡一同煎煮，服用之人是根本不會察覺的。溫榮心裡多少有數了，朝甘嬤嬤頷首道：「這幾日辛苦甘嬤嬤了，先將這簍子藥草收好，明日再取出與我。」

甘嬤嬤應聲退下。

溫榮則至書房翻出了《百草經》，仔細查了碭麻籽的藥性，隨著竹簡摘錄往下，溫榮的心是越揪越緊。漫說無人敢入藥的碭麻仁枝葉了，縱是尋常的碭麻籽，服食過量後亦將影響人的情緒，導致人煩躁不安，久而久之，服用之人會因血行徹底紊亂而失心瘋。碭麻籽尚且如此，何況毒副性更強的碭麻仁枝葉。溫榮將《百草經》放回書櫥，緩緩踱步回廂房。

琳娘現在情緒不穩的境況，與過量服用碭麻籽的癥狀十分相似。溫榮思定後，分別修了封書信與琳娘和丹陽，明日她要去臨江王府探望琳娘，而丹陽的身體還未痊癒，溫榮便讓丹陽在府裡安心將養身子，但請丹陽以病體未癒為由，喚一名信得過的尚醫局女醫官，明日隨她一道前往臨江王府。

李晟下衙回府後，溫榮主動和李晟說了關於曾大採買碭麻仁枝葉的蹊蹺事。

李晟聽後若有所思，雖未阻止溫榮去幫忙三王妃，卻也沈默了半晌。

溫榮見狀，親自為晟郎點了碗茶湯，金黃茶膏上勾了一朵栩栩如生的岩涯蘭，溫榮落下最後一片花葉，合上碗蓋，親自將茶碟遞與李晟，說道：「晟郎，妾身已命甘嬤嬤將派去盯梢曾大的人喚回來了，只留了一人在平康坊裡。明日妾身打算先去一趟臨江王府，而後再尋了軒郎說話。」

李晟揭開茶蓋，金黃的岩涯蘭正在緩緩地舒展綻放，隨著金色波紋的每一次漾動，一陣陣沁人心脾的花茶香散溢出來。李晟合眼深嗅了一番茶香，點頭稱讚榮娘的茶藝日漸精湛，是無人能及了。

溫榮笑嗔了晟郎一句。「在與你說正經事兒呢，不許玩笑了。」

李晟慢慢收斂起笑容，正色道：「關於三王妃，榮娘已是十分小心謹慎了，不論是否真有人要陷害琳娘，這般行事都不會引起他人懷疑的。至於軒郎……」李晟擰起眉頭，賣起了關子，端起茶碗吃了一口，緩緩品茶道：「茶膏散盡後一絲茶沫子都沒有，真真大雅。」

溫榮也不搭理李晟對茶道的評論，擔憂地說道：「祖母和軒郎也著實令人擔心，看祖母的樣子是一步都不肯讓的，祖母年紀大了生不得氣，晟郎說該如何是好？妾身怕是也勸不動軒郎的。」

李晟認同道：「前日我還有見到軒郎，路過國子監時無事就請了軒郎一道吃茶，我有試著勸阻軒郎，無奈軒郎是癡情的。而且聽軒郎的語氣，他對府裡過於嚴厲的管教，已經心存怨恨了。」

溫榮靠在矮榻上，面露焦急之色。偏偏祖母、阿爺都是倔強的性子，認準的理兒怎也不肯改變或回頭。之前也不知軒郎是用了何法子，才讓阿爺答應他習武的，若無猜錯，這中間恐怕又是三皇子或晟郎去替軒郎做的說客。

李晟笑著寬慰道：「總有解決的法子，實在不成，瞞天過海便是了。現下一件事一件事來，榮娘還是先確定了三王妃那兒是否平安吧。」

溫榮點了點頭，晟郎說的話聽著是輕巧不可靠，可卻極有道理。好歹祖母、阿爺、軒郎是一家人，實在不成便瞞天過海，久了亦水到渠成了。

次日，坊市大門剛開不久，就有一輛兩輪尋常烏篷馬車停在紀王府門前，迎接侍婢將烏篷馬車上的女醫官請下來後，徑直送到二進院子溫榮面前。

溫榮初見丹陽公主安排的女醫官時頗為驚訝，女醫官比之溫榮想像的要年輕許多，約莫二十出頭的樣子，難得的是姿態和神情已十分的沈穩冷靜。

女醫官略微屈膝同溫榮見禮。

溫榮知曉這名女醫官有自負的資本，擺擺手溫和地笑道：「盧醫官無須多禮，今日還要委屈和辛苦盧醫官了。」

盧醫官與丹陽的私交頗好，照丹陽回信裡所言，盧醫官是極不簡單的，在其總角之年，就已能背出整部《月王藥診》，更熟讀多達數百竹簡的《本草集》。盧醫官在看診脈理的經驗上，因年少暫時還及不上宮裡年長的醫官，可她對藥理的精通，卻已是宮裡數一數二的了。溫榮聽聞盧醫官的本事後是暗暗咋舌，對丹陽的安排自無異議。

盧醫官不阿權貴，在宮中行事極為低調，鮮少為貴人瞧病，平常只默默地在尚藥局熬煉分治不同病症的各色藥丸，此次接到丹陽公主信件，本是不願意答應，可知曉求幫助的是五王妃時，竟破格應下。

盧醫官這等人願為五王妃辦事，肯應承五王妃的面子，並非是因為溫榮容顏絕色在宮中名聲頗響，而是盧醫官好奇溫榮驕人的才華和淡泊的品性。丹陽公主很早就在盧醫官面前誇讚過五王妃遠勝棋侍詔的棋技，可惜五王妃平日的行事亦低調，又與宮中公主不同，根本不喜歡玩樂，故她從未有幸親眼見到。今日得見，五王妃的風姿和性情果然未令她失望。

盧醫官笑道：「五王妃客氣了，小官照丹陽公主吩咐，替五王妃辦事，若王妃有用得著小官的地方，儘管吩咐，小官將盡力而為。」

溫榮朝盧醫官感激地笑了笑，自案几上取過那簍草藥，遞了一片枝葉至盧醫官跟前。

「盧醫官可知此為何物？」

盧醫官不過是瞧了一眼，便說道：「此物乃碣麻籽的莖葉，性溫有慢毒，偶爾食之可活血通脈，若長久服用將導致血脈紊亂，進而傷及性命。」盧醫官頓了頓，平靜地說道：「皇宮內院的藏書閣裡有幾部載錄宮廷秘聞的典籍，其中有一部涉及藥理，故小官曾求而閱之，典籍內就有記載，前朝後宮曾有妃子用碣麻籽莖葉做暗藥，下在已懷龍子的妃嬪平日服用的湯藥中，如此導致那妃嬪懷胎至五月時不幸小產，更得了失心瘋，最後被打入冷宮。」

不想盧醫官竟然能看到皇宮藏書閣裡的典籍，盧醫官的來歷怕是不尋常的。溫榮嘆了口氣，道：「不知者還道那妃嬪是因失去龍子，過於悲痛導致的失心瘋，殊不知多是因為害人的暗藥。」前世裡，溫榮亦有滑胎小產的經歷，那時肉體上是絞心挖腸的疼痛，而意識裡又有失去孩子的極大痛楚，那痛不欲生的感受，是她迄今為止都能清清楚楚記得的。

盧醫官頷首道：「王妃所言極是，妃嬪確實是因為藥物和失去胎兒，雙重打擊下才導致的失心瘋。對了，不知王妃手上為何會有此草藥？」

溫榮大致將草藥的來歷與接下來的打算告訴了盧醫官後，又問道：「我聞著這莖葉的氣味是極淡的，倘若與其他草藥同熬，盧醫官是否還能聞出進而分辨出有此物呢？」

盧醫官嘴角微微上揚，自信滿滿地說道：「可以，漫說是熬煮的湯藥，便是尋常的藥丸，小官一聞便能斷出都有何草藥，二嚐能知各藥材的用量。若王妃仍有疑慮，可設法取來藥渣求證。」

溫榮眼睛一亮，盧醫官是有十足的把握了，不愧是丹陽公主極力推薦的高人。溫榮滿意地說道：「我信得過盧醫官。」說罷，溫榮吩咐綠佩拿來一身紀王府一等侍婢所著的靛青色窄袖襦裙，接過疊放襦裙的紅木托盤，不好意思地說道：「由於我還無法確定那臨江王府的下人是否真膽敢在三王妃的飯食或湯藥裡摻碭麻籽枝葉，故還不能暴露了盧醫官的身分，相信盧醫官會明白其中的緣故，所以得暫時委屈了盧醫官，先著這身紀王府婢子的裙服，還請盧醫官莫怪我唐突。」

盧醫官笑起來。「五王妃果然如丹陽公主所言，無半點架子，更不會以勢壓人。不過是更衣的小事罷了，五王妃何須這般客氣？宮裡貴人們皆是自掃門前雪，根本不願管他人瓦上霜，五王妃為他人如此上心，實是難得。」

「我與三王妃、丹陽公主交情匪淺，任誰出事，另兩人都不能放任不管的。」溫榮感激地笑了笑，親手將襦裙遞與盧醫官。

盧醫官至側房更換了襦裙後，碧荷又替盧醫官綰了兩個圓髻，這才一同前往臨江王府。

馬車在臨江王府門前停下，溫榮進了臨江王府後，抬眼看向通往二進院子的月洞門，那一處是沒有熟悉身影了，原先琳娘總是會在月洞門附近的石亭等她的。

琳娘的貼身侍婢春竹在石亭後等候，見到溫榮後恭敬地說道：「三王妃身子抱恙，幾日來皆是臥床歇息。三王妃還說了，她不能親自過來接五王妃，還請五王妃見諒。」

溫榮不以為意地笑道：「三王妃如今有身孕，自是該多休息，倘若真頂著這般大的日頭出來等候，我是不敢再來了。」

春竹聽言，抬起頭張了張嘴，卻欲言又止，只緊張地揪著手指。

溫榮一眼便瞧出了春竹的不妥。此時她們正站在石亭後方的青石甬道上，蜿蜒的曲徑和蔥翠的青竹恰好遮蔽了外人的視線，溫榮放低了聲音，和善地問道：「春竹可是有何難言之隱？她們三人是我的貼身侍婢，綠佩與碧荷亦是春竹再熟悉不過的了。」

春竹還未張口，眼淚就先落了下來，綠佩連忙上前，遞了方帕子與春竹，又輕聲安慰了幾句。春竹感激地看了綠佩一眼，這才哭訴道：「奴婢求五王妃救救我家主子！」

溫榮心一沈。「春竹先不要著急，告訴我琳娘出什麼事了？」

春竹哽咽道：「自從主子懷了身孕後，精神便一日不如一日，起初還好的，只是情緒反覆了些，可這幾日卻越發的不濟了。甚至開始有下人在背後胡亂說話，說甚主子不是懷孕，而是中了魔怔，否則也不至於呆呆愣愣的。現在是迫於王側妃的管束，那些流言還不曾傳將出去。」

溫榮蹙眉不解地問道：「難道宮裡與謝府都不曾來看過三王妃嗎？怎未發現了不妥？」

春竹抽噎了兩聲。「宮裡時不時有遣醫官下來，可看診後皆言無事。三天前謝府的大夫人也過來了，而且三皇子還特意陪主子一道接待了大夫人，可偏偏那日主子精神出奇的好，大夫人只瞧出主子消瘦了，並未見有其他不妥，還勸主子在府裡莫要使小性子。」春竹期期地看著溫榮，忐忑道：「奴婢聽下人說，主子與五王妃交惡了，丹陽公主又在酷暑得了惡寒，所以不會有人再過來陪三王妃，甚至還有聲音說這些孽皆是三王妃自己造的……」春竹擦了擦眼淚。「可奴婢知曉三王妃是好人，奴婢自小就跟著主子，若沒有主子，奴婢早被人活活打死了，還請五王妃不計前嫌，千萬別丟下主子不管！」說罷，春竹就要跪下。

溫榮打了個眼色，碧荷忙攙扶起春竹。

溫榮認真地說道：「春竹不必擔心，我不會丟下琳娘不管的。妳先帶了我去廂房，看看琳娘究竟怎樣了。」

溫榮心裡暗暗自責，是她太過大意了，因為琳娘不冷不熱的態度，她確實疏遠了些，可卻未意識到那些人正好趁這時候下手。她、丹陽皆無法時常探望琳娘，王貴妃亦是琅琊王氏的族人，而李奕……思及李奕，溫榮周身如置冰窖般寒冷，他是一如既往的薄情寡義。

春竹蹲身謝過溫榮，用帕子將面頰上的淚水擦拭乾淨後，垂首領著溫榮等人，徑直前往琳娘的廂房。走至內院長廊，外廊婢子先向屋裡通報了一聲，春竹這才帶著溫榮進廂房。

溫榮吩咐綠佩與碧荷在長廊處守著，莫要讓下人隨便進來，又令盧醫官一人隨她進內室。

琳娘的貼身侍婢春竹約莫是覺得盧醫官眼生，詫異地瞥了盧醫官一眼。

盧醫官倒是處變不驚，朝春竹友善地笑了笑。

還未走進內室，溫榮就聽到兩聲纖弱的咳嗽聲，心裡猛地一沈。溫榮雖未學過甚醫理，卻因其祖母長年咳嗽，故也明白一二，琳娘的咳嗽聲與她祖母大不相同，祖母咳嗽聲沈悶，醫官道祖母是血熱氣重症難消導致的，需清養，而琳娘的咳嗽聲卻很飄忽，約莫是中氣空虧的緣故。琳娘的身子虛弱至此，就算瞞得過謝府，怎可能瞞得過宮裡替琳娘看診的醫官？

春竹打簾子喚道：「五王妃過來了。」

「榮娘……」琳娘聽見聲音，就要撐著床榻起身。

溫榮趕忙上前扶起琳娘，取了圓枕讓琳娘靠著。謝琳娘怔怔地瞧著溫榮，目光呆滯茫然，往日清澈明亮的雙眸早已消失不見了。溫榮心裡一陣痛，在琳娘的床榻旁坐下，焦急地問道：「這是怎麼了？」

琳娘忽然緊緊握住溫榮的手腕，長長的指甲在溫榮手腕上掐出了幾個深深的月牙印。春竹看了大驚，就要上前將二人分開，溫榮卻忍著疼痛，朝春竹擺了擺手，未被禁錮的另一隻手輕覆在琳娘冰涼的手背上。「琳娘，妳是不是在害怕什麼？」

手背的溫度漸漸浸潤到手心，琳娘這才放鬆下來，略微恢復了些神智，喃喃自語道：

「榮娘，妳是不是在怪我？是不是在怪我？我不是故意的，我已經後悔了，是太后不肯，不關我事的……榮娘，我昨日肚子會疼，是不是因為我做了壞事，所以上天要懲罰我，讓我保不住這個孩子？」

溫榮搖了搖頭，笑著安慰琳娘道：「琳娘放心，太后對我和五皇子仍舊很好，昨日還命宮婢傳話，讓我進宮陪她老人家說話。琳娘從未做過壞事，而孩子也一定會平平安安生下來的。」

緊箍著溫榮細腕的手指漸漸鬆開，琳娘又靠回圓枕假寐，不哭不笑，一言不發，蒼白消瘦的面頰上泛著不自然的潮紅，整個人沒有一點生氣。溫榮回頭緊張地看著盧醫官，盧醫官搖搖頭，讓溫榮稍安勿躁。

溫榮見琳娘終於平靜下來，正在休息，遂起身至紫檀圈椅坐下，向春竹詢問道：「琳娘這般光景有幾日了？」

春竹鬱鬱地說道：「約莫四、五日了。主子原本精神就不濟，府裡的老人都說是懷孕的緣故，我們也不甚在意了，可不想五日前，主子忽然開始嗜睡，甚至有幾頓午膳也不曾吃。」

溫榮正與春竹說著話，琳娘的另一個貼身侍婢春燕端了湯藥進來，看見溫榮先愣了愣，旋即將湯藥放在案几上，再同溫榮見了禮。「五王妃終於來了，主子盼了五王妃許多天了。」

春竹吩咐春燕去廚裡準備果子和點心，又執了團扇至案几前，準備將湯藥搧溫了，再伺候琳娘服用。

隨著濃郁的藥氣在廂房裡散開，盧醫官的眉頭越擰越緊，就在溫榮準備詢問盧醫官具體是何情況時，床榻上的琳娘一聲悶哼，猛地睜開眼睛，捂著肚子面露痛苦之色。

「王妃，您怎麼了？」春竹嚇得丟下團扇，端起湯藥趕至琳娘的身邊。「主子，這是廚裡剛熬的安胎藥，吃了就不會痛了！」說罷，春竹盛起一湯匙棕褐色泛著彌白細粉的湯汁，就要送到琳娘面前。

盧醫官驀地低喝道：「住手！妳要害死三王妃嗎？」

春竹嚇得手一抖，湯匙落入湯碗，濺起了藥汁，藥汁滴在繡銀絲牡丹的錦衾上，轉瞬滲入，留下沈沈的顏色。

溫榮沈著臉起身，自春竹手裡端過藥碗，壓低了聲音道：「安胎藥裡摻有碣麻莖葉，正因為如此，三王妃才會變成如此光景。」

春竹聽了臉色煞白，也顧不上溫榮，轉頭緊張地看向琳娘，哭道：「主子，您怎樣了？對不起、對不起，奴婢不曉得會是這樣！」

琳娘的額頭上泌出豆大的汗珠，表情也猙獰了起來，目光直直地看著溫榮。「榮娘，救我，救我肚子裡的孩子！」

春竹撲通一聲跪在了地上，朝溫榮連連叩首。「求五王妃救救主子、求五王妃救救主子！」

溫榮亦一臉焦急地看向盧醫官。

盧醫官沈著一張臉上前，捉過琳娘手腕診脈後又叩診了三聲，旋即自腰間荷囊取出一只玉竹紋的滴珠瓷瓶，倒出一顆石榴籽大小的玉色藥丸，抵住琳娘的下頷，將藥丸送入琳娘口中，一推一嚥。還未待溫榮和春竹反應過來，琳娘的神情已慢慢平靜下來，原本渙散的雙眸亦清亮起來。

溫榮執帕子替琳娘將額頭上的汗珠擦拭乾淨，關切地問道：「琳娘可是好些了？」

謝琳娘長喘了一口氣，人癱軟在圓枕上，感激地看著溫榮。溫榮見春竹仍舊滿面驚慌地跪在地下，就吩咐春竹去盛碗溫水過來，又小心地餵了琳娘兩口。

過了好一會兒，琳娘才徹底緩過神來，直起身子，抬手輕握住溫榮溫軟的柔荑。「榮娘，我覺得自己迷迷糊糊地作了好長的一場夢，總是渾渾噩噩、糊裡糊塗的，根本無法控制情緒和思想。」

溫榮面上表情也輕鬆了下來，舒口氣道：「琳娘，沒事了，先讓盧醫官替妳好生把把脈。」

琳娘乖巧地點點頭，注意到溫榮身後跟了一名陌生的侍婢，疑惑地看著她，惴惴不安地問溫榮。「這位是？」

溫榮起身將盧醫官迎至琳娘的床榻旁。「是丹陽自宮裡請來的盧醫官，這段時日琳娘的精神極差，我和丹陽就思量了要請一名信得過的醫官替琳娘看診，如此才能放下心來。」

琳娘聽言，笑著看向盧醫官，笑容裡是滿滿的感激和信任。

盧醫官蹲身朝謝琳娘見了禮，在她身邊坐下，先才她情況危急，自己也未能仔細識脈象。盧醫官半瞇著眼，細長的指尖在琳娘的脈搏處滑動，聽了好一會兒，盧醫官才將琳娘的手放回錦衾內，又向琳娘和春竹詢問了幾個問題，才朝溫榮點了點頭。

溫榮和琳娘幾乎是異口同聲地朝盧醫官焦急問道：「可是有事？」

盧醫官說道：「三王妃脈象紊亂，孕脈虛浮細滑，有滑胎的徵兆。照脈象來看，三王妃服食碭麻仁莖葉熬成的湯藥約莫有一個月了，初始碭麻仁莖葉的服用量較少，故癥狀不明顯，可近幾日服用量忽然倍增，好在五王妃發現得及時，倘若再拖上三兩日，胎兒是保不住了。」說罷，盧醫官看向已經冷涼的安胎湯藥，蹙眉搖了搖頭。「果然都是下在安胎湯藥裡的手段。」

才平靜了一些的春竹蠕動著煞白的嘴唇，同盧醫官說道：「是了，前段時日主子一日才吃一次安胎湯藥的，可就在五日前，王貴妃遣來的醫官言主子血虛，會影響胎兒，命主子一日服用兩劑湯藥。就是從那時起，主子的精神和身體便每況愈下了。」

恢復神智的琳娘自然明白溫榮等人在說何事，攥緊的拳頭捏縐了圓枕旁的錦衾。琳娘抿了抿唇，嘗試著回憶起她懷孕後的點點滴滴。初始是她自己被王貴妃蠱惑了心神，對溫榮產生妒意，王貴妃為了博得太后的喜愛，與她商量後不二日便公開了她懷孕之事，而她的情緒正是在被眾人知曉懷孕後開始起起伏伏，性子更是變得多疑冷淡，還會時不時莫名地產生恐懼感。琳娘心裡有數，這個月裡她沒少說、少做那些身不由己卻傷害了榮娘的話和事。琳娘抬手輕撫上小腹，為了孩子她一定不能垮了，而榮娘的恩德她也還未還。

琳娘先向盧醫官道了謝，再認真地問道：「盧醫官言我的脈象虛浮，若我停止服用那碣痲莖葉，是否還會有危險？不知先才盧醫官予了我何神奇藥丸，服用後不但恢復了神智，身子亦清爽了許多，不似以往那般沈重疲軟。」

盧醫官也不遮遮掩掩，道：「是小官在尚藥局煉製的清露丸，內含的名貴三草藥可解體內小毒，前月三皇子為清除體內餘毒，亦有用此三草藥熬湯藥。由於這三味藥材極名貴，方子亦不能外傳，故小官無法詳說，還請三王妃見諒。」說罷，盧醫官又將玉竹滴珠瓶取出奉與謝琳娘。「瓶內餘有五粒清露丸，三王妃自明日起一日一粒，可徹底清散餘毒，胎兒亦可保。對了，那安胎藥是不能再吃了，五日後小官會重新替三王妃列一個方子，只是三王妃亦要提防府內下人，莫再任由她們於王妃的安胎藥裡下毒物。」

謝琳娘接過滴珠瓶，向盧醫官連連道謝，又吩咐春竹看賞。

盧醫官拒絕了謝琳娘的好意。「小官是受丹陽公主與五王妃所託，才來的臨江王府，不過是舉手之勞。若三王妃真要感謝，還是感謝了丹陽公主與五王妃吧。」

琳娘心頭一熱，鼻尖微微泛酸，望向溫榮的眉眼含了笑意。「榮娘的恩德我是難報答了，之前做的錯事，我一定會慢慢彌補的。」

「琳娘亦是被小人暗害罷了，並未做錯何事——」溫榮正說著話，忽然外廊傳來碧荷的聲音。

「春燕姊，怎麼茶點還未送進去？」

平日裡碧荷說話都細聲細氣的，今日語調卻意外地提高了幾分，想來是在提醒了她們。可那春燕不是琳娘的貼身侍婢嗎？怎還會偷聽了她們說話？

溫榮準備起身出去看看時，春燕就端著茶盤打簾進來了。

春竹板著臉上前道：「讓妳去廚裡端茶點，怎去了這許久時間？」

春燕垂首惶恐地回道：「被管事嬤嬤攔住問了主子的身子情況，而後奴婢到了外廂，知曉主子們在說話，不敢進來。」

「平日怎不見妳這般小心謹慎的？先下去吧！」春竹頗為不耐地接過茶盤子，端至溫榮與盧醫官身旁的案几上，道歉道：「春燕年紀小不懂事，一件事都辦了許久，令五王妃、盧醫官見笑了。」

溫榮見春燕出去了，遂笑著搖搖頭。「不妨事的。對了，春竹，那春燕不是與妳一道從謝府過來的嗎？」

春竹利索地分好茶，回頭看了眼謝琳娘，見琳娘點頭了她才解釋道：「春燕是與我一道從謝府隨主子過來的，可原先在謝府時，春燕是大夫人房裡的小婢子，主子出嫁不久前，因另一婢子春菊姊的年紀大了，主子好心將春菊姊放籍，又替她在莊上尋了個好人家，如此身邊缺了人，主子瞧著春燕容貌清楚，就要了過來。」

聽言，溫榮眉頭微顰，有些不放心。好在琳娘現在清醒了，她二人的心結也解開了，如此憑著琳娘的聰慧，是無人能害得了她的。溫榮撚起一顆櫻桃，向琳娘問道：「琳娘如今打算怎麼辦？是否要拿了證據，揪出背後暗害妳的人？」其實猜亦能猜得到，背後暗害琳娘的究竟是何人，可答案顯而易見，並不意味著可以容易地將她除去。

琳娘思索片刻後道：「證據是一定要拿的，可不能這般快處置了背後主使者，不論如何，王貴妃和琅琊王氏的面子還是要給。」

溫榮頷首認同，她該做的已經做了，現在只能從旁協助琳娘。

坐於溫榮身側的盧醫官忽然說道：「既然三王妃已無事，小官便去廊下等候五王妃，也不叫攪擾了二位王妃說話。」

溫榮一愣，她與琳娘倒是未將盧醫官視作外人，可她二人這般擅作主張，不免令盧醫官尷尬。

琳娘亦笑道：「是我與榮娘疏忽了，盧醫官如今是我的恩人，而非外人，往後許多事還需依靠了盧醫官，正因為如此，我和榮娘說事也不會刻意避著盧醫官。倘若盧醫官不嫌棄，可願認了我們二人做朋友？」

琳娘所言正中溫榮心思，溫榮遂附和道：「琳娘所言極是，我還未見到盧醫官時就已被盧醫官的藥理學識折服，今日得見更是仰慕，還望盧醫官不要嫌棄了我與琳娘。」

盧醫官無奈地搖搖頭。「二位王妃出身高貴，是人中龍鳳，小官一介小小宮人，哪裡敢奢望高攀做朋友？只是二位王妃這般開口了，再拒倒顯得小官拿捏做大、不識抬舉。往後三王妃與五王妃有用得著小官的地方，儘管開口，小官定盡力而為。」

溫榮聽了展顏笑起，那勝過四時嬌花的姿色令盧醫官這名女娘都愣了愣，難怪宮裡都言五皇子待五王妃是如珠似寶。

溫榮褪下手腕上的嵌八寶玉石赤金鐲，雙手遞與盧醫官。「這是我出嫁時祖母特意送的吉祥八寶鐲，有一對呢，現在我們一人一只可好？」

盧醫官一驚，就要拒絕了，琳娘先開口笑道——

「榮娘都不曾送我了。鐲子無關貴賤，是榮娘的一番心意，盧醫官就不用推辭了。」琳娘心裡對溫榮是越發感激，先才她要打賞了盧醫官，可盧醫官拒不肯受，榮娘此刻亦是在幫她還情的。

「這……」盧醫官來回看著溫榮與琳娘，半晌才下了決心，雙手接過八寶鐲子。「恭敬不如從命了，小官謝過五王妃。」

「盧醫官這般客氣就是見外了。」琳娘笑道，又命春竹取了繡鞋過來，準備下地走走。

盧醫官也不再同溫榮和謝琳娘禮讓。「小官姓盧，單名一個『瑞』字，三王妃與五王妃往後可直接喚小官名字。」

溫榮頷首笑道：「瑞娘名如其人，自有一番英氣。」

盧瑞娘面上神情頗為嚴肅。「小官唐突，此時怕不是敘情的時候，倘若三王妃要確鑿的證據，應該盡快命人將藥底留下，如此也可給那些下藥人一個下馬威。」

「瑞娘所言有理。」琳娘吩咐春竹道：「妳去喚了蔣嬤嬤等人，立即前往廚房，將剩下的藥底連同沙甕一同帶了過來。」

春竹應聲正要退下，溫榮忽然發現之前放在桌案上、盛湯藥的白瓷碗不見了，暗道不好。「春竹，先才盛藥的湯碗是否讓春燕拿出去了？」

春竹看向空空的案几，疑惑地搖搖頭，猛地反應了過來，咬牙道：「這小蹄子！三王妃待她不薄，她竟然恩將仇報？主子，奴婢立即帶了人去廚房！」說罷，春竹匆匆向廊外走去。

溫榮亦走出屋子，將碧荷喚了進來。「碧荷，先才妳可瞧見那春燕在外廂做了甚？」

碧荷如實道：「奴婢在廊下和窗櫺處來回走了一遭，路過廂房時，正好看見春燕躲在珠簾旁的隔扇門後，婢子估摸春燕是在偷聽主子們說話，遂大聲問了一句。」

溫榮點了點頭。「很好，妳與綠佩還是在廊下幫我們看著。」

琳娘和瑞娘也聽到了溫榮和碧荷的對話，皆嘆了口氣，知曉春竹此時帶了人過去是來不及了。那春燕必然已被王側妃等人收買，漫說湯藥的藥底，便是那些才買來的碣楀仁莖葉，怕也被一併銷毀了。

另一處，春竹到了廚房後，果然看見春燕蹲在灶臺前，打著扇子熬煮一鍋新的湯藥，先前的藥渣早已被春燕、吳嬤嬤等人處理了。春竹上前厲聲叱罵了春燕幾句，吩咐人將春燕和正在熬煮的湯藥一併帶回廂房。

回到廂房後，春竹單獨帶春燕進了內間，不想剛見到謝琳娘，春竹都還未開口說話，春燕便先朝謝琳娘哭哭啼啼地報冤屈。

「還請三王妃替奴婢作主啊！奴婢先前見三王妃的湯藥涼了，遂回廚房重新熬煮了一鍋，可不知為何，春竹姊姊忽然領人到廚房裡，說奴婢要害主子，奴婢是冤枉的啊！」

「妳這小蹄子好生沒臉皮！主子待妳不薄，妳卻恩將仇報！」春竹氣得嘴唇直哆嗦，朝春燕憤憤地怒斥。

「好了，妳們先別鬧了。」琳娘看了春竹一眼，春竹忙撇下春燕，將那鍋新熬煮的湯藥端至盧醫官跟前。

盧瑞娘揭開沙甕的蓋子，只瞥了一眼就搖搖頭，與琳娘說道：「已經被換了，這甕新的安胎藥裡確實沒加甚暗藥。」

謝琳娘看向春燕的目光如兩道利劍一般，跪在地上的春燕戰戰兢兢，全身發涼，直愣愣盯著地面的雙眼終於現出一股懼意。

琳娘覺得心寒，若不是溫榮身邊的侍婢機靈，她還被瞞在鼓裡，說不得哪天就被這賤婢害死了。琳娘深吸了一口氣，強令自己平靜下來，現在還未到懲治這賤婢的時候，留著還有用。琳娘彎了彎嘴角，淡淡地說道：「好了，妳二人咋咋呼呼的吵得我頭疼。春燕妳年紀還小，平日裡無論何事都該聽妳春竹姊的，別擅自主張，否則將來釀成大錯，可就悔不當初了。」

「是、是，主子所言極是，往後春燕甚事都聽主子和春竹姊的！」春燕連連叩頭，心裡一下子放鬆了，差點就暈倒在地面上。

琳娘命春燕將那湯藥帶走，又吩咐春竹在外廂守著。

溫榮這才將她無意中暗查到吳嬤嬤是出自王氏一族之事告訴了琳娘。

琳娘聽言，沈思半晌。她對那甚吳嬤嬤是幾無印象，約莫是這兩月才被王側妃提拔起來的。現下琳娘心裡也有數，她的當務之急是要將廚房和身邊不得用的人都清理一遍。懷孕後將部分中饋交與王側妃打理，實是不明智的舉動。琳娘在府裡是勢單力薄，她打算修封書信回謝府，交與她阿娘，讓她阿娘幫忙選些可靠的人手送到臨江王府。

三人在屋裡又說了會子話，就到了用午膳的時辰。盧瑞娘考慮到琳娘現在的身子狀況，替琳娘列了幾道藥膳，更多次叮囑琳娘既要管理好內宅，更要注意了身子，千萬不要勞神過度。

由於盧瑞娘要先回紀王府更換宮裡醫官著的袍衫，故未時中刻溫榮和盧瑞娘就向琳娘告辭了。琳娘還有許多話未和溫榮說，頗為依依不捨，遂央求溫榮接下來幾日都到臨江王府，多多少少陪她一會兒，過兩日再同她進宮一趟。

雖然王側妃將證據都銷毀了，可有些事兒她還是要問問奕郎的生母王貴妃的。前幾次宮裡派下來為她診脈的醫官，皆是王貴妃請的，那醫官次次說她無事，可她分明已經連孩子和命都要保不住了！這中間究竟是醫官被王側妃收買，還是有其他隱情，她是定要弄明白的。

溋榮因為擔心碰見李奕，故不想頻繁過來臨江王府，可瞧見琳娘一副憔悴的模樣，知琳娘現在確實需要她陪著，而李奕白日要進宮，多半不會在府裡，因此思量再三，還是點頭答應了。就是皇宮，她也該時不時地去一下了。早上琳娘神智還未清醒時，曾說出甚「我已經後悔了，是太后不肯」之話，話雖模糊，可溋榮能確定，晟郎出征一事肯定與太后有關。在不久的以後，就算二皇子真的謀反，晟郎平反有功，要想徹底打消聖主出征韃靼的想法，還需要太后開口。

溋榮與盧瑞娘回到了紀王府，溋榮親自領了盧瑞娘往套間更衣。

更換袍衫後，盧瑞娘見時辰已晚，拒絕了榮娘留她品茶的好意，告辭回宮。

溋榮送盧瑞娘出院子時，不想正巧在二進院子的月洞門處遇見剛下衙回府的李晟。

盧瑞娘朝李晟施禮，李晟笑問道：「可是尚醫局盧醫官？」

「正是小官。」盧瑞娘神情自若地回道。

倒是溋榮頗為詫異。「晟郎原先在宮裡就認識盧醫官了？」

李晟頷首道：「某自丹陽口中聽過盧醫官大名，還曾吩咐桐禮向盧醫官求過一匣藥丸，不過每日向盧醫官求藥的貴人頗多，盧醫官該是無甚印象了。」

「何來大名，不過是虛名罷了，也就丹陽公主會抬舉小官。」盧瑞娘謙虛地說道。她隱約記得確實有侍衛拿著五皇子的權杖，從她手裡領走一錦匣的清滯丸。聽聞是五皇子要送出宮予誰的，盧瑞娘擔心說多說錯，惹得榮娘對五皇子起疑心，乾脆就認作忘記了。

溫榮將盧瑞娘送上回宮的烏篷馬車後，回到廂房瞧見晟郎衣冠整齊地在廂房裡來回踱步，溫榮關切地問道：「晟郎一會兒還要出府或是去見幕僚嗎？怎不換上府裡的絹袍？」

李晟搖搖頭。「婢子笨手笨腳的，為夫等著榮娘回來再換了。」

溫榮無奈地瞪了李晟一眼，取過絹袍，順便閒話道：「那盧醫官對草藥和藥理確實是熟稔，今日只是一聞，就知曉了琳娘服用的湯藥裡有何物，把脈後甚至斷言琳娘已加劑服用了那湯藥五日。」說罷，溫榮嘆口氣。「臨江王府的王側妃心好狠，我與琳娘原先還以為她只是愛財，並不足為懼，不想竟藏了如此深的心思。琳娘懷孕初始她還不敢太過分的，可就在幾日前，她知曉我與琳娘生分，丹陽又生病臥床，趁著我二人都不能時常去臨江王府看望琳娘的關頭，開始下起重藥，估摸著是想趁這幾日令琳娘徹底垮了。」

李晟聽了也覺得臨江王府的內宅太過複雜，再思及三哥平日對內宅的態度，就忍不住皺眉。三哥對三王妃等人似乎毫不在意，縱是有旁人問起內宅，三哥俱是敷衍而過，不願多提及的，難不成三哥仍舊對內宅、對三王妃等人不滿？李晟輕輕將溫榮攬在懷裡，現在他是得到了，可也更怕失去。

溫榮忽然撐著李晟的胸膛，抬頭心疼地問道：「對了，先才晟郎說曾向盧醫官求過一匣藥丸，不知是何藥？當時晟郎生病了嗎？」

李晟搖搖頭。「不是我生病了。榮娘是否還記得乾德十三年的盛夏，那時溫中丞還未過繼到老夫人身下，某日妳的大伯母方氏命人領了黎國公府的牌子入宮請醫官，我打聽了才知曉是黎國公府三房的娘子中了暑氣。我擔心是榮娘病了，恰巧那天又聽丹陽提到盧醫官，我就向盧醫官討了一匣清滯丸，命接帖子的醫官一道帶去黎國公府，並交與黎國公府的溫四娘子。」

溫榮聽了笑起來。「妾身記起來了，當時妾身瞧見那貼了尚藥局黃簽的錦匣還頗驚訝呢！那可是上等的宮製藥，尋常是送不到我們府上的，原來是晟郎贈的。不過當時並非妾身病了，是茹娘中了暑氣和發燒，清滯丸著實有用，茹娘只服用了一、兩日，就徹底恢復了。後來我們房裡再有誰中暑氣，皆是服用清滯丸的，如此算來，還是託了晟郎的福，而妾身與盧醫官亦是早有的緣分。」

李晟知曉溫榮與盧醫官交好後頷首道：「盧醫官品性與榮娘頗為相似，早先除了丹陽公主，我們這一輩裡幾無人能請得動盧醫官，平日至多討要幾帖藥罷了。宮裡尚醫局有不少臣服於權貴的醫官，經由三王妃一事，榮娘心裡亦有數的。往後榮娘身子若有個甚不舒服的，便可拜託了盧醫官，如此我也能放心。」

溫榮笑道：「我與盧醫官是真心相交，往後大家互相幫襯便是。」

第三十六章

之後幾日，溫榮皆有前往臨江王府陪伴琳娘，雖未久坐，卻也見識到琳娘行事雷厲風行的一面。除了春燕以外，院子裡的下人被裡裡外外清理了一番，對於吳嬤嬤一家人，琳娘隨意尋了個由頭，就發到了最遠的一個莊子上，再定死了奴籍。

溫榮見琳娘動作如此大，不免有些擔心。「琳娘，這般明顯會不會惹得王氏一族的人警惕和不滿？三皇子那兒是否有開口說話了？」

不過三日工夫，琳娘的氣色就漸漸恢復，提及王側妃那幫子人，琳娘眼裡閃過一絲冷意，嘆了一聲，堅定地說道：「手段不硬不行了，總不能任由她們害了我。榮娘，往後等妳懷孕就會知曉了，這事兒斷不能心善的。先前我就是太過相信王側妃等人，才會差點落得和孩子一道雙雙殞命的下場。」說著，琳娘朝溫榮安然一笑。「榮娘不必擔心，縱是我將王氏下人統統逐出府，他們也不能奈我何，至多說我幾句了。一來王貴妃要顧忌了我肚子裡的孩子，二來謝府怎可能任由我受王氏人欺辱？至於奕郎就更不必擔心了，大婚時奕郎有說，將府內中饋皆交由我打理，他不會過問。出了這事兒是我大意，和奕郎無半分關係。」

溫榮低下頭，眼底有一絲憐意。琳娘對李奕是死心塌地的，可這事怎可能與李奕無關？三皇子待琳娘的態度於下人而言是極重要的，倘若李奕一心維護琳娘，那些牆頭草般的下人就會有所顧忌，只是李奕與琳娘之間相處究竟如何，她不能過問。

謝琳娘命婢子將點心端了上來，溫榮看到三彩八寶盤裡一顆顆精巧的棗泥糯米水晶丸時，笑了起來。記得琳娘未出閣時也會做些點心送她和丹陽，而溫榮最喜歡的就是糯米丸子。琳娘會將棗泥研磨得極細膩，再摻些酥酪，入口化開後是濃郁的奶香和清甜，可惜琳娘出嫁後，就再未親手做過了。

琳娘見溫榮笑得歡喜，倒有些不好意思，大婚後她非但未打理好中饋，還忽視了朋友。琳娘忽然記起一事，牽起溫榮的手笑道：「對了，我記得榮娘曾和我提過軒郎，謝府三娘子確實到了及笄之年，便是謝四娘子的年紀也不小了……」說著，琳娘執帕子半掩住嘴唇。「想起那天我說的話就覺得羞臊，還請榮娘大人不計小人過吧！溫府軒郎一表人才、溫文儒雅，老夫人和溫夫人更不用說了，是極好的脾性，誰家娘子嫁過去都是福氣。只是不知道，拖了這許久時日，軒郎是否已經……」

溫榮彎著嘴角，露出一絲苦笑。「琳娘不提這事兒還好，提了我可真真是發愁。也不瞞琳娘，我之所以能發現吳嬤嬤那些人是出自琅琊王氏，與軒郎脫不開干係……」

溫榮將軒郎被趙家二郎引著去平康坊吃花酒，又認識了平康坊樂伎一事告訴了謝琳娘，無奈道：「謝家三娘子和四娘子都是極好的，我哪敢誤了她們？琳娘這般信任我，我更不能自私隱瞞了。」

琳娘聽到臨江王府的下人竟然也去平康坊打探情況，柳眉一揚，對王側妃是怨恨又多了一層。「那王玥蘭好大的膽子，對付我不夠，還將主意打到了溫府和紀王府！」說罷，琳娘眼神微黯，握著溫榮的手緊了緊。「真是防不勝防，妳我都希望嫁人後能過上好日子，可不想還是有這般多的煩心事。軒郎的品性是毋庸置疑的，可長輩那關不容易過。我不會讓榮娘為難，謝府那兒我暫時不去了，榮娘有何事需要幫忙的，再直接告訴我。」

溫榮感激地點頭。「現在也只能拖著，祖母和軒郎沒有一人肯讓步。罷罷，家家有本難唸的經，琳娘現在養身子要緊。」

「也虧得妳操心的多，謝府的事兒我是鮮少過問了。」琳娘端起茶吃了口。「明日榮娘陪我進宮一趟，一來探望了王貴妃，二來再請瑞娘替我把脈。雖然身子舒服了許多，可經由那事後，心裡總是不踏實。明日用過午膳後，丹陽也會進宮，我們三人好久不曾聚了。對了，榮娘進宮後可多陪太后說話，太后喜歡孩子，是極想抱重孫的，榮娘現在……」

琳娘的目光飄到溫榮的腹上。榮娘太瘦，纖腰不禁一握，得好生將養一番，否則將來也是要遭罪的。

溫榮被琳娘打量得俏臉通紅，先瞪了琳娘一眼，才點頭答應琳娘的提議。兩人又說了一會子話，快到午時了，溫榮便告辭回府。

臨江王府裡，溫榮才擔心琳娘大動干戈會惹得王貴妃不滿，大明宮處王貴妃就已怒氣沖沖地將李奕喚到蓬萊殿問話。

昨日臨江王府王側妃的阿爺王升寬進宮向她抱怨，言謝琳娘的行為已讓他女兒在王府無法自處，認定琳娘是在排擠他們王氏族人。王升寬將話說得嚴重，王貴妃聽了很是尷尬，故今日一早便命人與李奕傳話，令其進宮後先到蓬萊殿一趟。

王貴妃升了品階，蓬萊殿的主殿被新修了一番。

王貴妃靠在海棠紋高背矮榻上，看著眼前如修竹般清俊的李奕，心先軟了三分，半晌後扶著宮婢起身，顰眉道：「奕兒，你告訴阿娘，臨江王府內宅究竟是怎麼一回事？琳娘為何將蘭娘自族裡帶來的下人全換了？如今琳娘懷有身孕，讓蘭娘分擔中饋事務有何不妥？琳娘此番做法，可是要令蘭娘和琅琊王氏一族難堪？」

府裡的變化李奕自然知道，就是琳娘前幾日情緒和精神的反常，他作為琳娘的枕邊人也瞭若指掌，可他卻默不作聲，靜靜地任由這一切發展下去。不是因為他每日忙於朝政，筋疲力盡，無力再介入內宅，他只是好奇，甚至懷著惡意，想看她們幾人終將鬧到何地步，是兩敗俱傷？還是待他繼承大統後，由他出面，定了某一人的罪？李奕望著海棠紋矮榻上疊放的大紅十樣錦軟褥子出神，神情柔和，嘴角噙著一絲若有若無的笑意。

王貴妃看到李奕這副樣子不免擔心，本就散去三分的怒氣此時也消失殆盡了，她明白衝奕兒發火是無濟於事的，奕兒有鴻鵠志向，怎可能搭理內宅的雞毛蒜皮之事？終究還是要怪謝琳娘仗著自己懷有身孕，在臨江王府任性妄為，大行風雨。哪隻母雞不會下蛋了？王貴妃思及此，冷哼了一聲。

李奕回神，輕挑眉毛，斂了笑容，看向王貴妃，畢恭畢敬地道：「令母妃生氣是兒不孝，可中饋事宜兒確實不知曉。明日琳娘會進宮向母妃請安，不若母妃直接教導了琳娘？還請母妃諒解琳娘年紀尚輕，如今又懷有身孕，莫要太嚴厲了。」

「都這時候了你還只擔心我會為難謝琳娘？罷了罷了，是我一時氣糊塗了，你怎可能會懂內宅。」王貴妃見李奕這幾日略清瘦了些，心疼地道：「朝政再忙，也要注意了身子。還有，你在府裡不能專寵琳娘，我們成事雖然要靠謝府，可王氏一族同樣重要，這中間的利害關係你偶爾也要提醒琳娘的，總不能你每日辛辛苦苦，結果卻被她一個內宅女娘壞了事。」

李奕從容淡然地笑道：「母妃放心，兒心裡有數了，回府後我會找機會與琳娘說的。」

王貴妃語重心長地道：「你知曉了就好。其實不論琳娘還是蘭娘，拋去她們背後的家族，也就是為我皇室傳宗接代的人罷了，莫要將真心託付。好了，你快去含元殿尋聖主，別惹得你阿爺不滿。」說罷，王貴妃起身替李奕整理了衣襟上的盤扣後，命宮婢送李奕出蓬萊殿。

王貴妃看著李奕的背影，輕嘆一聲。她心裡明白，再生氣也不能拿琳娘怎樣，那琳娘就是仗著陳留謝氏一族和她阿爺手握重兵，否則哪裡有底氣？王貴妃撇了撇嘴，尋思著謝琳娘還不若溫榮來得聽話。

溫榮剛從臨江王府回到紀王府，就看見府裡的大管事盧嬤嬤從外面回來，溫榮笑著上前溫和地同盧嬤嬤道好，主動告知她從臨江王府回來，又吩咐了盧嬤嬤一些無關緊要的閒事，才回廂房。

盧嬤嬤是王貴妃一早安排在紀王府的，現下紀王府裡多半是王貴妃的人。溫榮不同於琳娘，她暫且不想招惹王貴妃，遂一直忍耐著，平日對待盧嬤嬤等人是極其有禮有節的，下人都挑不出刺來。

若說溫榮唯一的動作，那便是悄無聲息地收買或者置換了王貴妃安插在西院的僕僮。西院是晟郎與幕僚商談政事用的，溫榮自己也鮮少過去。再有就是王貴妃放在晟郎書房裡的貌美侍婢，溫榮本想靜觀其變，不想還沒幾日，就被李晟一怒之下全部趕走了，既如此，溫榮自然樂得袖手旁觀。

二進院子的廚房是甘嬤嬤在管，幾處重要的地方將慢慢換成晟郎和她信任的人，王貴妃每日裡聽到的關於紀王府的消息，是亦真亦假，溫榮唯一的目的就是要王貴妃放心。

若說琳娘雷厲風行，那麼溫榮就是細水長流，故王貴妃壓根兒沒留意紀王府的變化。

第二日辰時中刻，臨江王府的馬車停在紀王府門口等候，溫榮更換衫裙後匆匆忙忙地出府，與琳娘同乘馬車進宮。

溫榮先陪琳娘去蓬萊殿與王貴妃道安，後見王貴妃要與琳娘單獨說話，便以看望太后為由先行退下。

出了蓬萊殿後，溫榮獨自一人緩行至太華池旁的一處亭榭。

陽光斜斜地照著亭榭和池畔柳槐，溫榮纖細的影子與斑駁樹影交錯在了湖面，隨著水波輕動，碎了一池的波光粼粼。一股莫名的熟悉感湧上心頭，想將倒影看得更清楚些，溫榮不自覺地朝前走了一步，閒閒地靠在水榭的紅漆木欄上。

前一世她就喜歡在宮裡的水榭彈箜篌或作書畫，因為眼前浩渺清澈的太華池總會令她想起江南的山水。

一陣清風拂過，吹皺一池春水的同時又折射起幾道金光，溫榮眼睛一陣刺痛，趕忙閉上眼睛又直起身子，無奈眼睛的痠脹感越發厲害，溫榮蹙緊眉頭忍受著眼前各色光線閃動。

忽然，溫榮的腦海裡出現了一口井，井裡有人影晃動，溫榮凝神看去，那女娘披頭散髮，一襲白衣，面上神情淒涼無助，絕望得令人心悸……溫榮猛地睜開了雙眼，驚出一身冷汗，那白衣女子不是旁人，正是她自己！

溫榮還沈浸在那場景帶來的震驚中時，忽然就被她再熟悉不過卻一直極力躲避的聲音打斷思緒。

「榮娘，妳怎會一人在這裡？」

溫榮回過頭看到一襲秋香色素面羅紗袍服的李奕，李奕正站在亭榭的最後一級臺階上，微微笑著看向自己。

溫榮抿了抿嘴唇，她雖然不願意見到李奕，可心裡對李奕的厭意已在漸漸淡去。

溫榮微微屈膝朝李奕見禮道：「奴見過三皇子。」

李奕眉眼微亮，言語輕薄。「榮娘是陪琳娘進宮的吧？怎不在蓬萊殿與母妃說話，卻到了水榭看風景？是不是一人頗為寂寞？」說罷，李奕拾階而上，泰然自若地朝溫榮走去。

此處水榭偏離正宮道，只有兩條覆滿落葉的陰涼小道通往林外，很是清靜。溫榮警惕地往後退了一步，靠於水榭漆欄，防備地看著李奕，嚴肅道：「奴正準備回蓬萊殿，先才只是出來散步，不慎走遠罷了。想來三王妃已在蓬萊殿等奴，還請三皇子移步讓路。」

李奕朝四周打量了一遭，層層疊疊的樹影後隱約有宮人行路匆匆的身影。李奕心思微動，輕緩地笑起。「榮娘，妳總是在躲避我，可榮娘不覺得妳越是躲我，就越會遇見我嗎？這是何必呢？」

「三皇子誤會了，你我二人在此處亭榭相遇，多有不便，且奴確實是要回蓬萊殿了，總不能叫三王妃久等，一會兒我們還要往延慶宮向太后請安的。」溫榮神情放鬆下來，冷冷地瞥了眼李奕，便將目光移開，眼裡似從不曾有此人。

李奕亦收起多餘的神情，淡淡地道：「若我沒有猜錯，榮娘應該根本不是怕我，只是有些恨我罷了。不若榮娘與我詳細說說，我究竟哪裡得罪了榮娘，說不定得了榮娘提醒，我也會全部記起來的。」

「不可理喻。」溫榮低語了一聲，不再搭理李奕，捻裙準備繞過李奕向亭外走去。

溫榮其實一直在戒備中，現在暫時還沒有宮人注意到他們，可再這般拖下去，不免會有人看見的。若讓人誤會她和李奕單獨在水榭裡私會，傳將出去必引起軒然大波，到時候失了面子和名聲的，豈止她一人？

「榮娘別急著走，我的話還未說完。」李奕笑著往溫榮的方向移了一步，將溫榮的去路生生擋住。「榮娘這般可是很失禮節的。」

溫榮怒目看向李奕，真的有些氣惱了。縱是她心裡的怨恨消去，可也禁不起李奕這般無賴舉動。溫榮壓著性子，同李奕講起道理。「此處人煙稀少，若三皇子真有事要與我相商，不若一道回蓬萊殿，否則讓晟郎或琳娘瞧見，會有誤會。還請三皇子體諒，莫要誤了自己又誤了別人。」

溫榮不說倒好，說了李奕的雙眸反而猶如珍珠般熠熠發亮，優美的嘴唇揚起。「榮娘所言謬也，我可是身正不怕影子斜的。或者是榮娘知曉我們有一段往事，所以問心有愧了？」李奕微躬身，湊近了溫榮。

溫榮的心突突地跳個不停，不肯再理會李奕，正準備從李奕身側強行離開亭榭時，手腕竟然被李奕握住，溫榮大驚失色，就要掙脫了開去。

李奕的聲音急促了起來。「番僧有言，榮娘對現狀極其滿意，是因為五弟許了妳正妃之位嗎？榮娘，正妃之位難道就那般重要？如此榮娘亦可以告訴我，只要是榮娘要的，我都可以給！可現在還需要等一段時日，榮娘妳——」李奕猛地噤聲，他餘光瞥見一名粗使宮婢自小路往亭榭走來。

此刻那宮婢也看到了李奕和溫榮，怔在原地不敢動彈。見到這樣一番景象，真真是走不是，上前請安也不是。

李奕鬆開了溫榮的手腕，轉過身笑看宮婢，精緻俊雅的面龐溫柔無傷。

那青衣宮婢原本已經嚇得一身冷汗了，此時終於鬆了口氣。溫和如三皇子，應該是不會對她怎樣的。宮婢直接跪在地上，叩頭道：「奴婢什麼都不曾瞧見，還請三皇子、五王妃饒命。」

李奕抿唇笑了起來。「妳沒做錯什麼，何須我們饒命？快走吧。」

宮婢連連應諾，急忙轉身一路跑離開水榭。

李奕轉頭看見溫榮面色煞白、滿眼驚懼的模樣，心如被椎刺般一陣痛，亦不捨得再逼溫榮，轉而安慰道：「榮娘，妳先回蓬萊殿，這事我會處理好的，妳不用擔心。」

見李奕真讓開了一條路，溫榮也不及細想，快步離開亭榭，徑直回到蓬萊殿。

不想她離開了大半個時辰，琳娘還在內殿與王貴妃說話。守在門外的宮婢看到溫榮，就準備通報，溫榮朝宮婢打了個噤聲的手勢。現在她自己心慌意亂的，在還未平靜下來前，她不想讓王貴妃和琳娘看見她的模樣。

溫榮在外殿安靜地等候琳娘，宮婢端來了新煮的茶湯和糕點。溫榮握著粉彩銀枝紋茶碗暖手，旁人都是酷暑難耐的，唯獨溫榮又驚又嚇，渾身發涼。現在她的思緒紛繁雜亂，只要閉上雙眼，腦海裡就會浮現出一襲白衣、神情悽楚絕望的自己。那場景陌生又熟悉，陌生得她毫無印象，可又熟悉得令溫榮覺得這確實發生過。

那形容約莫有二十歲，如此該是前世裡的場景，可她不是應該在紫宸殿裡自縊身亡了嗎？為何還會那般潦倒地出現在一口井旁邊？當時周圍似乎還有人影攢動，可溫榮卻看不清楚，記憶裡一片空白。溫榮屈指摁了摁額角，命自己不許再想。多半是因為這幾日暑氣太重，她又不曾休息好，故才眩暈，產生了幻象。

她現在應該擔心的是，被一名宮婢瞧見了她和李奕單獨在水榭，到時候傳將出去該如何應對？想到這些，溫榮是真真坐不住了，乾脆放下茶碗，走至側殿窗欞下看風景。

一朵厚雲正巧擋住灼熱的日頭，落下一片陰涼，溫榮垂首怔怔地看著一束束光絲在細微紛亂的塵埃裡穿行，她張開五指，瑩白指間泛著光暈，整隻手掌在光芒裡是粉粉的顏色。溫榮想起李奕先才的最後一句話，猛地抬起頭來！

「榮娘，怎麼不坐著休息？站在窗下多曬得慌啊！」

溫榮聽見聲音，回頭看到琳娘從殿門處走過來，笑道：「一個姿勢坐久了，所以起來站站。今日雲重，明後日估摸著要下雨了。」

琳娘頷首道：「已經熱了許久，算來端陽月中旬後就再未下過雨，長久以往怕是要乾旱的。」

待謝琳娘走近，溫榮才注意到琳娘的眼圈泛紅，關心地詢問道：「可是王貴妃說什麼了？要不要吃些果子，休息會兒再去尋太后？」

琳娘搖搖頭，不願意在蓬萊殿久留。「不必了，若要休息，我們不若去芳萼苑，宮裡開的芍藥我還未仔細瞧過，過幾日就要敗了。」

溫榮此時並無心賞花，但仍舊依著琳娘。「也好，反正已經到午膳時辰，不若我們在芳萼苑尋一處亭子，命宮婢將午膳端過去，一邊賞花一邊用膳可好？就同那年我們在曲江池畔一樣。」

「真真是好主意。」琳娘攜溫榮緩緩向殿外走去。

出了蓬萊殿，二人抄近路，沿竹林甬道緩緩走著。

離開蓬萊殿一段距離後，琳娘才與溫榮說起王貴妃。「榮娘，妳可知先才王貴妃與我說了什麼嗎？」

溫榮還以為琳娘不想提了，可她多少能猜到一些，遂先勸慰琳娘。「琳娘，王貴妃除了是三皇子的生母、妳的阿家，同時還是琅琊王氏放在宮裡的人。如果王貴妃因為王氏一族的事情責怪妳，是在情理之中，千萬不要太難過了。」

琳娘點了頭，唇舌微微發苦。「原先是我太過信任王貴妃了。王玥蘭好重的心機，她知曉我未拿到下藥的證據，就先往王貴妃那兒告了一狀，說甚有些年紀很大的嬤嬤，是她好心留在府裡養老的，從未做過任何對不起王府、對不起我的事，這兩日卻被我趕到了最遠的莊子去。她這般話，倒顯得我歹毒了。」

溫榮問道：「琳娘可有將王側妃在安胎藥裡下毒物，還收買宮中醫官的事情告訴王貴妃？」

琳娘嘆了一口氣。「怎麼沒？不說還好，說了我反而後悔。本以為王貴妃看在孩子的面上，好歹會安慰我幾句，可不想她開口就是要我拿證據，知曉我無證據後，她是暗暗地鬆了一口氣。」頓了頓，琳娘又說道：「再之後她就說我不懂事，我不能占著奕郎的寵愛和懷有身孕就任意妄為，還開口要我將大部分的中饋交由王玥蘭，更不允許隨意調換府裡下人。如此一來，我哪裡還像個當家主母了？難不成王貴妃要看到我小產甚至殞命才高興嗎？」

溫榮正要讓琳娘放寬心，言王貴妃胳膊沒那般容易伸到臨江王府時，就有宮婢滿面驚恐地朝她們跑來，碰見溫榮和琳娘時先嚇了一跳，猛地反應過來，忙跪下見禮。

琳娘蹙眉不悅地問道：「怎麼咋咋呼呼的？」

那宮婢抬手指向竹林甬道外，哆哆嗦嗦地道：「出事了、出事了……三王妃和五王妃千萬別過去……」

溫榮和琳娘面面相覷，穿過竹林甬道就到芳萼苑了，不知那頭到底出了什麼事？跟隨琳娘的宮女史上前朝那驚慌失措的宮婢喝斥道：「還不快讓到一邊去！驚擾了兩位王妃，仔細妳的皮肉！」

「不能去、不能去……」宮婢被宮女史吼了一聲，更加語無倫次了。「竹林那頭的亭子，有宮婢吊死在裡面……伸出好長的舌頭，很可怕，二位王妃千萬不要過去……奴婢就是要去請人的……」

溫榮身子一顫，若無意外，在亭子裡自縊的宮婢，就是先才看見她與李奕在水榭說話的那位。唯有死人徹底無法開口說話，所以李奕才讓她放心。只是那名婢子何其無辜？錯的分明是李奕與她，可偏偏害得宮婢失去了性命。溫榮腿腳發軟，挽著琳娘的手撐了一下。

琳娘轉頭看見溫榮面色青白，知曉榮娘是被嚇到了，她自己也見不得那番可怖情景，不想今日皇宮竟出了這等晦氣事。琳娘拍拍胸脯替自己壓驚，又與溫榮說道：「榮娘，我們先往回走，出竹林後吩咐宮車徑直去延慶宮，不一會兒丹陽進宮了，我們再去丹鳳閣歇息。芳萼苑和竹林離得太近，我也有些害怕。」

溫榮點點頭，朝宮女史吩咐道：「妳陪這位小宮婢去尋幾名膽大的內侍，將自縊的宮婢放下來好生安葬了，再去瞭解那名宮婢在宮外是否有家人？若有，多予些賞錢，明日我會命人將錢帛送去臨江王府與妳。」

「這恐怕不好，與五王妃也無甚干係……」宮女史猶豫著不肯動。她是王貴妃派來跟住三王妃的，憑什麼要聽五王妃安排？更何況，她也不願意沾染如此晦氣的事情。

琳娘一直就不喜歡每日盯著她的宮女史，這宮女史從未真心幫助過她不說，每日裡也只會向王貴妃傳話，遂冷冷地說道：「五王妃都開口了，妳還不去，可是不將五王妃放在眼裡？」

「奴婢不敢。」宮女史眼裡閃過一絲不忿，但不敢違逆三王妃，迫不得已領命帶了宮婢去尋人幫助。

見溫榮神情黯然，琳娘以為溫榮是對宮女史的態度不滿，畢竟溫榮脾氣再好也是五王妃了，如今卻連一名宮婢都敢不聽她的命令，因此溫柔地安慰道：「榮娘莫要與宮女史計較，自從王貴妃將她放在我身邊後，我可沒少受閒氣。漫說指望不上她做甚事，每日裡她還對我的婢子指手畫腳，除了春竹，府裡的其餘侍婢見到她是大氣不敢出，而王玥蘭廂房裡的對她更是馬首是瞻，連王玥蘭待她都極為客氣順從，所以愣是慣出了這等氣焰。」

溫榮抬起眼睛，頗為不解。「為什麼王側妃亦對她小心翼翼？」

「因為那宮女史是王貴妃的心腹。王貴妃放在臨江王府的眼線是多，可最光明正大的就要數宮女史了。」琳娘無奈地說道。

二人走出竹林甬道，乘上了前往延慶宮的宮車。溫榮神情仍舊凝重，自言自語地嘆了一句。「宮婢至多是十七、八的年紀，正是大好年歲，可說沒就沒了……」

琳娘聽言，亦懨懨的，少了許多興致。「怎麼不是呢？皇宮內院裡最是爾虞我詐，也不知那宮婢究竟捲入了何事當中，結果落得這般下場，怕是死也難瞑目了。」

溫榮打了個寒顫。李奕殺那宮婢，不只是要讓她安心，更是害怕宮婢將事情傳將出去，被二皇子等人利用，屆時不但會壞了他的名聲，更會壞了他的好事。不論何處，利益蠶食裡隨時都會有人死去。

二人到了延慶宮，走上通往內殿的穿廊，眼見馬上要見到太后了，溫榮和琳娘相視一望，勉強地笑笑，打起了精神。

二人與太后道安時，太后剛巧吃完湯藥，擰著眉毛朝她二人招招手。「我這嘴裡正苦著呢，妳們來了正好陪我說說話。」

伺候太后服藥的宮女史端起湯碗笑道：「聽到二位王妃過來，太后連蜜果子也不肯吃，於太后而言，二位王妃比蜜還甜呢！」

溫榮故作驚慌地執起團扇掩嘴道：「難不成太后還要吃了我們？」

太后聽了先是一愣，旋即靠在矮榻上笑得「噯喲、噯喲」直喚，指著宮女史笑罵道：「就妳多嘴，胡唚的什麼話，瞧妳將我孫媳婦嚇的，還不快自己掌嘴？」

宮女史轉身向溫榮討饒道：「還請五王妃大人不記小人過，饒了奴婢這一回吧，奴婢以後可再也不敢了！」

「妳要不敢了，我才是真真罪過。」溫榮搖著團扇，悠閒地說道。

「這……」宮女史不明所以，愣愣地瞧著太后，不知該如何是好。

太后瞥了她一眼，朝溫榮寵溺地笑道：「妳這丫頭是越發的伶牙俐齒了，可我宮裡的婢子都是笨嘴笨舌的，活該被妳們欺負。」溫榮正要起身道「不敢」，太后笑著擺手，令溫榮安生坐著歇息。「榮娘，前次妳帶進宮的禪香確實好用，我還想修書再向妳祖母討兩匣呢，今日妳進宮了正好，回去找妳祖母要去……」說著，太后一拍腦袋。「瞧我這記性，如今妳嫁給我五孫子了，哪裡有那般頻繁去見妳祖母？罷罷，還是我寫信去吧！」

溫榮掩嘴笑道：「祖母肯定也盼著太后的信呢！」

「這丫頭真真是懶！」太后笑得越發歡喜，旁邊的宮女史彎腰與太后低聲說了幾句話，太后連連頷首。「不說我又忘了。」

太后吩咐宮婢取來了一只鏤祥雲紋鎏金匣子，四四方方的，瞧著很是實沈。宮婢將鎏金匣捧至溫榮與琳娘面前，打開後裡面是三柄精緻的寶葫蘆小團扇。翡翠打的竹節柄晶瑩剔透，竹節柄底部鏤空綴雙魚結絲絛，雙魚的眼睛分別用鴿血石和祖母綠鑲嵌，而最精巧的要數扇面上的刺繡了，三柄扇子三種圖案。一幅歲寒三友，明暗雙繡松竹梅，金線滾邊，四周一圈精細福紋；再一幅喜上眉梢，孔雀翎羽中線繡雙喜鵲，立在梅花枝頭，四周用冰藍色蠶絲暗繡落雪；最後一幅是三多九如紋，五色絲線繡石榴求子，雙「蝠」如意，金線繡《詩經・小雅》〈天保篇〉的「如月之恆，如日之升」。

扇面上唯一共同點是空白處皆蓋了一枚印章，溫榮仔細看去，竟然是聖主睿宗帝的刻章。

溫榮與琳娘端詳著扇子，嘖嘖稱嘆。太后見她二人喜歡，滿意地笑道：「是昨日弘農楊氏族裡送聖主的寶扇，我瞧著精緻就留下了，打算送妳們二人還有丹陽一人一柄，趁現在丹陽還沒過來，妳們先挑了，剩下的最後一柄給丹陽便是。」

溫榮和琳娘面面相覷，這三柄扇子寓意極好，關鍵是有睿宗帝的印章，溫榮與琳娘都明白這意味了什麼，根本不敢先挑了。

太后臉一沈。「說妳二人平日是極利索機靈的，怎這時候婆婆媽媽了？再不挑我就隨便分了，到時可別怨我老人家不知妳們喜好！」

「兒不敢。」溫榮和琳娘起身謝過太后，認真地挑揀起來，溫榮注意到琳娘似乎看中了那幅「喜上眉梢」，纖指輕撫孔雀翎羽繡的雙喜鵲，滿眼歡喜之意。

溫榮笑著抬頭與太后說道：「榮娘真拿了，太后可不許反悔。」

「這孩子說的什麼話？弄得我向她討還過東西似的！」太后呵呵笑著和一旁的宮女史調侃。

溫榮正要拿起那柄「歲寒三友」紋的葫蘆團扇，手忽然被琳娘摁住，溫榮詫異地看著琳娘，琳娘不是喜歡那幅喜上眉梢嗎？

琳娘執起那柄「石榴送子」紋團扇，塞到了溫榮手裡，笑道：「榮娘前幾日不是求了送子觀音嗎？這石榴送子紋團扇的寓意再好不過，不若榮娘就拿了這柄，也是太后的心意。」

溫榮猛地明白了琳娘的用意，感激地看了琳娘一眼，頷首道：「確實是呢！」說罷，歡喜地執起「石榴送子」紋團扇，小心地來回欣賞一番，笑著與太后說道：「兒要這幅了，還是三王妃割愛捨與兒的。」

太后心疼地說道：「妳這孩子，年紀還小，莫要太心急，先將這小身板兒養結實了。一會兒我去與晟郎說說，讓他平日別一頭扎在公事上，下衙後回府多陪陪妳。」

溫榮不好意思地低下頭。琳娘是要太后以為她有求子之心，若晟郎遠赴邊疆，一去數年，她該如何求子？

琳娘還是拿了那柄「喜上眉梢」紋團扇，溫榮和琳娘這才挑完團扇，殿外就稟報丹陽公主到了。

太后直起身子說道：「要麼一個都不來，要麼全湊著一塊兒來。」又朝琳娘問道：「丹陽不是與妳們說，過了午膳時辰服用湯藥後再進宮嗎？怎這會兒過來了？」

溫榮和琳娘都搖搖頭，琳娘玩笑道：「許是感應到太后這兒有好東西了，生怕落下她，所以巴巴兒地趕了過來！」

琳娘話音剛落，珠簾外就傳來玉底繡鞋與青石板相碰「噠噠噠」的聲音，腳步聲比之往日急促許多。

太后蹙眉道：「這孩子，越大越不懂禮節，一個女娘這般慌慌張張走路像個什麼樣了……」

宮婢剛打起簾子，丹陽便急急地闖將進來，脹紅了一張俏臉，一邊揮帕子搧涼，一邊朝太后走去，看到溫榮與琳娘才停下來，歡喜地打了聲招呼。

太后一眼瞥見丹陽的額頭覆了密密層層的薄汗，那薄汗和著傅粉滑下，在其額頭上留下了幾道白白的痕跡，一副模樣頗為滑稽，太后見狀不悅道：「丹陽，妳怎將自己弄得這般狼狽？一路上不都是乘宮車過來的，為何出了這許多汗？」

丹陽施施然地在太后身邊坐下，先向太后撒嬌了兩句，再將宮婢端上前、做解暑用的五香飲一飲而盡。丹陽拍撫胸脯，替自己順了順氣，緩了緩後朝太后噘嘴道：「兒先才就已經被嚇得不輕，好不容易到了延慶宮，老祖母非但不安慰孩兒，反而如此嚴厲地訓斥。」

「還不都是為了妳好？」太后無奈地搖搖頭，執起帕子替丹陽將額頭上的薄汗拭去。「是何事將妳嚇得不輕？與祖母詳細說了，祖母替妳作主。」

丹陽不好意思地撓了撓頭，終於老實了下來。「其實是丹陽自己多事，說出來還望祖母不怪。」說罷頓了頓，見祖母朝她點頭了才繼續說道：「先才竹林甬道處有名宮婢自縊，正由幾名內侍收拾，我進宮裡聽說後，便吩咐宮車拐了過去。因為竹林甬道附近沒有宮道，故兒只得落車走了好長一段路，自縊的宮婢眼睛還未合上，場面很是駭人。」

丹陽以為溫榮和琳娘還不知曉此事，不忘叮囑她二人。「榮娘、琳娘，妳們二人膽子小，這幾日進宮，切記都要繞開竹林甬道。」

溫榮和琳娘尷尬地連連點頭，她們可不敢在太后面前提這等晦氣事情，免得惹太后不高興。

太后的臉色果然沈下來，乜了丹陽一眼，數落道：「妳的性子應該改改了，從小就是這樣，凡事都好插一腳！一個宮婢自縊與妳何干？妳的病才好，身子才剛剛恢復，犯得著為了那等閒事，頂著正午最重的日頭去湊熱鬧嗎？白白惹了些晦氣，還敢過來說與我。虧得妳與琳娘、榮娘交好，卻學不到她們的半分沈穩！」

丹陽不以為意地道：「反正如今祖母有了琳娘、榮娘兩個孫媳婦，就不再疼丹陽了。丹陽本就事事都不如她二人，偏偏祖母要拿我們去比較，這般下去，祖母豈不是要越來越嫌棄丹陽了？」

「哼，妳也知道我會嫌棄，還算有自知之明！」太后吩咐宮女史將謝琳娘和溫榮挑剩下的寶葫蘆團扇拿過來，親手遞與丹陽。

丹陽看到精緻的團扇，眼睛一亮，先將團扇的工藝讚嘆了一番，接著仔細端詳扇面圖案後，不假思索地道：「歲寒三友圖正適合琛郎，待琛郎過段時日從淮南道回來，看到這團扇一定會喜歡的！」

太后點了下丹陽的額頭。「還敢說我現在偏疼琳娘和榮娘，妳自己眼裡、心裡還不是只有駙馬爺？也是白疼了一場！」

丹陽這才意識到她話說得太快了，紅著臉低頭，不敢再吭聲了。

太后分別問了丹陽和琳娘的身子情況，而後滿意地頷首道：「今兒琳娘的精神確實比前段時日好了許多，如此我也可以放心了。丹陽的身體底子本就不錯，如果平日肯少出去胡鬧，向榮娘她們學學琴棋書畫，也不至於會生病。」

琳娘向太后道了謝，愧疚其令太后擔心了。

丹陽則因為太后的奚落，嘟囔了幾句有的沒的。

太后留三人在延慶宮用了午膳後，就命丹陽帶著溫榮和謝琳娘去丹鳳閣歇息，順便吩咐宮婢將延慶宮新得的新鮮果子送去丹鳳閣。

宮車上，丹陽詳細詢問了臨江王府的境況，知曉確實有人暗害琳娘時，狠狠地跺了跺腳，連連叱罵王側妃歹毒心腸。

丹陽握著琳娘的手道：「現在沒事了就好，只是那王側妃一日不除，就一日不能掉以輕心。一會兒我將盧瑞娘請到丹鳳閣，再替妳把脈。對了，琳娘為何不將此事告訴太后，讓太后替妳作主？那王貴妃和琅琊王氏能如何，不是一樣得看太后臉色！」

琳娘朝丹陽搖搖頭。「丹陽不知，這件事我連阿娘都不敢說的，更何況是太后？託妳二人的福，我是無事了，往後再小心些便是。」

丹陽蹙眉不解。「娘家不該是琳娘的靠山嗎？受了如此大的委屈，怎還不能與謝大夫人說呢？」

琳娘說道：「倘若太后與謝府知曉了，必不能善了，少不得將事情鬧大，或許我是可以高枕無憂了，可奕郎那兒會兩面為難的。」

丹陽嘆了口氣，低聲道：「都這時候了，妳還是只想著三哥。」

正如當初琳娘和榮娘瞞著她關於林大郎的事一樣，現在許多事她也不能讓琳娘知道。她曾多次在三哥面前提起琳娘，讓三哥多關心關心琳娘，可每每思及三哥的態度，她就鬱憤不滿，因為不管她說什麼，三哥都是一副老神在在、不以為意的模樣。

三人在丹鳳閣小憩了半個時辰後，丹陽便吩咐宮車將盧瑞娘接了過來。丹陽與盧瑞娘的關係比溫榮想像的要好上許多，彼此間根本無須尊卑禮節。

四人亦未多寒暄，盧瑞娘直接替琳娘把了脈，再重新寫了一張安胎的藥方，交與琳娘後道：「妳按照我開的方子抓藥，其中一味藥難尋，若有不便告訴我亦可，我會直接配好包好了，送到妳府上的。一日三次，先連著服用一月，三十日後我會再替妳把脈開新的藥方。皇宮裡其他醫官開的安胎藥妳就別吃了，那些湯藥是只補胎兒不顧大人的，時日久了，會導致胎兒個頭太大，極難生產。而我開的方子主補大人，妳氣血旺了，孩子自然也不會差，生產後恢復得也能快些。」

琳娘感激地連連點頭。宮裡王貴妃等人都只是盼著她生一個白白胖胖的麟兒，只要孩子平安便可，哪裡會管她的死活呢？現在就只有真正關心她的朋友，才會時刻顧及她的安危。

盧瑞娘又分別替丹陽和溫榮把了脈。盧瑞娘和太后一樣，誇讚了丹陽的身體底子好，前段時日中的惡寒已經完全恢復；而溫榮卻被盧瑞娘好生叮囑了一番。

溫榮本以身子無恙為由，推託再三不肯把脈，琳娘和丹陽在旁嘲笑她這是諱疾忌醫，因為先前盧瑞娘觀溫榮臉色，就已說了溫榮面色青白，有血虛之相，被三人勸說後，溫榮不得已才妥協的。

盧瑞娘替溫榮把脈時眉頭越擰越緊，又詢問了溫榮平日的習慣，待放下溫榮的手腕後，坦言溫榮的身子底子大不如丹陽和琳娘，倘若現在再不注意將養身子，將來懷了孩子，縱然無人在背地裡害她，她自己都會因為身體的緣故小產。

溫榮聽了，臉色一陣紅、一陣白，既尷尬又慚愧，謙虛地向盧瑞娘討教。

盧瑞娘朝溫榮認真說道：「既然將我當作了自己人，我就無避諱地直言了。五王妃妳除了血虛一項，還因心思過重導致肝有鬱結，由此可知妳平日裡睡眠不踏實，食慾亦不佳，偶爾還會產生眩暈之症。五王妃妳應該向丹陽公主學學，平日裡沒心沒肺些，那樣對妳自己好。我也給妳開個方子，照這方子吃藥，我這兒還有一瓶尚藥局的靜心丸妳也帶著，每日按時吃了。可妳必須知曉，我開的藥只能補氣補血，妳的心結和氣瘀得靠妳自己去解開。」

溫榮接過方子，真切地向盧瑞娘道了謝。溫榮不禁想起前世她小產的經歷，那時她一度懷疑是有人在背後暗害她，為此她日日憂思，整個人越發虛弱。現在仔細想來，當年其實李奕將她保護得極好，約莫真與旁人無關，只是她自己的體質原因導致的。

盧瑞娘笑了笑。「小事罷了，何須言謝？將來妳懷孕了，我也會時常去紀王府替妳看診的。妳現在上心一些，將來才能少遭罪。」

盧瑞娘又坐了一會兒便起身告辭，尚醫局還有許多事要忙，而溫榮三人瞧了眼時辰，亦打算早些出宮，遂先將盧瑞娘送上宮車，再一道乘宮車前往延福門出宮。

琳娘想起今日丹陽在太后面前提起了林家大郎，猜其定是思念夫君了，遂問道：「丹陽，林駙馬往淮南道出公差也有月餘了，怎麼還未回來？」

丹陽笑道：「快回來了，昨日還收到他的書信，可是難得。他知曉我生病，信裡特意詢問了我身子情況，還說了若無特殊情況，大概再過一個月就會回京。」

溫榮在旁不肯多話，她從晟郎那兒知曉林大郎根本未去淮南道，而是在江南東道，暗暗搜集二皇子結黨營私和私扣朝廷重臣的證據，再過一個月回京，說明三皇子和晟郎要動手了。但聽了丹陽的話，溫榮還是頗為欣慰的，因為對於丹陽而言，林大郎開始關心她了，這比什麼都重要。

溫榮回到紀王府不一會兒，李晟也回來了，一進屋子就焦急地尋溫榮說事。溫榮看到李晟蹙眉嚴肅的模樣，愣了愣，惴惴地走上前詢問發生了何事？溫榮為李晟脫下常服，關切道：「可是衙裡發生了什麼事？」

李晟搖了搖頭。「衙裡無事。榮娘可還記得我曾與妳說過，聖主將開校習場，廣選武將之事？」

溫榮頷首道：「記得的。聖主可有改變主意？抑或晟郎遇見了何困難？」聖主將廣選武將一事她怎可能不記得？為了令晟郎避戰，溫榮出主意，讓三皇子和晟郎在暗地裡逼二皇子謀反，可此事是說起來容易，做起來極難，且在那之後，晟郎就再未同她提起過，她也不知進展怎樣了。

李晟朝溫榮安心一笑。「聖主確實有改主意，可仍舊要廣選武將對付韃靼人，因為聖主打算在隴西一帶新設都護府，縱是不開戰，也需要大量武將、士兵駐守隴西。」

溫榮一愣，駐守？這一去可就不是兩、三年，而是二、三十年了！

李晟見溫榮面色越發黯淡，趕忙補充道：「榮娘替為夫出了個好主意，現在一切都順利，只要事能成，我現在就不能去隴西，也無資格去了。為夫要和榮娘說的，是關於軒郎和林家大郎。」

溫榮疑惑地抬起頭，滿眼不解。軒郎、林家大郎與校習場何干？

李晟眉心微皺。「軒郎和林家大郎皆報名參加武將廣選了。」

溫榮大驚。「軒郎怎未與我說過？還有林家大郎，丹陽可知曉？」

李晟苦笑道：「漫說軒郎不曾與妳說了，就是我，也是今日看到花名帖才知道的。琛郎倒是透了口風與我們，因為他來信詢問過聖主廣選的詳細事宜，至於丹陽，就不知是否知曉了。」

溫榮嘆了口氣。「不知軒郎是如何想的，為何要瞞著全家人？」

李晟摟著溫榮安慰了幾句。「榮娘，明日妳將軒郎喚來問問。軒郎報名的是都護府曹參軍事，從七品，憑藉軒郎的資質，報正七品亦是有希望的，約莫是鐵了心想走。」

溫榮聽了心一寒起來，正如祖母所言，軒郎還是不懂事了。軒郎此舉不但會傷了長輩的心，更可能耽誤了自己的前程。平日祖母和阿爺待軒郎或許是嚴厲了些，畢竟軒郎是溫家長房唯一的嫡孫。溫榮知曉，祖母和阿爺對於溫家國公爵丹書鐵券還與聖主一事一直耿耿於懷，那丹書鐵券是祖上隨高祖四方征戰，用命換來的，怎能被晚輩說敗就敗了？所以祖母和阿爺將迎回丹書鐵券的希望全部寄託在了軒郎的身上，如此才會越發嚴厲的。

溫榮頷首道：「我明日先與軒郎談談，瞭解了情況後再告知府裡。對了，五駙馬報了何階位呢？」

李晟道：「琛郎報的是從五品騎都尉，與駙馬都尉倒是相符，琛郎武藝極高又是五駙馬，約莫會得聖主青睞。」

再遲過個兩、三日，丹陽也會知曉林大郎打算從武並赴邊疆一事了，不知丹陽會作何感想，又是否會傷心？

李晟又同溫榮談起了嬋娘的夫郎杜樂天學士，逼二皇子謀反一事少不了杜樂天學士的幫忙，可嬋娘不幾日就要生產了，晟郎託榮娘常去探望。

溫榮抿嘴笑道：「便是晟郎不交代，妾身也是要去的，妾身還準備了一只長命百歲鎖，要送與嬋娘的孩子做禮物。」

李晟點頭。「是我多慮了，榮娘考慮得比為夫周全。」

用過晚膳後，溫榮便提筆寫了封信與溫景軒，讓其明日同國子監告個假，下午早些出來，到紀王府與她說話，再一起用晚膳。

李晟知曉溫榮的安排後笑道：「明日我去接軒郎，只隔了兩個坊市，避開人群，騎馬很快的。」

接著二人又聊了些白日皇宮裡發生的事情，溫榮不想叫晟郎擔心，將盧醫官對她說的那些話都略去了，只言盧醫官亦為她開了些尋常補身子的藥，讓她每日定時吃兩次。

李晟聽言，攬著溫榮的細腰，手輕輕揉了揉，若有所思。「是太瘦了，榮娘往後要多吃一些，否則為夫會心疼。」

溫榮打了下李晟不安分的手，撇嘴道：「時辰不早了，累了一天，快歇息吧！」

第二日，溫榮特意準備了幾道軒郎喜愛的吃食。約莫是一起在杭州郡長大的緣故，軒郎的口味與她頗為相似，皆好稻米飯，溫榮特意用粳米熬了一鍋雲母粥，捏了大小虹橋暈子、草火炙鹿脯和鵝肝，再就是幾道清淡的膾品和蝦仁羹臛。

申時末刻，李晟接了溫景軒回到紀王府。溫榮將二人迎至二進院子的花廳，席面就擺在花廳裡。

軒郎看到一席菜品時愣了愣，朝溫榮笑道：「榮娘都記得我的喜好，府裡要顧及祖母、阿爺的口味，難得再看到正宗的杭州菜了。」

溫榮看了眼李晟。「因為五皇子他不挑，倒越發慣著我了，往後軒郎想吃什麼，儘管過來便是。」

李晟請了溫景軒和溫榮一道坐下後，朝溫景軒搖搖頭道：「你妹妹是慣著你的，往後真長年在外了，你可不要再想吃到這般精緻的吃食。」

溫榮瞪了李晟一眼，這話的表面聽著像是在嚇唬軒郎，出去打仗了就吃不到好東西，可話中深意卻並非如此，晟郎是想告訴軒郎，要鍛練意志先學會吃苦耐勞吧！

李晟第一次忽視了溫榮朝他使的眼色，顧自地看了一圈桌上的菜品後，皺起眉頭，朝溫榮道：「榮娘，今日妳哥哥第一日到我們府裡用席面，是不是少了什麼？」

溫榮詫異地仔細看了菜餚，主食、副食、羹臛湯品皆有了，不知究竟少了何物？溫榮疑惑地看著晟郎。「還缺了什麼？妾身吩咐廚裡去準備。」

李晟道：「與軒郎一道，怎能沒酒了？榮娘，再取兩只碗來。前幾日城門郎送了一罈上好的嶺南靈溪博羅，正好和軒郎對飲幾杯。」

溫榮蹙眉不悅地道：「軒郎不會吃酒。在府裡好好的吃甚酒？」

李晟諱深莫測地笑了笑。

軒郎看向溫榮，不好意思地道：「三皇子、五皇子、五駙馬，我們四人早前就有在一起飲酒了。作為聖朝兒郎，豈有不會飲酒的道理？我的酒量可不輸於他們。」

軒郎倒是藏得深。溫榮無奈地起身親自去取了兩只鴻雁紋玉盞放在晟郎和軒郎跟前，不忘再提醒了他們，一會兒還要送軒郎回國子監，可不能吃醉。

李晟不以為意地道：「不用擔心，若是真吃醉了，在府裡歇息便是，明日一早我會送軒郎去國子監的。」

溫榮無奈地搖搖頭，也不再勸阻。就見李晟和溫景軒兩杯酒下肚後，話也多了起來。

提及溫景軒將參與武將廣選的事情，溫景軒略沈默片刻後，道：「我想試一試，還請五皇子和榮娘暫時不要讓祖母和阿爺知道，否則他們一定會阻止我的。」

溫榮嚴肅道：「阿爺同樣在朝為官，遲早要知曉，到時候得多震驚失望？祖母與阿爺做的一切都是為軒郎好，他們將府裡所有的期望都寄託在軒郎身上了。」

軒郎端起鴻雁酒盞，仰脖將滿滿的一盞酒一飲而盡，面不改色更意猶未盡，借著酒勁，溫景軒拋去了往常的儒雅含蓄，蹙眉直言道：「榮娘，我知曉妳所謂的期望是什麼，不就是幫助溫家復爵嗎？」溫景軒看向李晟，李晟正面無表情地端著酒盞把玩，表情雖僵但不冷，溫景軒無所顧忌地道：「晟郎是皇室中人，就由晟郎來評評理吧！聖主憑何將爵位還給毫無建樹的溫家？若我照祖母和阿爺的安排，讀書考科舉，做一名碌碌無為的酸腐文官，該如何建功立業，如何替溫家拿回爵位？反之，若我能在邊疆立功，豈不是還有希望？」

溫榮被說得啞口無言，可是一提到武將打仗，她就忍不住地想到殺戮和鮮血。當初晟郎前往西域，還不是負傷回京？而軒郎的武功、劍術大不如晟郎，到了邊疆如何自保？

溫景軒繼續說道：「其實榮娘與阿爺一樣，都是認為我不行，事事都不行。在你們的羽翼之下，我真將一事無成，將來定會讓你們越來越失望的。還有平康坊鄭都知一事，我知道你們全都在怪趙家二郎，其實與他無關。祖母提及此事時滿眼厭棄，榮娘也無法幫我，我只能靠了自己。」

溫榮攥緊帕子，轉頭向李晟求助，不想晟郎仍舊是顧自地飲酒吃菜，對她的目光以及軒郎的話置若罔聞。溫榮越來越疑惑，晟郎讓她將軒郎請過府來，難道不是要幫著她勸軒郎？這般袖手旁觀像甚樣了。

軒郎將心中所想一吐為快後，也就不再開口了。

李晟端起酒盞敬了軒郎一杯後，認同地點頭，飲盡酒後，李晟終於與溫榮道：「其實軒郎說的也不無道理，不在外歷練一番，是極難成長的。當初我前往西域抗擊吐蕃，雖然未真正將吐蕃打敗，只是將他們擊退至安西四鎮邊防線外，確保絲綢之路商貿的通暢罷了，可僅僅如此，我便覺得受益匪淺，比之在盛京裡紙上談兵的十幾年，收穫要大得多。」

溫榮瞠目結舌地看著眼前一幕，忽然明白了過來。溫榮明白李晟將溫景軒請過府來吃飯，根本不是要幫著她一道勸阻軒郎，讓軒郎放棄參選念頭的，相反的，李晟是要軒郎自己借著酒勁去說服她，讓她明白軒郎的真實想法，從而不再阻攔！

溫榮在旁靜靜地看著他二人，面上無多餘的表情，不喜不嗔。李晟見溫榮不肯多言，似猜透了溫榮的心思，繼續與軒郎說道：「既然軒郎下定了決心，我與榮娘也不可能阻止你。但軒郎報的從七品都護府曹參軍事，等階是否偏低了？再考慮考慮？」

軒郎謙虛地回道：「我只是隨你們和武功師傅學了些花拳繡腿，根本無甚實戰經驗，便是都護府曹參軍事一職，我都擔心自己無法勝任。」

「軒郎過謙了。」李晟不再強求。「也罷，縱是考科舉，倘若無法中一甲前三名，也只能從九品校書郎做起，武將裡從七品的起步算高的，將來還有機會。」

溫榮從他二人對話裡知曉此事再無轉圜餘地，心思雖已活絡，可還端了個樣子，抿起嘴角裝作不悅。其實晟郎說的有理，既然軒郎想明白了，他們憑什麼去阻止、去妨礙軒郎選擇的路呢？溫榮鬆口道：「我去廚裡準備醒酒湯，你們酒也少吃些。」

二人幾乎同時向溫榮道了謝，溫榮也不搭理，只瞪了他們一眼。

溫榮起身還未走到花廳門外，就聽見席案上傳來了篩酒划拳的聲音，溫榮驚訝得腳步一滯。她從未想過晟郎和軒郎會有這般孟浪的一面，遂好奇地回過頭看他們。縱是划拳這等消遣事兒，晟郎也一如既往地冷著個臉，面上雖無表情，可眼神卻頗為認真，對此溫榮實是難理解。比之李晟的冷靜和沈著，溫景軒就一臉興奮了，多半是因為溫榮的鬆口令溫景軒如釋重負，再加上飲了幾杯酒助興，故性情和行為越發放縱起來。可惜划拳只走了四個來回，溫景軒便一聲哀呼，接著毫不猶豫地端起酒盞仰首飲盡，姿態倒是豪爽。

溫榮眉角挑起，心裡不自覺地好笑。沒想到李晟划拳也這般在行。軒郎之前還敢怨她了，說甚在她眼裡他溫景軒事事不行，大話才說出口，這會兒划拳就輸了！

溫榮徑直離開，不再理會花廳裡難得肆意放縱的兩人，吩咐廚房將醒酒湯送進花廳後，就獨自回了廂房。

第三十七章

溫榮一人閒來無事煮了壺花茶湯，撚一支小竹籤撥弄茶湯面上的晶瑩花絲，茶面上打旋的波紋泛著五彩顏色，溫榮怔怔地瞧著，微微出神。

這一世重生後，她總仗著自己活的年份比軒郎長，故在心裡從未將他當作哥哥看，反而認為軒郎不夠懂事，事事都需要她的指點和幫忙。溫榮不禁想起幼年那些在杭州郡的時光，簡單卻很幸福，那時軒郎是她眼裡的長兄，每每軒郎提出何想法，她都會欣欣然贊成，再想盡法子去幫助軒郎說服爺娘。

溫榮心裡徹底釋然，眼神也跟著軟了下來。其實不管哪一世，軒郎都是她的長兄，軒郎根本無須徵詢她的意見。前世她孤傲冷清，太過自私；這一世她卻自以為是，干涉過多，將軒郎對她的尊重和愛護視作累贅般的依賴。

溫榮吃了口茶湯，馥郁花茶繞齒留香，她彎起嘴角，笑得滿足。

碧荷打起簾子進屋問道：「王妃，五皇子和大郎還在吃酒，嶺南靈溪博羅少半罈子了，王妃是否要過去勸勸？」

溫榮搖搖頭。「讓五皇子陪陪軒郎吧，這段時日，他們都累了。」話雖說得解意，可溫榮想起晟郎和軒郎在席面上一唱一和的模樣，還是又氣又好笑。

晟郎也真是的，既然早就認同軒郎的想法，為何還藏著掖著？溫榮明白，憑藉李晟五皇子的身分，可以直接說服阿爺，可李晟偏偏擔心他強勢的介入會惹得她生氣，故也不肯貿然替軒郎出頭。

晟郎想幫溫景軒，但考慮到溫景軒只敢瞞著他們在背地裡報名參選，不敢正面與家人講道理的扭捏性子，不得已設了個小局。溫榮垂首低眉輕笑，好在哥哥沒令晟郎失望，借酒壯膽，一連聲終於將她說服了。不知晟郎和哥哥是否真覺得這樣就算大功告成？祖母那兒應該沒這般好敷衍。只是軒郎參選確實是好事，祖母是明白人，應該不會太為難。罷罷，溫榮聳了聳肩，當務之急還是讓軒郎盡快提高武藝。

溫榮抬頭看了眼沙漏，他們二人一頓晚膳足足用了一個時辰，真真吃成慶功宴了。

待李晟回到廂房已是戌時初刻，溫榮大老遠的就聞到晟郎滿身酒氣，遂起身吩咐婢子打水備香湯，自己則斟了杯溫水，遞與晟郎，蹙眉嗔道：「怎吃了那許多酒？醒酒湯吃了嗎？軒郎是不是也醉了？」

李晟眼神迷離，雙眸裡跳躍的燭光似兩團火焰。「不多不多，我與軒郎兩人才吃了一罈酒。我無事，可軒郎是醉了，我吩咐侯寧送軒郎去西廂歇息，榮娘不必擔心。」

溫榮見李晟除了眼神迷糊外，步子依舊穩健，說話亦頗為利索，遂放下心來。李晟酒量應該是很好的，除了全大禮那日李晟被幾位皇子灌得太凶，故略有醉意外，她還從未見晟郎吃醉過。

李晟由溫榮伺候了沐浴更衣，接著便一道去歇息。躺在床榻上，李晟靜靜地摟著溫榮，呼吸之間是淡淡的薄荷清香。

溫榮本不同意李晟去含薄荷葉，薄荷醒腦，溫榮擔心含了會睡不著覺，可李晟不願叫酒氣熏到溫榮，倔性子上來了，溫榮也勸不住。

溫榮抬手覆上李晟的臉頰。「有些燙，晟郎會難受嗎？」

先才李晟吃完酒回廂房時，面色還算正常，可沐浴後臉頰卻通紅通紅的，約莫是被水霧蒸到了，好似燒了兩朵晚霞。溫榮第一次瞧見李晟這般模樣，又好笑又焦急。

李晟捉住溫榮的纖纖玉指在唇上摩挲。「不難受，就是熱得慌……」說罷，李晟將溫榮摟得更緊了些。

褪去薄衫後的肌膚相貼，燙得溫榮微微顫抖……

今日李晟要比往常急躁許多，溫榮本以為李晟累了，他們可以很快地歇息，不想過去了小半時辰，溫榮的秀髮已被香汗濡濕，可李晟仍舊沒有停下的意思。

溫榮張口喚了李晟的名字，那慵懶沙啞又蘊染了柔媚的聲音將溫榮自己也嚇了一跳。

李晟嘴角揚起，笑得十分邪魅，俯下寬厚的身子，在溫榮耳邊吹著一陣陣熱氣。「榮娘想要了？別急……」

又折騰了足足一刻鐘的時間，李晟才停下，摟著溫榮柔軟的纖腰，下巴埋在溫榮的頸窩，一臉滿足。

溫榮是癱軟在床上，一動不能動了，好不容易緩過來，看著滿床的狼藉，扭過痠澀的身子，輕輕推了推李晟，詢問是否要叫水清理。

李晟手臂緊了緊，將溫榮拖到懷裡，低聲嘟囔道：「為夫累了，榮娘乖乖陪我歇息……」聲音越來越低，最後一個字音落下，溫榮耳邊只有均勻悠長的呼吸聲。

溫榮還以為李晟的精力是用不盡的，她眨了眨眼睛，往李晟懷裡挪了挪，尋了個舒服的姿勢，打個哈欠。累了一天，很快的她也昏昏沈沈地睡著了……

寅時末刻，李晟起身交代婢子不要吵醒溫榮後，就去喚醒軒郎再一道出門。等到溫榮醒來，已過卯時末刻。

碧荷進屋備水伺候溫榮沐浴，綠佩則在廂床上鋪了一套新褥子。

用過早膳，閽室小廝送了兩封信進來，一封是陳知府家二娘子歆娘寄來的，一封是琳娘一個時辰前才寫的，只有寥寥數筆。

陳歆娘在信裡與溫榮詳細說了她們回洛陽的生活。

陳清善被定了貪墨罪後，知府一職由他人頂任，陳家此次回洛陽是住在城郊的別院裡。陳清善照聖主吩咐，在洛陽辦差事，現在事兒辦完，他們也將舉家進京了。陳清善要參加今年朝廷考滿，考滿後吏部將重新替陳清善安排職務。

原本阿爺十分看好的陳大郎也會一道回京，只是回京後不能再去唸國子監了。陳家打算替陳大郎尋個書院，明年年關後直接去考進士試。這兩年陳家大郎在蠻荒之地皆是自學，十分刻苦。溫榮看著歆娘的信是連連感嘆，陳知府一家人太不容易了。

陳歆娘與她寫信的日子，是他們進京的前一日。溫榮算了下時間，如此陳家娘子明日就將抵京。陳歆娘還特意交代溫榮暫時不用回信，他們回京後直接入住陳府，待安頓好後，會再寫信與她，並且去看望她。

許是因為溫榮已是五王妃的緣故，歆娘的信裡少了早前的隨意親切，字裡行間中規中矩，帶著幾分敬意。歆娘在信裡將家人都提了一遍，情況說得頗為詳細，只有月娘是一句話帶過，言月娘會與她一道至紀王府拜見。溫榮嘆了口氣，月娘怕是心有介懷，否則不至於連行字也不願寫。

謝琳娘只在信裡詢問溫榮，是否要將林大郎報名參選的事情告訴丹陽，好讓丹陽心裡有個準備，不至於在聖主或者太后面前失態。

想來是昨日三皇子回府後和琳娘說的，可溫榮也不知曉該如何做了，由她二人開口同丹陽說這事，確實不合適。

用過午膳，溫榮正準備歇息時，甘嬤嬤急匆匆地進屋尋溫榮說事。

溫榮聽到甘嬤嬤說鄭都知已被贖出，再知曉前往平康坊贖鄭都知的就是溫景軒的僕僮時，是百思不得其解。軒郎從哪裡來的錢帛？難道祖母和阿爺都同意了？

甘嬤嬤又繼續說道：「王妃，守在平康坊的小廝說了，鄭都知被贖出後就安置在城南歸義坊三進巷子的一處宅院裡。」

溫榮聽到歸義坊三進巷時覺得熟悉，連忙起身將晟郎前次交給她的那本暗簿拿了出來，那本暗簿上的田產和私產，皆是王貴妃、三皇子等人不知曉的。

溫榮將簿子翻開，果然看到歸義坊宅院的記錄，只是這一列已經被劃去。溫榮無可奈何地嘆口氣，溫景軒是她的哥哥，府裡中饋也是她在打理，李晟要幫忙怎麼也該同她說一聲，此刻溫榮覺得自己就像一個唱白臉的惡人。

溫榮賭氣地將帳簿放回暗格，既然他們要隱瞞，她就樂得不吭聲了，默默地當作不知曉此事。溫榮對李晟的性子頗為瞭解，李晟既然敢如此，那應該是有萬全的好主意，乾脆就由著他二人去自作主張，到時候老祖母怪罪下來，也讓他們負荊請罪，去說服和安撫，她只做和祖母一條心，如此對祖母也是一種慰藉。

次日李晟下衙回府後與溫榮提起陳清善一家抵京的事情。

「其實當年陳知府的貪墨一案就疑點重重，今日陳清善抵京後未回陳府，而是徑直去了大明宮。」李晟端起茶碗吃了一口茶湯，潤了潤嗓子。「明日三哥要在臨江王府為陳知府辦接風宴，請了與陳府交好的朝臣，岳丈和我也都會去。」

溫榮知曉阿爺與陳知府是故交，當年若不是她與祖母勸阻，強言阿爺必須審清時事，莫輕舉妄動，阿爺怕是已因為貿然替陳知府出頭，落得與陳知府一樣被定罪流放的下場了。可溫榮明白，阿爺其實一直心懷愧疚，如今陳知府一家終於回京了，阿爺一定很高興。

溫榮道：「晟郎打算送甚做陳知府的接風禮？」接風宴由臨江王府辦就夠了，紀王府不必再多此一舉，可聊表心意的禮物還是需要的。

李晟笑道：「多虧榮娘提醒，說來前幾日我得了一塊老墨，是前朝之物，收藏極好，老墨難得的無一絲裂紋，描金也未脫落分毫。」

溫榮掩嘴笑，她阿爺也酷愛老墨和蒐集畫作，評起字畫來亦是頭頭是道，好似真正的文人騷客，可事實上阿爺只有書法能拿得出手，畫技是難恭維的，不知道陳知府是否也如此？

溫榮似乎能想像到阿爺、陳知府、晟郎等人在用席面時，對著某幅名畫評頭論足、一副極內行的模樣。溫榮眼裡的狡黠一閃而過，可仍舊被李晟收進眼底，李晟將溫榮抱起，摟在大腿上側坐著。「榮娘是否覺得岳丈和我皆名不副實，是只會逞口舌之快的粗人？如此不若溫榮指導指導為夫？」

溫榮掙扎了一番，瞪了李晟一眼，忍著笑說道：「妾身不明白晟郎在說甚。」

李晟展顏笑起。「改日我也要請了三哥、岳丈等人過府賞畫，尤其是榮娘與我合作的屏風四景，定能豔驚四座。」

溫榮噘嘴道：「還豔驚四座呢，莫要貽笑大方就好。時辰不早了，晟郎快歇息吧，明日還有得忙呢！」

第二日溫榮起了個大早，特意為晟郎準備了一身石青雲水金紋的斜襟袍服，窄袖與袍襬上繡了精緻的雙層紐襻，再替晟郎束上白玉冠。晟郎胡亂穿衣的本事她是領教過了，雖說這身袍衫上沒有一個地方是她親手縫的，可穿去參加宴席極其體面，符合他五皇子的身分。

溫榮為李晟扣上十三垮玉簡腰帶後，李晟忽然蹙眉不悅地道：「這身袍服不如前次的舒服。除了玉珮，榮娘再替我繫一根梅花玉石絲條。」

溫榮詫異地瞥了晟郎一眼，為何晟郎會知曉她昨日剛打好一條玉石絲條？照理平日晟郎下衙用過晚膳後就在廂房歇息，而她晚上也鮮少做甚女紅啊！昨日結好的絲條是打算送給哥哥的，無奈晟郎開口了，她只好去取了過來。

晟郎眼睛一亮，笑道：「原來溫榮替為夫打了一條新的！舊的那條補好了嗎？當時掉了兩顆玉石，我心疼了好久。」

溫榮一怔，這才意識到晟郎根本不知道有這條，先才說的是她未出閣前結的天青色梅花玉石絲條。那條絲條被晟郎帶去了邊疆，也不知他怎麼用的，從邊疆回來後那條絲條就散了，七顆梅花玉石也只剩下五顆。晟郎大剌剌地叫她補好，可溫榮再找不到一模一樣的玉石了，無奈地紮了兩顆羊脂白玉湊數。大婚後，溫榮見絲條的顏色已經褪白，遂收了起來，不肯晟郎再用。溫榮抿了抿唇，不動聲色地替李晟繫好絲條，笑道：「這就好了，晟郎不是要去趟公衙嗎？別遲了。」

李晟摟著溫榮。「晚上我會早些回來，不讓榮娘久等。」

溫榮將李晟送出府沒多久，就收到了陳歆娘的來信，言她們已在陳府安頓下來，府裡長輩親眷皆好相處，而她十分想念溫榮，想尋個溫榮得空的日子，她、月娘、陳惠娘，一道至紀王府探望她。陳惠娘是陳府大房過繼到身下的女娘，溫榮在溫府辦的小宴上見過她一面，容貌嬌美，性格直爽，對其印象頗佳。溫榮亦掛念月娘與歆娘，一晃兩年，不知道她二人是否變了模樣？

溫榮思考著該何日請她們過府相聚，算來她這段時日除了往臨江王府陪伴琳娘，其他皆無事了。正想著，溫榮忽然發現，打她嫁入紀王府，還從未請交好的姊妹過府敘話玩樂，也從未擺過較大的席宴。雖然她和李晟都喜靜，可長此以往，未免太冷清了些。思及此，溫榮決定擇日不如撞日，明日就請幾家娘子過府相聚。除了陳家三位娘子，還有琳娘、丹陽、茹娘與林家娘子，只不知琳娘和嬋娘懷有身孕，是否方便過府？

除了擺宴席，溫榮更想將陳家娘子介紹與琳娘和丹陽認識，她們二人初至盛京，總該多認識些朋友，倘若能有三王妃和丹陽公主做伴靠，陳府大房也不敢太為難她們。

溫榮很快寫好了帖子，命小廝將帖子送去各個府上。本以為申時後才能收到回帖，不想還未到午時，就收全了各家娘子的回信，皆言明日將準時過府。琳娘還詢問溫榮是否需要幫忙？琳娘擔心溫榮沒有獨自辦席面的經驗，故打算早些過來。

溫榮倒也不拒絕，可念及琳娘太辛苦會動了胎氣，遂打算盡快準備了宴席的事兒，明日琳娘過府，只一起說說話便是。

溫榮讓甘嬤嬤幫助她一起準備明日宴席的食材，好在只是幾家娘子聚會，無甚特別注意的，忙忙碌碌一下午，宴席也準備了十之八九，溫榮鬆了口氣。晚上再知會了晟郎便可，畢竟晟郎白日都是在公衙，不用擔心有何不便。

酉時中刻，前院小廝報晟郎回府了，溫榮起身至月洞門接迎時，見晟郎仍舊一副神采奕奕、神清氣爽的模樣，遂放下心來，約莫沒有吃太多酒。

李晟沐浴後靠在矮榻上，看著溫榮道：「榮娘，今日點心可還有剩？我還未吃飽。」

溫榮愣了愣。「廚裡有晚上蒸了未吃完的玉露團，還有雕胡粥。」

李晟吩咐婢子熱了後送進來，一碟玉露團被李晟吃得一乾二淨，又吩咐綠佩再去替他盛碗粥。

溫榮忍不住皺眉，這哪裡是沒吃飽，分明是一點沒吃啊！

「怎麼回事？」溫榮將李晟跟前的杯箸收拾乾淨，認真地問道。

李晟抬眼看向溫榮，也不隱瞞。「杜樂天學士有東西要交與我，比較急，我與岳丈、三哥說了聲就離開了。待我辦完事情就已過酉時，我不想再去三哥那兒，遂直接回府。」

溫榮頗為心疼。「都過了晚膳時辰，好歹吃點兒東西再去辦事，倘若餓壞了該如何是好？」

「不妨事，我也想早些回府的。」李晟笑著與溫榮說了些關於席面的事情，又提到陳知府。「……陳清善在嶺南未荒廢時日，雖只有短短兩年，卻做了許多善事，令我十分佩服。」

溫榮抬眼感興趣地問道：「妾身有聽阿爺說過，言陳知府是有大智慧的人，又極勤勉。早前阿爺與陳知府是同窗，那時阿爺就以陳知府為榜樣，事事警醒，奮發刻苦，如此才能一舉及第。」

李晟頷首道：「我本以為流放嶺南的犯官，俱是怨天尤人、自怨自艾的，可不想陳知府在嶺南仍舊心繫黎民，不但聯合當地文人開辦學館，開鑿河道興修水利，更多次同住民一道，親自前往大庾嶺勘察地勢地貌。」頓了頓，李晟笑問道：「榮娘可知昨日陳知府入宮與聖主商議何事？」

溫榮蹙眉認真地想了想，回道：「被流放至偏狹一帶的犯官，至多是開學館與興修水利了，如此已是極其難得，晟郎言陳知府還親自勘察地勢地貌……」溫榮眼睛一亮，道：「大庾嶺是溝通嶺南和嶺北的必經山路，陳知府進宮是否與聖主商議新建大庾嶺山道一事？倘若將嶺南嶺北相連，從此可通財貨，有朝一日嶺南也不再是蠻荒之地了。」

正是前朝興修了京杭運河，使京杭運河成為漕運要道，淮南道以北和盛京以南一帶才能如此繁盛。倘若大庾嶺修成路，是大善舉。

李晟笑容漸深。「榮娘果然聰明，聖主看到陳知府繪的地形圖後大加讚賞。嶺南一帶水土極盛，若能溝通，將成為聖朝一大糧倉，可彌補大河以北一帶旱澇時的饑荒，解聖主心頭大患。」

溫榮神情輕鬆，也由衷地佩服陳知府。其實不論處於何種境地，人皆不能自棄。溫榮還替陳家娘子高興了，既然陳知府得聖心，縱是不能官復原職，仕途也將無憂，陳知府一家在盛京可安定下來了。

溫榮在帖子上寫著，請各家娘子過府的時間是巳時中刻，而琳娘辰時末刻就到了。

溫榮遂請琳娘幫忙看花廳裡席宴的佈置是否妥當，琳娘環視一周後命婢子摘了幾枝石竹和蘭花插在花斛裡，擺在花廳的四角做擺設，再就無甚事了，溫榮便帶琳娘回廂房說話。

溫榮吩咐碧荷將摻棗絲的果漿端來，道：「果漿是用溫水焐的。無法，照盧醫官的吩咐，再熱的天，我與琳娘都不能吃生冷的，那些冰鎮的果子就留給丹陽、茹娘她們吧。」

琳娘笑道：「可不是？榮娘現在也要好生將養。不說我差點忘了，阿娘吩咐我帶幾棵老參過來與榮娘，補氣是最好的。再讓盧醫官替妳開些藥膳方，不幾日身子就能調養好。」

溫榮抿嘴笑道：「我也不與琳娘客氣。」溫榮轉身吩咐綠佩將春竹遞上前、裝了老參的錦匣收好。說話間，溫榮瞥眼見到端坐在廊下的春燕，壓低了聲音問道：「琳娘還將春燕帶在身邊做貼身婢子嗎？」

琳娘頗含深意地低聲道：「自然要留著。我現在沒有王玥蘭害我的證據，也不敢指望王貴妃會相信我和偏幫我，故只能自己想法子，將王貴妃和宮女史的目光轉向春燕。現在臨江王府二進院子、三進院子的下人皆被我清理過了，唯獨那春燕非但不能趕出府，還要厚待，讓王玥蘭知曉春燕是我娘家帶出來的，我對她很是信任。」

溫榮了然一笑。「倘若琳娘心有不捨，那春燕留給王側妃便是。」

現在臨江王府裡王玥蘭的心腹俱被琳娘逐出府，王玥蘭畢竟是側妃，必須聽當家主母的話，現在王玥蘭想對付琳娘只能借春燕，可如此會立即被宮女史與王貴妃發現。倘若王側妃不敢輕舉妄動，琳娘就可以樂得暫時清靜。

琳娘頷首笑道：「可不是？好在三皇子將內宅事務交與我後，從不干預。」說罷，琳娘嘆了聲。「奕郎都不吱聲的事兒，王貴妃偏偏要指手畫腳地埋怨我。」琳娘端起果漿吃了一口，眸光微亮，是極純粹美味的櫻桃汁。榮娘除了放少許棗絲做點綴，再未摻雜旁物了。

琳娘忍不住羨慕溫榮有一顆能將生活過得精緻和與眾不同的玲瓏心。又嚐了口果漿，單說這簡單的櫻桃，她每每吃膩了就賞給下人，哪裡會想到可以研碎了再濾成汁？若不是她和溫榮不能貪涼，這櫻桃汁冰鎮後不知有多解暑解渴。琳娘心下暗暗佩服，打算下午回府後就依葫蘆畫瓢，讓奕郎也嚐嚐。

琳娘忽然想起丹陽，趁著其他人還未到，趕緊問道：「榮娘，關於林家大郎打算去隴西一事，是否要和丹陽說？前兩日我寫信與妳，妳也說拿不定主意，要再考慮考慮的。」

溫榮斂了笑容。林家大郎的祖父、阿爺皆是文臣，除非有人告知，否則將與她阿爺一樣，事將成定局時才能知曉。只要她和琳娘不說，丹陽就只能從聖主或太后那兒聽到消息。丹陽該多傷心。」

琳娘蹙眉道：「也不知五駙馬是如何想的，好歹應該與丹陽商量過後再作決定，否則丹陽該多傷心。」

溫榮垂眼說道：「五駙馬如今人在淮南道，約莫是擔心錯過了報名期，回京後應該會與丹陽解釋的。」其實林家大郎如果認真地與丹陽商量，丹陽不一定會阻攔，反而可能會幫著林大郎去說服林中書令等人。

琳娘搖了搖頭。「只怕五駙馬仍舊未將丹陽放在心上。一會兒用完席面，我們將丹陽留下來說說話，如果丹陽不同意五駙馬去隴西，現在知曉阻止還來得及，畢竟太后等人可以幫上忙。」

溫榮頷首答應了琳娘，但溫榮心裡篤定丹陽不會反對。丹陽身分尊貴，可以在太后、聖主跟前肆意撒嬌，可以在她與琳娘面前言語無忌，更可以在大多數人面前張揚跋扈，唯獨在面對林家大郎時，丹陽會收起一身鋒芒，在背後無所求地默默支持，每日裡只驚喜於林大郎的一點點關心。

溫榮和琳娘又說了會兒話就到巳時初刻，茹娘、陳家娘子等陸陸續續到了紀王府。溫榮讓茹娘和琳娘在花廳裡說話歇息，自己起身至二進院子的月洞門處，親自接月娘、歆娘。

遠遠看見陳家的三位娘子裊裊而來，溫榮往前走了數步，歆娘和月娘看見溫榮，青澀地笑了笑，腳步慢了下來。反倒是與溫榮少有交情的惠娘十分爽利，三步併作兩步上前，端端地見禮道好。惠娘的年紀比溫榮小，性子與茹娘相似，故茹娘和惠娘的交情匪淺，溫榮看向惠娘的眼神帶了幾分疼惜。

說話間，月娘和歆娘也走至溫榮跟前，二人微微蹲身，同溫榮見禮。「奴見過五王妃，五王妃安好。」

溫榮趕忙將她二人扶起，顰眉不悅，嗔怪道：「在紀王府裡沒有那麼多規矩。這次就算了，往後可不允許，否則真真生分了。」

陳月娘和陳歆娘皆是一身藕絲短襦鬱金裙，綰了時下頗為流行的雙纓髻，髮髻上各簪一朵流蘇銀花。月娘和歆娘的容貌雖未有大變樣，可形容卻消瘦了些，約莫是嶺南一帶陽光強烈的緣故，原本白皙的肌膚泛了淺淺的小麥色。

算來月娘也有十六歲了，可被流放在外，陳知府與陳夫人根本無法替月娘張羅親事。月娘抬起頭看了溫榮一眼，想起早前託溫榮送給五皇子的荷囊，面上神情有幾分尷尬。

溫榮隨意地挽起月娘的胳膊，朝歆娘和惠娘笑道：「走吧，三王妃與茹娘已經到了，正在花廳等我們。」

走在通往花廳的通幽小徑，溫榮關切地問起月娘和歆娘在嶺南的生活。歆娘開始還有些怯生生的，不一會兒就發現溫榮性情確實未變，待她們更是一如從前，膽子也慢慢大了起來，開心地與溫榮說起在嶺南發生的有趣事情。月娘的話也稍稍多了些，可比之歆娘和惠娘，仍算沈默寡言。

到了花廳，茹娘扶著琳娘起身，笑迎幾人，陳家娘子同琳娘見禮後圍席而坐。

琳娘看見歆娘與溫榮湊在一塊兒輕聲地叨咕著什麼，而溫榮執錦帕掩嘴吃吃笑個不停，心下好奇，板著臉說道：「有甚好笑的事兒也說與我們聽聽，妳二人躲著偷偷樂呵，可是要我們在旁眼紅了？」

歆娘吐了吐舌頭，溫榮連忙討饒，擺手道：「不敢不敢，還請琳娘莫怪！」

月娘無奈地瞥了歆娘一眼。「若是叫大哥知曉妳又到處宣揚他的醜事，看他回府後怎麼教訓妳！」

「這有何的？大哥將我們害慘了，敢做為何不敢說？」歆娘脖頸一挺，大大咧咧的，很是豪氣。

琳娘仔細問了才知曉緣故。原來嶺南冬日的氣候暖和，不似盛京會年年下雪。去年冬天，陳家大郎偶然讀到一首關於雪景和月光的七律，思鄉之情油然而生，陳大郎思及自己流落在外，不知何年何月才能重返故鄉，回憶起曾經月光映雪的美景，登時唏噓不已，感慨萬千。陳大郎無法忍受一人空寂寞，遂與月娘、歆娘道出了思鄉情懷，不想得到了月娘、歆娘的一致回應。閒來無事，三人商議後決定不辭辛勞一定要看到雪，哪怕身處嶺南。

茹娘聽言很是詫異。「當初我與阿姊在杭州郡時，都難得見到雪，嶺南比杭州郡暖和多了，怎可能下雪呢？」

「可不是？」歆娘笑著附和。「尋常怎可能見到雪？故大哥向當地的住民打聽如何賞雪，不想還真讓他問出來了。」

嶺南一帶多山嶺，而地勢越高溫度就越低。當地住民說，只要在大寒、大雪兩個節氣的當日，登上玉蕩山頂峰，就能看見雪了。

琳娘也插嘴問道：「登山很辛苦的，最後可瞧見了？」

溫榮心裡好笑，漫說嬌生慣養的月娘、歆娘及手無縛雞之力的文弱書生陳家大郎了，就是換成李晟和林家大郎這兩位打小習武的好兒郎去登山，也不一定上得了頂峰，畢竟山路在平時就極難走，何況是布滿枯枝殘葉、四處結霜的冬日？

歆娘還未開口就笑個不停，月娘瞧歆娘一副笑到岔氣的模樣，無奈地開口道：「別提了，漫說沒看到雪，我們三人還摔了好幾跤，將阿娘替我們新做的小夾襖全摔破了！」

歆娘緩過勁後補充道：「山上是要比山下冷許多，可山路上不落雪也不積雪，只會結冰，結了冰的路可滑了，踩一腳若聽到嘎吱冰碎的聲音，準得滑倒！後來我與月娘先撐不住，大哥沒法子，三人才相互攙扶了下山。回家後被阿爺、阿娘一頓罵，小襖摔破了也沒錢換新的，我們仨只得穿破襖子過年關。」

茹娘等人捂著肚子笑個不停，溫榮卻覺得酸楚。陳知府被流放後領不到朝廷薪俸，陳家人在嶺南的日子定是艱苦，陳大郎等人也是苦中作樂。

幾位娘子又玩笑了一陣，琳娘看了眼沙漏，朝溫榮問道：「丹陽和林府娘子怎還未到？丹陽不會又貪懶了吧？」

看來琳娘是等急了，溫榮笑道：「丹陽和瑤娘要先去宣平坊杜府，接了嬋娘再一起過來。嬋娘月分大了，有丹陽和瑤娘陪著，我才好放心。」

琳娘頷首道：「是我疏忽了，宣平坊不遠，該到了。」

琳娘話音剛落，那頭丹陽等人就進了院子，顧及嬋娘行動不便，溫榮一早就吩咐肩輿在大門處等候。溫榮與丹陽、林家娘子極相熟，故未特意起身去院外接迎，只在花廳裡同眾人說話吃茶，靜候丹陽等人自己進來。

月娘與歆娘知曉溫榮還請了當今聖主最疼愛的五公主時，頗為緊張。原先在洛陽，陳清善雖然官至知府，可畢竟是地方官，陳家娘子鮮少有機會見到皇親貴戚，除了託溫榮的福，和五皇子有些交情外，再就是德陽公主往洛陽別府避暑時，她們遠遠地看過德陽公主幾眼。

惠娘似乎看出了月娘與歆娘的心思，笑道：「姊姊們莫要擔心，丹陽公主是極好相與的。前次我去溫府吃席面，還與丹陽公主一起玩了葉子牌。」

琳娘聽言眉眼一挑，放下杯盞問道：「我怎不知曉丹陽還肯玩葉子牌？每每她與我、榮娘弈棋對牌時，只要我們不願意讓她，她就必定輸得難看，不知那局葉子牌是丹陽勝了還是惠娘勝了？」

陳惠娘臉頰一紅，小心地說道：「丹陽公主蕙質蘭心，奴確實技不如丹陽公主，輸得心服口服。」

溫榮才吃進一口茶湯，聽到有人稱讚丹陽蕙質蘭心，差點笑嗆了。執錦帕摁了摁嘴角，與琳娘相視一笑。那日溫榮是在一旁親眼看她二人玩葉子牌的，惠娘故意下錯了許多次，好不容易才輸的，完了丹陽還埋怨惠娘牌技太差。

琳娘執帕子將沾在指甲上的淺灰擦去，不以為意地說道：「丹陽是輸慣了的，一會兒妳再與她玩一局，放寬了心贏她，我與榮娘都在，還擔心她將妳吃了不成？」

「是了是了，有三王妃替妳撐腰，一會兒定要贏丹陽公主！」茹娘起了性子，也在旁嚷嚷，恨不能自己上場同誰對弈一局。

「我人還在門外，就聽見花廳裡一個個都在擠兌我，究竟是誰想贏本公主呢？」丹陽公主快走兩步上前打起簾子，瑤娘扶著嬋娘緩緩走進花廳。

茹娘嚇得噤聲不敢言，瑤娘與嬋娘皆有聽見花廳裡的對話，只掩嘴笑個不停。

嬋娘已經九個多月身孕了，寬寬的襦裙被小腹高高頂起，行走頗為不便。溫榮連忙起身牽著嬋娘，讓嬋娘與琳娘一道靠在矮榻上。

琳娘看到嬋娘高聳的小腹，眼裡閃過一絲驚奇，再過幾個月她也是如此，那時孩子就快出生了。如此想著，琳娘心裡泛起陣陣暖意，特意挪了挪，與嬋娘坐得近一些，認真地與嬋娘攀談起來。

溫榮介紹丹陽與陳家二位娘子認識，丹陽眯著眼打量她二人，此番作態惹得月娘和歆娘越發侷促不安。溫榮不滿地碰了碰丹陽，丹陽噗哧一笑，鬆口邀請陳家娘子去林府尋她與瑤娘玩。而後丹陽拉著溫榮起身，將花廳四周走了一遍，讚揚五皇子與榮娘品味不凡，花廳佈置不似一般權勢人家那般滿屋富貴，只零星擺了幾幅字畫和古玩，正位懸掛的潑墨山水畫雖非名家所作，卻極具意趣。

丹陽終於肯安分坐下，道：「算來榮娘全禮有四個月了，可我們卻是第一次來紀王府，約莫是府裡有寶貝，榮娘不肯叫我們瞧見吧？」

「有寶貝也是五皇子，榮娘將五皇子看得可是緊呢！我聽奕郎說，五皇子現在都不肯出公差了，下衙了就匆匆趕回府。遇見宮裡擺宴，榮娘在宮裡還好，若是不在，五皇子是心不在焉，恨不能早早結束的！」也不知琳娘哪裡聽到的風言風語，在這裡打趣起溫榮。

「胡言亂語，也不擔心害口瘡！」溫榮故意板著臉，嗔怪琳娘。

「好狠心的小娘子，也不知五皇子是否知曉？」琳娘掩嘴笑。

溫榮正羞臊，忽然瞥見月娘的臉色猛地陰沈下去，心裡一緊，趕忙將話岔開了去。還好琳娘和丹陽等人皆不知曉此事。

溫榮見時辰不早，吩咐婢子擺宴。宴席上眾人邊吃席面邊行酒令，亦十分熱鬧有趣。

席面後，溫榮本打算留大家在花廳裡歇息，不想丹陽一早入二進院子時就瞧上了花廳附近的一片陰涼地。原來聽楓軒旁的庭院是夏日裡的陰涼寶地，庭院地處迎風面，四周栽了許多銀槐，盛夏銀槐枝葉正密，風搖葉動落在空地上是層層疊疊的葉影。溫榮又在庭院裡引水繞槐，曲水瀠洄裡獨有一份幽靜，庭外還簡搭了兩處小竹亭，風景別緻宜人。

丹陽與溫榮說道：「榮娘，我先才就和瑤娘、茹娘商量好了，要在那處庭院裡鞭陀螺和踢花毬，就不知道妳府上是否有這些？」

琳娘道：「榮娘又不玩那些玩意兒，怕是沒有的，妳不如安安分分地在花廳與月娘、歆娘她們下幾局棋。」

丹陽斜睨了琳娘一眼。「別以為我不知曉，妳們早說好了要勝我取樂，我可不會讓妳得逞。若不是妳現在懷有身孕，我非得與妳鞭上一輪陀螺，看妳還敢不敢笑話我！」

茹娘幾人樂得在一旁瞧三王妃與丹陽公主鬥嘴，溫榮則起身吩咐了碧荷幾句。

溫榮回到席前與丹陽笑道：「有一盒繪八吉祥圖紋的陀螺，帶了八根繫銀鈴的長鞭，想來夠妳們玩了，還有花毬、花毽，我吩咐碧荷全取過來，妳稍安勿躁，在這兒等會兒。」

「還是榮娘考慮周全，我第一次去臨江王府時，琳娘可一件都拿不出來！」丹陽剜了琳娘一眼，末了還不忘往琳娘身上扯一句。

丹陽又詢問有誰要與她一道去庭院玩的，幾是一呼百應，瑤娘、茹娘、惠娘三人本就是在盛京裡玩慣的，而月娘與歆娘又好奇盛京貴家女娘的遊戲。最後獨留下溫榮、琳娘、嬋娘在花廳歇息說話。

溫榮見丹陽興致高昂，擔心地與琳娘對望，這會兒丹陽越是心情好，一會兒知曉林家大郎欲遠赴邊疆時，怕是會越失落。

庭院就在花廳外，溫榮走到花廳門前就能瞧見，溫榮交代丹陽幫她照顧好各家娘子後，也就隨她們去了。

碧荷去取陀螺和花毬的同時，還帶了一副圍棋過來，再尋常不過的玉質棋子，嬋娘瞧了卻眼睛微亮。

嬋娘自三彩棋甕中拈出一顆黑子，放在手心裡把玩。她從小就喜歡將棋子握在手心，靜靜地體會那涼而不寒的觸感。如願嫁與杜郎後，杜郎確實越來越疼惜她，偶爾也會陪她弈棋，可惜杜郎棋藝遠不如榮娘，現在她懷孕了，杜郎擔心她耗神過多，每日裡皆要求她多歇息，不肯她碰圍棋。這會兒在溫榮的府上看見棋盤棋子，嬋娘還真真是技癢了。

琳娘在旁誇讚道：「聽聞嬋娘的棋藝也不亞於棋侍詔，想來榮娘與嬋娘的對弈定然十分精彩。」

溫榮搖搖頭笑道：「下著玩罷了，誰讓我們三人皆是喜靜的性子。」

花廳裡，三人說話時，隱約能聽見庭院裡丹陽等人的吆喝和驚叫聲，琳娘抿嘴笑道：「丹陽果真是個瘋丫頭。」

溫榮和嬋娘擺起棋盤，嬋娘不便躬身，琳娘提出替嬋娘落子，嬋娘只需在旁指點便可。

三人邊下棋邊說話，嬋娘忽然抬眼看向溫榮問道：「榮娘可還記得乾德十三年趙府辦的瓊臺宴？當時趙二郎邀請我們往趙府瓊臺赴宴和賞畫。」

溫榮頷首道：「自然記得，不愧是尚書左僕射趙府，蒐集了不少罕見名畫，瓊臺裡掛著的『遊行圖』和『二十八星宿神行圖』，是晉朝最出名的畫作，確實名不虛傳，只不知趙府是如何得到的？」

嬋娘笑道：「我只懂棋不懂畫，在我眼裡，五王妃的畫作比之那些名家有過之而無不及，我個人也更喜歡五王妃的丹青。」

溫榮不好意思地說道：「嬋娘這麼說是要羞煞我了。琳娘可是懂畫的，她一眼就能瞧出好劣，與名家相比，我不論落筆或者氣勢，都差遠了。」

琳娘聽見溫榮提及「二十八星宿神行圖」，也來了興趣。「『神行圖』確實極其珍貴，不管誰家得到都將視作傳家的藏品，不到迫不得已，是絕不肯拿出來的。」說著，琳娘忽然皺起眉頭。「可我原先在謝府時曾聽說，那『神行圖』為袁家所有，傳了好幾代，怎會落在趙府手上？」

溫榮一頭霧水，從杭州郡回來後，她從未聽說盛京裡哪個貴家是姓袁的，遂詫異道：「袁家也是書香門第？嬋娘可知曉袁家為何將傳家的名畫給了趙府？」

嬋娘壓低了聲音。「實際情形我也不知曉，涉及宮中貴人，我也只偶爾聽大哥和杜郎提起，三王妃與五王妃是自己人，我也無甚好隱瞞的。」

溫榮吩咐綠佩與碧荷在花廳外守著，才繼續問道：「這裡面有何玄機？宮中貴人？難不成與二皇子有關？」

趙府與二皇子交好，溫榮一下就想到了二皇子。

嬋娘頷首道：「早年袁府確實是京裡頗具盛名的書香門第，可六年前卻牽扯到一宗貪墨案，案子還涉及兩條人命……」

朝廷官員貪墨再牽扯到人命，那就是大案子。溫榮將手裡白子放回棋甕，直起身子，圍棋下半盤先放著，她與琳娘都在認真地聽嬋娘說話。

嬋娘繼續說道：「……當時案子很快斷完了，說是袁家大郎殺的人，故被定了死罪。袁學士不但貪墨而且包庇、縱容其子，也是罪加一等。袁家大郎本是秋後處斬的，可不知為何，大理寺忽然改了判，判書下了後，袁學士被革職，袁府被抄，一府上下數百家眷皆被貶為賤籍，悉數發配流放，男丁世代不能科舉，更不許在朝為官。」

溫榮端起茶湯輕輕吹散熱氣。六年前她還在杭州郡，怪道不知曉袁府。因為貪墨被定罪，如此遭遇，與陳知府頗為相像。

琳娘聽著，眉心緊鎖，驚訝地說道：「竟然判得如此重？還以為袁家好歹能保存良籍，再和陳知府一樣被流放便是。那袁家大郎真的是凶徒嗎？」

嬋娘神色凝重地搖搖頭。「袁家大郎究竟是否凶徒我不知曉，但我早前時常有聽大哥提起袁家大郎，大哥言袁大郎品性高潔，有大抱負，頗具風骨，與大哥、杜郎的交情極深，當時他們三人常聚在一起談詩、論畫、品酒。袁大郎被定罪後，大哥還曾求過祖父，希望祖父出面為袁大郎喊冤，督促聖主徹查此案。」

琳娘好奇地問道：「那林中書令是否有幫忙？袁大郎由死判改為流放，算是由重轉輕，是林中書令從聖主那兒求來的嗎？」

溫榮神情微肅，林中書令肯定不會幫忙的。她剛到盛京不久，就知曉林中書令在朝臣眼裡是出了名的老狐狸。

林中書令雖然一早就看好了三皇子和五皇子，卻也只是放任林家大郎與二位皇子交好，偶爾暗中指點，從不在明面上親近。

嬋娘果然搖了搖頭。「祖父不肯幫忙，反而叮囑大哥不許多管閒事，以免惹禍上身，牽連到我們林家。」

琳娘輕嘆一聲。「我聽聞袁府家風極嚴，說不得就是被陷害的。」

不論袁家是否是被陷害，溫榮都能理解林中書令當時的決定。畢竟兩年前阿爺也因朋友義氣，要替陳知府出頭，卻被她和祖母百般勸阻，她和祖母也是擔心沾惹到禍事。

溫榮略沈思後猜測道：「難不成是趙府幫的忙？袁家將『二十八星宿神行圖』交給了趙府，然後換袁大郎一命嗎？」

嬋娘抿了抿嘴。「袁家多半就是被二皇子等人誣陷，不得已用傳家名畫去保唯一嫡子的性命。」

琳娘神色微凜，略帶譏誚地說道：「如此趙府也太過張揚了，名畫得來的路數不正，竟然還敢高懸瓊臺，任由賓客觀賞評論，他們怎不擔心惹禍上身？」

謝琳娘也一直看不慣趙府的做派，早前宮裡曾想將她許配給二皇子，為此她沒少唏噓哀嘆，無奈身不由己。好在命數有變，如今雖未十分順心，卻也勉強如意。

提起趙府，嬋娘亦頗為不屑。「尚書左僕射位高權重，其嫡長子又尚了宣陽公主，氣焰自然盛極，真要去數趙府這些年來張揚和講排場的事，我們三人一整天也說不完。」

溫榮聽見嬋娘提起宣陽公主，好奇道：「今年宮裡擺了好幾場宮宴，照理居於盛京的皇子和公主都該參加的，為何我一次都未見到宣陽公主？」

琳娘舉起手指輕抵嘴唇，示意溫榮小聲一些，此事不能外傳。

看到溫榮認真地點點頭，琳娘才小心說道：「宣陽公主的品性與德陽公主相仿，宣陽公主雖非長孫皇后所出，但也頗得睿宗帝寵愛。聽聞宣陽公主嫁進趙家前，就在公主府裡養了數十面首和清倌，無清譽可言。在和趙家大郎全禮後，非但不知收斂，反而變本加厲，不守婦道，平日從不事舅姑，尊卑顛倒，甚至有要求趙尚書與趙夫人向她行拜禮。」

溫榮聽了極其驚訝。「這趙家如何能忍？」怪道民間都言「娶婦得公主，無事取官府」，皇家的公主論起品性，丹陽公主可謂楷模。

「可不是？」嬋娘接著琳娘的話。「不過兩年前宣陽公主害了病，無法出府走動，就不知是真生病了，還是讓趙家人害的。」

溫榮不解。「既然宣陽公主頗得寵愛，為何其生病了，聖主與太后都不管？難不成任由外人殘害其子嗣？」

琳娘嘆了一聲。「不論皇家抑或尋常人家，嫁出去的女兒就算不得自家人了。更何況趙家向皇家透露的消息，是宣陽公主害了花柳病。皇家要面子，怎可能去多管？只能任由宣陽公主被趙府擺布了。」

溫榮靠著矮榻，心下略感戚戚然。宣陽公主在聖主的寵愛下跋扈放肆了二十年，可最後落到趙家人手裡，不但身敗名裂，被皇家所棄，更可能會丟了性命。宣陽公主德行確實有失，可為此付出的代價也太大了。

溫榮眼底的情緒漸漸斂去，認真道：「好歹宣陽公主是聖主之女，是皇家血脈，趙府既然尚了公主，就是得了一座皇親靠山，將宣陽公主供著、哄著便是。可現在他們膽大妄為，甚至用公主的名聲壓制皇家，在聖主眼裡實是大不敬，趙府的運數估摸也到頭了。」

琳娘和嬋娘心神一震，連連點頭認同溫榮。她二人從未想到過這一節，可正如榮娘說的，聖主怎麼可能容忍？除非聖主立二皇子做太子，而且二皇子還必須在這一、兩年內登基，否則趙府傾覆就只是時間問題而已了。

「我們將話扯遠了。」嬋娘見溫榮和琳娘都沈悶起來，趕忙說道：「趙府名畫來歷的真正原因其實我也不知曉，大家都是猜測罷了。杜郎雖一直記掛此事，可無奈人微言輕。朝政的事情我們內宅女娘也不能干涉，就是時不時地聽些閒言碎語而已，我們還是弈棋吧。」

溫榮也打起精神笑道：「是了，該是郎君考慮的事，我們在這兒勞神多不值當？棋也沒有下半盤就送客的道理，我們將這局棋下完，然後到庭院裡走走散散涼，順便看看丹陽她們究竟鬧成什麼樣？」

琳娘和嬋娘也笑了起來，各自說些府裡的閒事，待溫榮的最後一枚白子落下，棋局終了，溫榮小贏嬋娘半目。

嬋娘嘆道：「從與榮娘相識起，榮娘就一直讓我，待我生下孩子，定會好生研究棋譜，到那時再與榮娘連下三局，定叫榮娘使出渾身解數也不一定能勝我。」

溫榮掩嘴笑道：「我翹首期盼著那一天。」

收起棋盤，溫榮吩咐婢子去取六只窄口青瓷瓶，每只瓶子都盛滿五香飲，並裝進食盒，鎮在冰裡，這些是要送去庭院給丹陽、茹娘她們解渴的。

溫榮、琳娘、嬋娘三人出了花廳，沿青石小路緩緩走了一會兒，便尋了處竹亭坐下，閒地看丹陽等人鞭陀螺。這輪正巧是丹陽和月娘比試，只見她二人將鞭子揮舞得呼呼作響，灰黃塵埃在陀螺四周散揚，茹娘、惠娘等人則在旁拊掌助興。

溫榮好笑道：「妳們說說看，這些小娘子平日裡也是十指不沾陽春水的，照理氣力極小，可這會兒揮起鞭子來，氣勢竟然這般恢弘。」

琳娘頷首道：「可不是？妳瞧她們的表情，嚴肅認真的模樣與郎君進貢院考進士試幾無差別！」

溫榮與嬋娘聽言皆笑起來。

約莫是聽見竹亭裡有聲音，丹陽抬起頭看了一眼，一走神，手裡的鞭子就揮慢了。丹陽氣得跺了跺腳，今日竟然輸給了第一次鞭陀螺的陳月娘！

溫榮站起身，親自將食盒給丹陽公主等人送去。「出了一身汗，一會兒千萬小心別受風，否則又要生病。」

「呸呸，烏鴉嘴！」丹陽一邊接過溫榮遞過來的五香飲，一邊抬手連連替自己搧風。

「妳們在竹亭裡笑什麼呢？害得我輸了！」

溫榮看向月娘道：「技不如人還怪到我們頭上，不過月娘可真是厲害，往後怕是會被丹陽纏上。對了，我在花廳備了茶點、果漿，若是不嫌熱，我還能親自煮茶湯給妳們吃。」

丹陽連連擺手。「茶湯就不必了，我嗓子眼熱得快冒煙了！不過妳今日做的果漿味道十分好，一會兒捨我一甕帶回府與阿家嚐嚐。」

「早替妳備好了，妳哪一次不是連吃帶拿的？」溫榮打趣了丹陽一句，領著月娘等人回花廳，又命婢子打來清水給各位娘子拭面擦汗。

幾位娘子在花廳裡歇息了一會兒，就到申時了。

溫榮吩咐馬車送各位娘子回府，陳家和溫家的馬車最先備好，溫榮送陳家娘子和茹娘到月洞門。

告別時，陳月娘回頭怔怔地看著通往西院的長廊，長廊上懸掛著宮燈，宮燈隨風左右搖晃，一色杏黃穗子四散開來，凌亂間不經意地糾纏上風中落葉。

長廊外的粗使婢子瞧見了，趕忙起身捉住擺動不停的宮燈，摘下落葉隨手棄之，再捋捋燈穗子，又靠在長廊的紅漆百福紋柱小憩。

陳月娘的目光一下子黯淡下來。自從阿爺被革職查辦後，她的人生就猶如那片隨風飄零的殘葉，已然灰暗無光，而五皇子是她唯一落葉歸根的念想。

現在是隨阿爺回盛京了，可不想才短短兩年的時間就已物是人非。五皇子納了正妃，那五王妃不是旁人，正是被她視作閨中密友和恩人的溫四娘子。她一想起當年自己親手繡的那只流雲百福荷囊就羞愧難當，因為覺得自卑，面對溫榮時恨不能藏進地縫裡。

陳月娘迷迷糊糊地聽見溫榮在一旁熱情地邀請她們有空再過府玩，陳月娘緊緊抿著嘴唇，心頭情緒翻滾。時常過府看溫榮有甚意思？只會令她越發的羞愧和不甘。今日到紀王府，她本以為至少可以見五皇子一面，不想只是一場空。其實不論紀王府還是陳府，都有夜行令，可溫榮卻無一絲挽留她們用晚膳的意思，分明是不肯她看到五皇子。

溫榮見陳家娘子坐上了肩輿，又牽著茹娘問了問府裡的情況，知曉祖母、阿爺一切安好，而趙府、薛國公府都不敢過來找茹娘麻煩時，溫榮才放下心來。

溫榮看著茹娘長開五官後和她越發相像的精緻小臉，叮囑道：「妳與京中貴家娘子去打馬毬我不攔妳，可切記提高警惕，那趙府娘子墜馬就是前車之鑒。」

茹娘仰著頭，頗為倔強。「阿姊放心，我機靈著呢！都是那張三娘心術不正，而趙家娘子也不是個善茬，兩敗俱傷，害人終害己。」

溫榮見陳家娘子瞧過來，輕碰了下茹娘，笑道：「時候不早，快回去吧。過幾日我就回府看望你們，平日得空要多陪祖母與阿娘。」

茹娘頷首應下，坐上肩輿，與惠娘、歆娘一路說說笑笑地出府了。

第三十八章

溫榮回到花廳，丹陽、嬋娘、瑤娘三人還不急著離開，正閒閒地與琳娘說話。

謝琳娘看到溫榮回來了，努了努嘴，擔心地看著正沒心沒肺地吃糕點的丹陽。

溫榮還有幾分猶豫，不知由她二人來說此事是否太唐突了？且現在嬋娘和瑤娘都還在……如此想著，溫榮朝琳娘使了個眼色。

琳娘明白溫榮所慮，朝溫榮點了點頭，說道：「嬋娘和瑤娘是林大郎的嫡親妹妹，知曉了也無甚關係。」

聽到琳娘和溫榮要說甚與大哥有關的事情，嬋娘和瑤娘都抬起了頭，丹陽也將果碟推遠了些，認真地看著她們。

琳娘未有遮掩，直接將林家大郎報名校習場參選武將一事一五一十地告訴三人。

瑤娘張了張嘴，卻未發出一絲聲音。

嬋娘乾脆垂首不言。自從大哥尚公主，與溫榮議親受挫後，性情就大變了。其實開始時她和瑤娘對丹陽公主也有偏見，可沒多久就被丹陽公主的性情折服，亦被丹陽公主對大哥的包容和真心感動。她和瑤娘沒少在大哥跟前說丹陽公主的好話，可偏偏大哥不為所動，就算是顆頑石，也該被捂熱了。現在大哥要去邊疆，就不僅只是丹陽公主一人傷心了，不知爺娘是否也會抱怨丹陽公主？

嬋娘和瑤娘擔憂地看著丹陽，本以為丹陽會憤怒或者傷心，不想丹陽只是微微攥緊了拳頭。

半晌後，丹陽扯起嘴角，勉強笑道：「琛郎自小練武，聽說武藝不輸於三哥和五哥，既有這般本事就應該去參軍當武將，一直在翰林院或者御史臺做個小文官，我都替琛郎憋屈。驅韃虜、退突厥是好事，既解聖主心頭大患，又保聖朝邊城百姓的平安，能給百姓一個安定的生活。」說罷，丹陽頓了頓，又笑道：「雖是好事，可琛郎也有不對的地方，這麼大的事兒，怎麼著也該與我們說一聲，現在弄得好似我們要拖他後腿，待他回府了，可不能輕饒！」

瑤娘和嬋娘尷尬地笑了幾聲，連連應和。

聽了丹陽說的話，溫榮頗為羞愧，她雖然知曉驅韃虜於國於民都是好事，可她卻自私地想留下晟郎和軒郎，不願他們上戰場，受到傷害。

丹陽看著溫榮問道：「此事是三哥和五哥說的吧？對了，榮娘，前月聽聞聖主也要求五哥上校習場，聖主是否收回成命了？」

琳娘不好意思地低下頭，深究起來，這些事兒的起因都是她。

嬋娘驚詫地問道：「難不成五皇子也要去邊疆？」

溫榮搖搖頭。「現在還不知曉，晟郎本就是武官，去邊疆歷練是遲早的事，只是現在時機還不成熟。其實聖主這一次廣選武將，我們相熟的人裡不止五駙馬一人報名參選，就是我哥哥軒郎，也不聲不響地瞞著我們報名了，到現在祖母和阿爺都不知曉。」

瑤娘很是不喜，憤憤地說道：「也不知他們一個個都是如何想的，放著盛京裡好好的日子不過，偏偏要去邊疆風吹日曬，讓家人替他們擔驚受怕！」

「好了，時辰不早，我們也該回去了，還要先送嬋娘回宣平坊，再過一個時辰坊市就要閉門，那時就太遲了。」丹陽站起身，面上神情恢復如初，似乎對林子琛參選的事情毫不在意，也不願意再多談此事。

琳娘微顰眉，提醒道：「丹陽，倘若林府不願意，聖主那兒還是可以商議的，總不能都由著他們的性子行事。」

丹陽看了眼琳娘，轉向溫榮認真地說道：「榮娘，難得有機會，妳會阻止軒郎參選武將嗎？或者有一日邊城有難，妳會攔著五哥赴邊疆嗎？」

溫榮一時怔忡，搖了搖頭。「我一早就同意軒郎從武了，阿爺那兒，晟郎會幫忙說服。如果某日國家有難，所有人都責無旁貸，五皇子必不會袖手旁觀。」

「溫榮都如此深明大義，我又怎能自私？」丹陽輕鬆地笑道：「真照琳娘說的做了，我可是會在聖主、太后面前抬不起頭的。琛郎選上從五品騎都尉是好事，我替他開心還來不及。」

花廳裡一片靜謐，好在林中書令府和臨江王府的馬車很快備好了，溫榮也坐上肩輿，一直將丹陽等人送出府，道別後丹陽帶著林府娘子乘馬車先行離開。

臨江王府和紀王府在同一個坊市，琳娘不用擔心遲了坊市會閉門，遂又同溫榮說了一會兒話，直到遠遠瞧見一匹皎雪驄往王府疾行而來才笑道：「五皇子又趕趟似地回府了，那我就不打擾你們了。」說罷，謝琳娘緩緩登上臨江王府的馬車，撩起簾子朝溫榮揮了揮手，這才離開。

溫榮和琳娘告別後未回府，而是靜靜地站在府門前等李晟。

視線裡，李晟騎著白馬越來越近，溫榮的眉眼亦笑意漸濃，隨意地朝李晟揮了揮手。

夕陽裡傳來幾聲燕雀啼鳴，只見幾對燕雀撲稜著翅膀，而後收攏一對如剪翅尾，堪堪地停在漆紅泥鋪青瓦的土牆沿上，歪著脖，突著圓溜溜的小眼瞅牆下的人兒。

李晟翻身下馬，將轡繩丟給小廝。

溫榮一眼就瞧見李晟今日新換的精白袍衫上沾了許多黃塵，她走上前，踮起腳尖，心疼地拭去李晟額角的汗珠。

李晟牽著溫榮的手，一道往府內走去，順便詢問了今日各家娘子過府的情況。

當李晟知曉謝琳娘將林子琛參選的事情告訴丹陽公主時，沈默了片刻，轉頭正好對上溫榮安然的目光。

溫榮笑道：「丹陽說是好事，其實丹陽比我們想像的要心寬。對了，今日晟郎去了哪兒？袍衫上怎都是灰？」

李晟是中郎將，除了偶爾巡城，大部分時間是在軍營或公衙裡坐著，而那袍襬上的塵土似是因為跋涉了山路。

李晟目光閃爍，聲音微緩。「今日我去了城郊終南山的臺南峰。」

臺南峰與玉山狩獵場相臨，李晟快馬勉強一日來回。溫榮並未詳問，只解意地說道：「是衙裡的公事嗎？怎會去那麼遠的地方？如此晟郎是辛苦了。我榨了些果漿，琳娘與丹陽皆誇味美，臨走時丹陽還帶走了一甕，一會兒晟郎也嚐嚐。」

李晟微微啟唇，欲言又止。他去終南山臺南峰並非是為了公事，他是去見一個人。李晟怔怔地看著溫榮恬淡平和的面容，忽然一陣心慌，雙手不經意間微微收緊。

溫榮的手被捏得有些疼，抬眼驚訝地問李晟。「怎麼了？」

李晟連忙搖頭，手一鬆，再長舒一口氣，命自己平靜下來。那人雖然猜透了他心裡所想，可說不得只是湊巧。而且那人說的關於榮娘的言論實在是荒誕不經，根本不值得相信，指不定就是胡言亂語，以求不殺，留其性命。

現在這樣就很好。

李晟閉眼，輕嗅微風裡的淡淡花香，感覺到滿足。他曾想要給溫榮更多，可現在他害怕反而因此會失去溫榮，失去現在平靜的生活。李晟猛地睜開眼，或許他真應該將那人殺了，如此榮娘就不會再憶起任何不愉快的前塵往事。

回到廂房，溫榮想起嬋娘與她說起的、關於袁家被定罪流放一事，轉身詢問李晟是否也知曉此事。

李晟點了點頭。「琛郎與我、三哥提過，當時我們確實想暗暗查明此事，可又不想打草驚蛇，只一味地避免引起太子和二皇子懷疑，畏首畏尾的，故毫無進展，直到前幾日才有了眉目。」

溫榮抬起眉眼，約莫李奕和晟郎打算借此事激二皇子，只不知勝算大不大？這招要麼一擊必中，要麼就只能再尋他法了，遂問道：「那袁家大郎是被冤枉的嗎？大理寺定的罪名頗重，若不能沈冤昭雪，袁家怕是再無翻身的機會了。」

李晟道：「榮娘可知道貪墨案裡死的兩人是何身分？」

溫榮認真地說道：「嬋娘與我們說死者是尋常商賈，商賈曾重金行賄求袁學士辦事，可後來事未辦妥，袁學士又不肯退還錢禮，商賈氣急之下揚言要告發，而且商賈不知從何處得來袁學士放利的帳簿做證據，正因為如此，袁家大郎僱凶殺人滅口，想銷毀證據。」

李晟搖搖頭。「盛京袁氏是書香世家，歷代清廉，只好收藏名畫，根本無閒錢放利，何來放利帳簿被商賈拿到做證據威脅？那兩名商賈是做東瀛和新羅國生意的，私下倒買賣三國之間的糧食和兵甲。」

溫榮聽了大驚，新羅國也罷了，畢竟新羅國是聖朝的進貢國，當初聖朝建朝十年，曾幫助新羅國大敗高句麗和百濟，甚至俘虜了百濟的國王，從此新羅國對聖朝俯首稱臣。兩國本就有貿易往來，那商賈私下貿易只有避稅之罪，可東瀛國……溫榮忍不住皺起眉頭。

她曾聽阿爺說過，十幾年前東瀛國還有向聖朝朝貢，並且每隔兩、三年就會派遣使者和留學生過來學習並交流文化，當時阿爺的同窗裡就有東瀛過來的留學生，但是聖朝不允許東瀛人在朝為官，故留學生無機會參加進士試，學成後也就歸國了。

就在幾年前，聖朝和東瀛的關係忽然交惡，高句麗轉而同東瀛走得極近，高句麗的國主甚至將太子送到東瀛國做人質，也就是從那時候起，東瀛國開始儲設軍糧、修繕兵甲並建造船舶，分明是在隨時準備渡海作戰，只是現在還未成氣候，尚無動靜，但是聖主和兵部從未放鬆過警惕。那商賈膽敢同東瀛國買賣糧食和兵甲，如此行為可視為通敵叛國。

溫榮問道：「聖主知曉嗎？如此袁家大郎殺那兩名商賈是情有可原的，照理可減罪，甚至改判無罪。」

李晟無奈地笑道：「此事是被徹底地顛倒黑白了，袁家大郎根本沒有殺商賈，袁家僅僅是發現了商賈同東瀛做買賣，再通過此線索，查出了商賈背後的人罷了。」

溫榮錯愕道：「難不成是尚書左僕射趙府？」

李晟仍舊搖搖頭，眼睛卻漸漸清亮起來。「不只尚書左僕射府。」

溫榮倒吸了一口冷氣，如果尚書左僕射後面還有人，那就只能是二皇子了。二皇子繼承了皇家血脈，竟然也能幹出通敵賣國的事情！

李晟端起果漿吃了一口，一股甘甜和清涼直直地沁入心底，奔波一日的疲累登時散盡了。李晟一絲一毫也不打算隱瞞溫榮，道：「買賣糧食和兵甲與東瀛，可以獲得巨大的利益，二皇子籌謀多年，單憑他皇子身分得的俸祿錢帛根本不足以支撐，反倒是買賣糧甲的風險雖然極大，可相應的也最隱蔽且難查實，所以二皇子為了錢利鋌而走險。」

溫榮眼裡閃過一絲痛色，二皇子這般自私狹隘的品性和鼠目寸光的行為，是絕對不配當太子，也絕不可能成為明君的，倘若真讓他繼承了皇位，聖朝危矣。

溫榮憤憤地說道：「二皇子好生陰毒狡詐，他見事情敗露，便自己派人殺了兩名商賈，再嫁禍給袁家大郎，如此非但令袁家斷了線索，無法再查他們買賣糧甲之事，更除掉了異己，真真是一箭雙雕！」說著，溫榮還擔心袁府一家的安危，趕忙問道：「袁家未被徹底除掉，二皇子怎能甘心？袁氏被流放後一切安好？」

李晟朝溫榮安心地笑了笑。「既然我和三哥都驚悉了此事，怎可能對袁氏放任不管？袁氏一族是聖朝的忠臣直臣，三哥與我都希望他們沈冤得雪，重歸朝堂。」

溫榮這才鬆一口氣。「晟郎和三皇子現在拿到確鑿證據了嗎？」

李晟笑著點點頭。「榮娘可記得為夫前幾日去找了杜學士？那日三哥擺宴為陳知府接風，可我連臨江王府的晚宴也顧不上吃。」

溫榮忍不住輕笑一聲。「怎不記得？晟郎回府後將廚裡剩下的飯食全吃了，將我嚇了一跳。」

「那日我就是去拿證據的，袁家大郎將他知曉的所有事情寫成了書信，避開有二皇子眼線的所有驛站，費了許多功夫才送到杜學士手上。杜學士對此事很是上心，透過袁家大郎提供的線索，他得到了一封證據確鑿的買賣文書，雖然沒有二皇子的親筆簽章，但是與趙家有關，已經夠了。」

溫榮笑道：「那就好，希望三皇子和晟郎的計劃能一切順利。」

李晟見溫榮不再往下問，心頭湧起一股暖意。他們剛剛得到證據，後面的事情雖已有打算，可還未實施和發生，榮娘不問就是不想知道他們的計劃了。李晟覺得輕鬆，榮娘打心底不願意他為難。李晟張開手臂，將溫榮摟進懷裡，只覺得內心越來越平靜，曾經在他心底深處叫囂的仇恨轉變成了愧疚，他會因此難安，卻不再痛苦。

李晟輕聲說道：「榮娘放心，我會處理好一切事情的。」

溫榮靠在李晟溫暖的胸膛，聞著熟悉的味道，重重地點了點頭。

盛夏裡的日子過得慵懶卻也飛快，轉眼到了正七月。

溫榮昨日收到瑤娘送來的消息，言嫵娘順利生了個小郎君，溫榮為此是欣喜不已。若不是女娘生產的頭幾日外人不便去探望，溫榮就吩咐馬車第一時間趕過去了，無奈只能按捺住內心的喜悅，先準備一份體面的賀禮，命人送去杜府，過幾日她再鄭重地前去探望。

這日午時末刻，溫榮小憩後剛起來，無事準備去書房練練字，前院小廝送了封信過來，溫榮打開信匣，是陳家娘子寫給她的。

綠佩端了飲子進來，看到又是陳家娘子的信箋，略帶嘲諷地說道：「這陳家娘子還真是有空，回京不過短短二十幾日，她們就到紀王府四、五次了，比三王妃與丹陽公主過來得還要勤呢！王妃，陳家娘子送信，是不是又想來了？」

溫榮瞪了綠佩一眼，嗔怪道：「沒大沒小的！現在陳家娘子未出閣，平日又不喜歡和茹娘她們去打馬毬、玩花毬，自然閒得無事了。她們肯常來看我也是一番心意，以後不許再胡說。」

綠佩將飲子放在案几上，抱著烏木托盤。「也就王妃心腸好，婢子怎瞧不出陳家大娘子有看望和陪伴王妃的心意？」

碧荷也忍不住，在一旁說道：「王妃，奴婢也擔心陳家大娘子是醉翁之意不在酒，王妃是不是應該警惕一下陳家大娘子？」

綠佩和碧荷都覺得陳月娘的行為有異，她二人只要想起陳月娘過府的情形就覺得不悅。除了三王妃和丹陽公主也在的那日，後面幾次陳家娘子都是過了申時，王妃要準備晚膳了還不肯走。分明和王妃也無甚可聊了，初始還會互相談些嶺南的有趣事兒，可說多了就膩了。如此倒還罷，偏偏五皇子回府後，陳月娘的眼睛就像黏在五皇子身上似的！而且數年前的荷囊一事，她們作為溫榮的貼身侍婢，也知曉一二，碧荷和綠佩是真真擔心王妃引狼入室啊！

「好了，妳們這二人一唱一和的瞎擔心什麼？」溫榮看完信，摺起後放回信匣。「陳家娘子是向我詢問過幾日宮裡舉辦櫻桃宴一事。陳家娘子初至盛京，認識與交好的女娘不多，那日想與我一處。」

綠佩一邊走出廂房，一邊小聲嘟囔。「櫻桃宴五皇子又不會在女眷席，她怕是要失望了！」

溫榮嘆了口氣，她怎可能看不出陳月娘的心思？她也不止一次詢問晟郎的意思，可每次都被晟郎嚴詞拒絕，並且開始躲避陳家娘子。前幾日晟郎回府，知曉陳家娘子還在，乾脆轉身先去了西苑，一直等到陳月娘離開才回廂房，且面色頗為不悅。對此溫榮真真是無奈，想不出什麼辦法，畢竟陳家月娘只言過府尋她玩，旁的心意想法甚的都沒有說，也從未主動提及晟郎。

溫榮回信答應了陳月娘，這事還是走一步看一步吧。關鍵是溫榮摸準了李晟的態度，就是聖主下旨賜婚，他也不肯答應的。思及此，溫榮低下頭，嘴角卻微微揚起。希望月娘能早些醒悟，莫要落得與溫菡娘、張三娘等人一般下場。拋去這些煩心事，她也該安心準備參加櫻桃宴了。

白櫻桃熟每先賞，紅芍藥開長有詩。盛京貴族喜櫻桃的風氣盛行，漫說現在是櫻桃正熟的盛夏時節，就是在春日，也有許多文人墨客、貴家郎君和娘子，三五結群地前往京郊林園賞櫻桃花，應著櫻桃景作詩對賦。

櫻桃花白，繁英似雪，就連溫榮也不能免俗，春天常吩咐婢子去採摘開滿小花的櫻桃枝回府裝瓶。

無奈櫻桃花再如何得人喜愛，終歸沒有牡丹、秋菊來得有名和受重視，故皇宮不會舉辦什麼宴會專賞櫻桃花，但七月櫻桃宴卻是年年不落的。今年宮裡還擴大了櫻桃宴的規模，往年只有請當年的新晉進士遊園賞賜新鮮果子，這次卻和秋狩一般，邀請了盛京裡所有貴族家的夫人、郎君和娘子。

皇宮的櫻桃宴定在七月十日，這日李晟一如既往的先去公衙辦完差事再赴宴，而溫榮起早梳妝後帶著綠佩和碧荷，徑直乘馬車前往京城南郊的霜溪櫻桃園。

櫻桃園的空坪上已經搭起了幾處帷帳，但嬪妃、公主、王妃的帷帳與尋常貴族的並不在一處。櫻桃園南面拾階而上數十步是一塊風景和視線正好的高地，宮裡的貴人們就在高地的涼亭和雲錦幛房裡賞景歇息。

三王妃謝琳娘事先挑了處毗鄰霜溪、繡金牡丹和蔓草紋的雲錦幛房，因為溫榮答應了陳家娘子在一處參宴，故有宮婢將陳家娘子也迎接了上來。巳時未到，雲錦幛房裡人到齊了，五米見方的地方熱熱鬧鬧地圍坐了六人。

琳娘打著團扇笑道：「聖主和太后就在東處的雙層涼亭裡，一會兒太后肯定要喚我們過去。我挑的這幛房與涼亭隔了數米，一路過去都是林蔭小道，極為清靜，是不是很好？」

溫榮笑著誇了琳娘幾句，而後轉頭問丹陽，為何瑤娘沒跟了一起來？

丹陽紅光滿面，一臉喜色。「嬋娘得了個白胖小子，阿家和瑤娘這幾日都往杜府跑，今日若不是太后親自命人傳話了，我也是不來的。這日日吃的櫻桃有何可賞？還不如去逗我可愛的甥兒！」

溫榮和琳娘連連稱是，詢問丹陽她們二人何時才能去看望嬋娘。

丹陽笑道：「估計得過了月子，到時候我帶了妳們去。嬋娘恢復得極好，昨日阿家還誇榮娘送的環嵌紅寶石平安鎖別緻，小郎君抓著就不肯鬆手，被阿家硬摳出來，還要哭鬧一番呢！」

丹陽說著，六人都笑了起來。

不一會兒，有內侍領著宮婢捧了櫻桃進來，細聲細氣地說道：「這是聖主賞丹陽公主、三王妃、五王妃、各位娘子的，吳櫻桃、水櫻桃、蠟珠各兩籠，靈山香荔三碟。」

說罷，就見宮婢將用琉璃碗盛著的各色櫻桃擺放在案席上，再和以杏酪。而荔枝已經剝殼，碼放在八寶祥雲三彩碟裡，一顆顆晶瑩剔透、水澤飽滿，隱隱可以看見厚實果肉下、如細珠般大小的果核。擺放妥當了，琳娘和溫榮皆吩咐打賞，內侍和宮婢道謝後，見主子們無事吩咐他們，遂躬身退下。

陳歆娘看著席上的那碗吳櫻桃，詫異道：「原先在洛陽府櫻桃也不是罕見物，可我還是第一次見到和鴿子蛋一樣大小的櫻桃，不愧是宮裡辦的櫻桃宴。」

丹陽用銀籤扦了一顆又黃又白的蠟珠，在杏酪裡轉了一圈，笑道：「吳櫻桃確實殷紅碩大，可滋味真真不如這不起眼的蠟珠。」

溫榮亦在一旁頷首道：「是了，櫻桃與人一樣不可貌相。歆娘嚐嚐看，是不是黃白的蠟珠要勝過赤紅誘人的吳櫻桃和水櫻桃？」

歆娘半信半疑地各扦了一顆嚐著，果然如丹陽和榮娘所言，最不起眼的蠟珠又脆又甜，而吳櫻桃和水櫻桃的汁水雖然更足，但還夾雜了幾絲酸澀，倘若不沾杏酪，歆娘都不想再嚐第二顆。

隨著幾位娘子說笑，案上的新鮮果子也少了大半，午時宮婢為各幃房端來了菜品佳餚，不遠處還奏起絲竹鼓樂助興。溫榮起了興致，笑道：「相思莫忘櫻桃會，一放狂歌一歡顏。用過席面後，我們也出去走走，不知那些女娘在外面鬧成什麼樣了？」

琳娘道：「對了，今日二王妃也帶了趙府大娘子、二娘子和薛國公府張三娘子在高地用席面，約莫是想幫她二府和解呢！」

溫榮一愣，她聽茹娘說，張三娘闖禍後被府裡徹底禁足，為了平息趙府的怒氣，薛國公府還放言將在府西處修家寺，令張三娘帶髮修行，每日誦經贖罪，替趙二娘子祈福。

還有那趙二娘，傷了臉面後漫說參加宴席，就連廂房都不肯走出一步，傳其每日沈了幔帳，躲在廂床裡哭鬧喊叫，已是脾性大失。

既如此，張三娘和趙二娘怎還會來參加今日的櫻桃宴，甚至還同處一處幃房，同食一桌席面？溫榮蹙眉搖了搖頭，實難理解。

丹陽眉眼一挑，冷笑一聲。「二王妃好大的面子，趙家二娘子可正是如花的年紀，生生被張三娘撞成了一張大花臉，二王妃竟然能將張三娘從薛國公府帶出來，還與趙家娘子在一處，她也不擔心鬧得雞飛狗跳？」

「算了，她們自己的事情，犯不著我們操心。」琳娘站起身，略微舒緩了肩背。自從懷孕後她就不禁久坐，否則腰痠背痛的，十分難忍。「我也同意榮娘的，沿著霜溪走一遭，還可順便賞鼓樂。」

聽言，丹陽、溫榮和陳家娘子俱頷首認同，隨琳娘走出幛房，不想未走幾步就看見一名常衣婢子滿臉焦急，匆匆忙忙地朝她們跑過來。

溫榮仔細一看，是她妹妹茹娘的貼身侍婢文茜，心裡不禁一沈。約莫出什麼事了，否則素來穩妥的文茜不會這般驚慌失措。

文茜奔到溫榮面前，不待喘過氣，也忘了行禮，就急急地說道：「五王妃，不好了，妳快去救救娘子！娘子被二王妃等人的婢子帶走了，奴婢本以為她們只是問幾句話，不想鬧了起來，現在都吵到太后那兒去了！」

溫榮大驚，趙二娘雖然是被張三娘撞下馬的，但和茹娘也脫不開干係，她們兩府肯定都恨著茹娘，茹娘這般被她們帶走，多半沒有好事，現在又鬧到太后那兒，此事就難解了。

溫榮蹙眉道：「文茜，妳先別焦急，我現在就過去看看。」說罷，溫榮轉身與丹陽、琳娘說道：「不好意思，我要先去涼亭看看我妹妹，一會兒沒事了我再帶了茹娘去霜溪尋妳們。」

琳娘搖了搖頭。「我和丹陽陪妳過去。現在還不知道事情被二王妃等人顛倒黑白成了什麼樣，好歹我和丹陽可以在太后跟前說上話，說不定能幫到忙。」說罷，琳娘又和陳家娘子說道：「這事兒不能牽連到妳們，妳們先去櫻桃園裡散散心，累了就回幃房歇息。」

陳月娘眸光微閃，今日櫻桃宴不太平，說不定她能……

陳月娘帶著歆娘和惠娘頷首應下，開口說道：「我們三人人微言輕，跟去了非但幫不到忙，反而是累贅。妳們快過去吧，不用擔心我們。」說罷，又安慰了溫榮幾句，三人就先離開了。

溫榮、琳娘、丹陽三人匆匆趕到涼亭，聽文茜說後，知曉涼亭裡只有太后一人，聖主用過席面就由王貴妃陪著去櫻桃園的銜櫻閣歇息了。

三人到達涼亭，內侍通傳後將三人迎了進去。

太后靠在矮榻上，乜眼看著跪在地上的茹娘和張三娘子，並不搭理在旁席上哭哭啼啼、遮著一層面紗的趙二娘。

溫榮也不知現在究竟是何情形，蹲身同太后見了禮，溫溫地說道：「兒見過太后，拙妹溫茹娘年幼不懂事，攪擾到太后清靜，榮娘十分慚愧。」

太后抬眼看著溫榮等人，面上隱隱露出慈色，可聲音仍舊冷冽。「榮娘，妳與茹娘是嫡親姊妹，茹娘怎未學得妳一分半點的嫻靜呢？」

「這……」溫榮餘光看見二王妃韓秋嬏正在低聲與趙二娘說什麼，看似在安慰，實則是煽風點火，唯恐天下不亂。

趙二娘的啜泣聲越來越響，太后的眉頭也越皺越緊。

「祖母，這事與茹娘——」

「好了，丹陽妳和琳娘去旁席上坐著休息，我現在和榮娘講話，妳插什麼嘴？這事與妳無關。」太后不悅地看了丹陽一眼。

丹陽悄悄碰了碰溫榮的手，無可奈何地與琳娘退至一旁。

溫榮知曉二王妃、張三娘等人是惡人先告狀了，可現在辯駁只會惹得太后更不高興。

溫榮滿面愧疚地低下頭。「太后所言極是，由於茹娘在府裡是老么，平日被寵壞了，故沒心沒眼兒的，只知道玩樂。不知今日茹娘又犯了何事，惹得太后不悅？」

太后掃了二王妃一眼，淡淡地說道：「秋娘，妳來說。」

韓秋嬏躬身答應，看向溫榮時嘴角抽動了一下，轉瞬面上就現出鬱憤之色，指著趙二娘戚戚然地說道：「也是我這好友命苦，還請太后為趙二娘作主了……」

聽到韓秋嬏的陳述，茹娘猛地抬起頭就要辯駁，肩膀卻被溫榮硬摁了下去，茹娘發現阿姊攥著帕子的手也在微微顫抖。

待韓秋嬏把話都說完了，溫榮才將摁著茹娘肩膀的手鬆開，先蹲身請示了太后，太后頷首同意了，溫榮才悠悠轉身看向韓秋嬏。只見韓秋嬏正在裝模作樣地唏噓嘆氣，時不時瞥趙二娘兩眼，還不忘執錦帕擦拭好不容易才擠出來的一滴眼淚，溫榮的目光陡然冷了幾分。

韓秋嬏察覺到不善，不甘示弱地瞪回去，不想卻被溫榮的氣勢嚇到，忍不住打了個激靈。韓秋嬏低下頭，心裡犯起嘀咕。這溫榮平素都是避她鋒芒的，此刻不是應該懼怕她、向她討饒嗎，怎如此放肆起來？韓秋嬏穩穩心神，認為溫榮充其量就是紙糊的老虎，裝腔作勢罷了。她這次非得廢了溫茹娘，讓溫榮也嘗嘗痛苦的滋味！如此想著，韓秋嬏的腰桿又挺了幾分，可仍舊不敢對上溫榮的目光。

韓秋嬏端正踞坐，而溫榮未得太后允許看座，只能端端地站著，這般面對韓秋嬏自有一番居高臨下的氣魄。溫榮緊攥的拳頭早已鬆開，三指輕拈錦帕，眉眼間是泰然從容的氣質，似乎對韓秋嬏先才所言不屑一顧。

太后懶懶地靠在矮榻上，談吐裡貌似已經偏聽偏信了韓秋嬏等人的陳述，可實際心裡卻極讚賞溫榮的姿態。她和婉娘都未看錯溫榮，就算馬毬場一事真是溫茹娘惹的，溫榮也定能將它實實地解決了。這些娘子間的爭執，她作為太后怎可能不知曉？尤其是張三娘，去年聖主賜婚晟郎和溫榮後，張三娘就不肯死心，時不時地跑到宮裡尋她和王貴妃獻殷勤。她對張三娘是煩不勝煩，同時也更瞭解張三娘了，認定張三娘不論品性才華，都配不上李晟。

溫榮的目光掠過韓秋嬏，堪堪地落在趙二娘身上，流露出同情之色，心疼地道：「溫府與趙府是姻親，我與趙二娘亦算舊識，驚聞趙二娘遭遇此禍事，我們舉家上下都十分心痛。阿娘特意將宮裡賞賜的雪蓮送去趙府，只盼望趙二娘能早些康復，妹妹茹娘亦極自責，認為那時不論如何危險，她都應該攔住失控的張三娘，不叫張三娘的馬匹撞到趙家娘子的。可事已發生，無法挽回——」

「妳胡說！」張三娘指著溫榮娘喝道，這一聲響不但打斷了溫榮的話，更將太后、茹娘等人都嚇了一跳。「當時我未失控，是茹娘拿月杖打我才驚到馬的！」

溫榮眉梢輕翹，並不覺得意外，她就是故意要激怒張三娘的。那日她和韓秋嬏都不在馬毬場，而太后年紀雖大，但神智清明，故不會輕易相信她們任何一人的話。重要的是，張三娘和趙二娘已然結怨，溫榮不信她二人能合夥將事情編得天衣無縫。

太后冷眼看著張三娘，絲毫不掩飾對張三娘的嫌棄和怒意。「張三娘，榮娘可是我孫媳婦，貴為五王妃，就算我諒妳是晚輩，不治妳大聲喧譁之罪，可妳這般以下犯上，是不是該掌嘴啊？」

張三娘一驚，連連叩頭。「太后恕罪，奴是一時氣壞了才出言不遜的！當時若不是茹娘用月杖打奴的青駒，奴的馬也不可能失控。溫茹娘見勢不妙，調轉馬頭避開了，正因為如此，馬才會撞上趙二娘的！現在五王妃避重就輕，撇去溫茹娘的責任，一味言是奴的馬失控，奴擔心太后被矇蔽視聽，不能還奴一個清白，不能替趙二娘作主啊！」

太后的聲音又冷了幾分。「張三娘妳好大的膽子！妳可是在暗諷我年老眼花，不能辨是非，只會聽信讒言了？」

「奴不敢、奴不敢！太后定能明察秋毫，替奴洗冤屈的！」張三娘被嚇出了一身冷汗，身子幾乎貼在了地上，一動也不敢動。

太后實在見不得這副畏畏縮縮的模樣，現在處劣勢的分明是溫家人，可張三娘卻沒有半分底氣！大聖朝的貴家郎君女娘，怎能有如此膽小怕事的？太后不耐地道：「榮娘，妳如何看的？不許包庇妳妹妹！」

溫榮微點了下頭，神情嚴肅，蹙眉道：「回稟太后，兒不敢有任何徇私的想法，只是兒有一事不解，還請二王妃或者張三娘與我詳述。」溫榮目光一凜，問道：「先才二王妃與張三娘皆說是茹娘先言語挑釁張三娘，後爭執不下，怒從心起，用月杖擊馬，才導致馬匹受驚，緊接著茹娘故意避開，令馬撞向她身後的趙二娘，可是這般？」

韓秋嬏得意地點頭，既然溫榮都說是「故意」的了，她自沒意見。

溫榮搖了搖頭，嘆道：「茹娘右手執杖，揮杖打馬，要麼打到馬匹左身，要麼迎頭擊下，有馴馬經驗的人都知曉，從這兩個方向刺激馬匹，馬匹都不可能朝前直撞，俱是循受傷害輕的方向奔去的。除非茹娘在張三娘後方用月杖擊打馬臀，馬才會往前衝，可這樣茹娘還怎麼故意避開？她根本不需要去避的。故兒實在不知茹娘究竟是在張三娘的前方還是後方？」

張三娘一怔，當時溫茹娘確實是在她前方，她也知曉並非是溫茹娘用月杖打的她，可二王妃是這麼交代的，還向她保證，一定能讓溫家吃不了兜著走，她也不會再被禁足。張三娘惴惴地看向韓秋嬏，韓秋嬏朝她微微頷首，張三娘心裡才略微踏實了一些，聲音略帶顫抖地道：「當時茹娘與奴爭執得厲害，奴被氣壞了，實在記不清茹娘到底如何揮的杖，待奴反應過來，馬匹已經朝前衝去了，奴怎麼也拉不住。」張三娘說完後，四周一片靜默。

溫榮垂首悄悄地瞥了張三娘一眼，張三娘雖壞，可卻缺了心眼，單張三娘一人，並不足以為懼。

過了一會兒，溫茹娘學阿姊的模樣，略直起身子，抬起頭，目光清亮，謙虛懺悔地道：「太后，奴雖頑劣，但知善惡，自小阿爺和阿姊就教導奴『見賢思齊』、『莫以惡小而為之』，平日哪怕被誤會或吃虧了也莫要計較，得饒人處且饒人。那日在馬毬場上，奴非但不敢揮月杖傷人，就是爭執辱罵也是沒有的，但兒提馬避險時確實不知趙二娘就在身後，否則寧願自己墜馬受傷，也不願趙二娘受到半分傷害的。」

太后聽後點了點頭，溫茹雖不若溫榮知書達禮、溫柔曉事，卻也不差了，婉娘的孫女品性容貌皆無可挑剔。「茹娘，現在妳與張三娘各執一詞，我也不好妄下論斷，否則旁人又要說我偏心眼。妳說，為何張三娘會認定是妳言語相譏，導致事態激化的？」

溫榮心裡一陣輕鬆，太后已經不想搭理二王妃她們，決定將事情化小了。此處非公堂，一家娘子有錯與否，只看太后心眼偏向誰。

茹娘緊張地偷偷看溫榮，溫榮指尖悄悄指了指張三娘，又眨了眨眼睛。溫茹明白了阿姊的意思，鎮定地回道：「回稟太后，先才張三娘自己說了，當時的情形她已記不清，說不定就是記岔了。」

「妳——」張三娘怔怔地看著溫茹那張和溫榮十分相似的臉，恨不能狠狠撓上一指甲！為何不是溫家的娘子被毀容？張三娘氣喘得厲害，當時她亦是墜馬了，雖不嚴重，可也留了暗傷，這會兒被氣得差點暈厥過去。

太后頷首道：「茹娘說的有理，既然張三娘記都記不清了，怎麼還能在此信口雌黃，胡亂誣衊冤枉他人呢？」

張三娘一個字也說不出來了，身形已是搖搖晃晃。

韓秋嬏見狀，離席走了出來，徑直跪在地上。

溫榮眉頭一皺，不知韓秋嬏又要使甚么蛾子？現在二王妃跪在地上，那她這個五王妃是不是也應該跪？溫榮抿了抿唇，心裡冷笑，只朝太后蹲了蹲身，帶著清淺笑意的容顏萬分坦然，太后看得賞心悅目，二王妃此舉反而顯得拎不清事態。

韓秋嬏道：「請太后恕兒唐突插嘴。就算溫茹未擊杖，可趙二娘受傷甚至傷顏都與溫茹脫不開干係。薛國公府的張三娘已經受到了極嚴重的處罰，可同樣犯錯的溫茹仍舊每日嬉笑玩樂，無半點同情乃至愧疚之心，也從未到趙府探望過趙娘子。外人都道溫家長房家教嚴格，可現在看來也不過是一味縱容，對此兒真真不敢苟同。二皇子與趙家郎君交好，兒與趙家娘子亦是情如姊妹，趙二娘出了這事，兒是幾日幾夜的睡不著覺，只嘆上天不公。還請太后看在二皇子和兒的面上，還趙二娘一個公道，不要叫無辜人受太多委屈了。」

溫榮暗嘆韓秋嬏膽大，竟然敢出言用二皇子來壓制太后。想著想著，溫榮是越發覺得可笑，二皇子、趙府通敵牟利，可惜現在三皇子和晟郎只拿到趙府通敵的證據，為了對付她，韓秋嬏趕趟兒似地在太后面前將二皇子和趙府扯上關係，以後怕是甩也甩不開了。

涼亭四周懸掛了數層薄紗，熾烈驕陽穿過薄紗後剩下柔白的暖光，溫榮眉梢微抬，看著太后身前案几上猶如紅寶石般泛著絢麗光澤的櫻桃，面上現出旁人無法察覺的笑意。既然這事溫茹確實有錯，溫榮也想借太后壓壓溫茹的瘋性子，最重要的是她還打算讓二皇子和趙家的關係再近一些，因此，溫榮望向太后，目露痛心之色，似乎下了極大的決定，鬱鬱地道：「二王妃所言有理。二皇子和趙家郎君打一處讀書長大，雖非嫡親兄弟，卻勝似嫡親兄弟，趙家娘子出事對於二皇子、二王妃而言，確實如親妹妹受傷一般心痛難當。當初是兒思慮不夠周全，現在將心比心，兒覺得十分愧疚。茹娘心性不壞，府裡道其年幼，平日對茹娘是缺了約束和管教，還請太后責罰。」

溫茹聽到阿姊讓太后管教她，嚇得面色青白，額頭的汗水順著鬢角髮絲滑下，滴落在今日新換的洋紅半袖襦裙上。溫茹思及其平日出府與貴家女娘玩樂，確有仗著阿姊是當朝五王妃而行為驕縱，現在想起覺得頗為後悔，原來真出了事情，就是阿姊也護不住的。溫茹緊張地往溫榮的方向微微挪動，恨不能躲到溫榮身後。

溫榮早瞧出溫茹在害怕和緊張了，心下好笑，不忍心，還是朝溫茹做了個安心的手勢。

溫茹瞧見了，這才靜靜地跪在地上，大氣不敢出。

太后看著溫榮，滿意地點頭。二王妃咄咄逼人，逼著她懲罰溫家娘子，還好溫榮曉事，懂得顧全局面，不肯讓她為難，給了大家臺階下。既如此，她是更捨不得重罰溫茹娘了。

太后端起茶湯吃了口，潤了潤嗓子，緩緩道：「是該罰。就罰茹娘抄寫五十卷經書替趙二娘祈福，未抄完前不允許出溫府。」
溫榮立即屈膝謝過太后，溫茹也長長地鬆了一口氣，人差點癱軟倒地。她還以為會和阿爺五月時一樣，被關押在大理寺呢，不想僅僅抄寫五十卷經書就夠了。
韓秋嬏一怔，這處罰也太輕了！她還想再說什麼，太后卻不耐煩地擺了擺手。
「好了好了，該罰的都罰了，妳就省省心，有空回府多照顧照顧褚側妃吧，不幾月她就快生了。還有趙二娘，也應該在廂房裡好生將養，將身子、面子都養好了才是正事。難得大家到得齊，我在亭子坐了一上午悶壞了，妳們陪我到櫻桃園去走走。」
韓秋嬏和趙二娘自然聽出了太后言語裡的嘲諷。
韓秋嬏對周遭人——尤其是溫榮、褚二娘等，是恨之入骨。
趙二娘面紗下的傷疤早已扭曲變形，牙齒狠狠咬著下嘴唇，留下一道深彎的血印。趙二娘認定自己是最無辜的，她甚都未做，每一次紛爭她都只是在旁瞧熱鬧，憑什麼偏偏是她付出如此慘重的代價？她這輩子是毀了，可她絕不允許害她的人仍在世上活得滋潤快活！趙二娘緊握的拳頭往寬大袖籠裡縮了縮，觸碰到冰涼尖銳的刀鋒。目之所及的一眾人，都該死！
宮女史扶著太后起身，太后朝丹陽招了招手，讓丹陽過來扶著她，又命溫榮去陪琳娘，笑道：「榮娘，現在琳娘是有孕之身，妳可得替我照顧好她。若不是我年紀大了，我都想親自牽著孫媳婦呢！」
溫榮笑著答應下。「太后放心，三王妃肚裡懷的是太后重孫子，兒可是打著十萬分精神，哪裡敢疏忽大意？」

「妳這孩子說的就是好聽！」太后將手搭在丹陽的手臂上，滿足地點頭。「走，聽說園子裡有郎君在鬥詩，不知道奕兒和晟兒過來沒有？他二人詩情雖也不錯，但我還是喜歡杜學士寫的詩，杜學士可真真是才華洋溢，那詩寫得曠遠大氣而不失細膩，華麗卻不浮躁，一會兒我命人取了詩帖給妳們瞧，妳們都該好好學學。」

「是、是，祖母評詩是最在行的！」丹陽在旁笑個不停。

太后扶著丹陽走出涼亭後，才忽然想起來，瞥眼瞧著丹陽問道：「對了，妳夫郎的大妹妹不就嫁給了杜學士嗎？那娘子可真是好眼光，好像是喚作嬋娘對吧？過兩日帶進宮我瞧瞧。」

丹陽好笑道：「祖母好記性，連名字都能記得住，嬋娘知曉了指不定多高興呢！可這幾日嬋娘是不能進宮陪太后了，因為嬋娘才為杜府添了個胖娃娃，這還未過月子呢！那郎君笑起來像極了杜學士，好不討人喜愛。」

「那是大好事啊！記得讓嬋娘將娃娃的肚兜給琳娘。還有，過了月子讓嬋娘抱著娃娃進宮給我看看，陪陪我這老人家，我是十幾年沒聽到娃娃哭的聲音嘍！延慶宮裡太冷清，我年紀大了，等不起了。」太后滿面笑意，可說話時眼裡有幾分落寞，目光在丹陽、榮娘等人身上徘徊，希望丹陽和溫榮也早些生，多點孫兒陪她。

丹陽和溫榮紅著臉應下，眾人笑笑地走下高地。

忽然，眾人看見有幾名年輕婢子在臺階附近縮頭縮腦、一副鬼鬼祟祟的模樣。那幾名婢子看到太后、丹陽一行人，當即面露驚慌之色，轉身就想跑開，可此番作態早引起太后等人的懷疑。

太后指著那幾人，對內侍道：「是誰家的婢子，這般沒規矩？將她們捉過來，我要問個清楚！」

跟在二王妃韓秋嬏身後的趙大娘子本是一副事不關己、百無聊賴的模樣，可看清那幾名侍婢後不禁愣了愣，是她趙府上的，而且是跟在大夫人身邊的二等侍婢。

侍婢被內侍帶過來後，戰戰兢兢地跪在太后面前，眼睛一直瞟著趙家娘子。

趙二娘子蒙著面紗，垂首呆滯地盯住蜀錦繡鞋鞋尖，對周遭事情置若罔聞。

無奈之下，趙大娘子只得硬著頭皮走出來，小心翼翼地道：「回稟太后，她們是趙府的侍婢，約莫是有何事過來尋奴與妹妹，還請太后莫怪。」

太后蹙眉看了趙大娘子一眼，冷哼一聲。「堂堂尚書左僕射府的婢子怎這般鬼鬼祟祟？何事不敢當面，看了我們就要跑？妳快些去問了她們究竟有何事。」

趙大娘子聽了，臉一陣紅、一陣白。先前在涼亭裡她們趙府娘子就跟著二王妃一起丟盡了面子，現在府裡的侍婢又讓她下不來臺。趙大娘子心裡騰起一股惱意，向太后道歉後，朝那些侍婢斥道：「為何不光明正大地請宮女史上來傳話？府裡平常都白教妳們了，驚著了太后，妳們有十條命也不夠償的！」

侍婢連連叩頭求恕罪，卻也不肯說出究竟何事。太后不耐煩地揮揮手，趙大娘子才帶了侍婢退到一旁。

趙大娘子皺眉不悅地問：「怎麼回事？」

侍婢的臉色極其難看，壓低了聲音將大夫人的話傳了一遍。

趙大娘子聽聞，驚得睜大了眼睛，不可置信地看向侍婢，牙齒根都在哆嗦。「是不是真的？」

侍婢接著道：「大夫人知曉後立即回府了，吩咐我們過來尋大娘子和二娘子，還交代了不許聲張。」

趙大娘子恍恍惚惚的，也沒聽清婢子說些什麼，只滿腦子的噩耗，面上血色褪得一乾二淨，脊背發涼地回到太后等人面前，緊張侷促地道：「府裡出了些事，奴無法陪太后遊園了，還請太后恕罪。」

太后眉眼不動。「那妳們先回去吧。」

趙大娘子蹲身謝過太后，朝趙二娘招手，不料趙二娘仍舊低頭看地，根本不搭理她。趙大娘訕訕地走到趙二娘身邊，使勁扯著趙二娘的衫袖。「我們快些回府吧，阿娘還在府裡等我們。」

韓秋嬏蹙眉上前，低聲問道：「府裡出什麼事了?要不要幫忙？」

趙大娘子張了張嘴，說不是，不說也不是。

太后徹底沒了耐心，不耐煩地看了她們一眼。「秋娘，妳在這兒陪著她們。丹陽、琳娘、榮娘，我們走吧。」

見太后轉身離開，趙大娘子反而輕鬆下來，紅著眼睛靠近韓秋嬏，附耳道：「我大哥被殺了，今早在西郊發現的屍體！」說著說著，趙大娘子的眼淚就落了下來。「二王妃，也不知趙府是不是真的惹著喪門星了，一連串的禍事，二娘的臉毀了，現在大哥又沒了，妳說我們該怎麼辦啊？」

韓秋嬏也驚訝地張大了嘴，她和趙家娘子的交情其實並不深，不過是因為嫁給了二皇子，故才和趙府有了往來罷了，故雖震驚但也不會悲傷難過，只是幫著趙大娘去推趙二娘子。「妳大哥遭了禍事，快隨妳姊姊回去，別杵在這兒，我還要去陪太后散心的。」

趙二娘整個人都在發抖，極度的悲憤和仇恨下，她隱隱感覺到趙府要完了！她被毀了，大哥死了，阿爺和二哥每日回府後也都是愁眉不展，唉聲嘆氣的……趙府要傾覆了！

反正趙府要傾覆了……趙二娘猛地抬起頭，看到不遠處太后正與謝琳娘等人談笑風生，溫茹娘捂著肚子笑得直不起身，就連剛才還向她低聲下氣道歉的張三娘，也覥著臉湊在丹陽身邊獻殷勤。白晃晃的陽光刺得她視線模糊，趙二娘眼裡凶光越來越盛，抬手扯下面紗，原本白皙無瑕的面龐上爬著一道猙獰的傷疤！

「啊！」

眾人正談得興起，忽然聽見身後傳來兩聲慘叫，回轉過身，俱被眼前的景象驚得目瞪口呆。只見趙二娘齜牙咧嘴、面目扭曲，不知哪裡來的力氣，接連將韓秋嬏和趙大娘子都推倒在地上，緊接著又從袖籠裡抽出一把鋒利的尖刀牢牢握住，韓秋嬏、趙大娘和侍婢皆被利刃嚇得連連後退。

趙二娘掃視了一圈後，直愣愣地瞪著太后，大喊一聲。「妳們欠我的！我要妳們死，都去死——」緊接著就朝太后和琳娘等人衝了過來。

宮女史忙將太后和丹陽公主護在身後，再要去拉謝琳娘和溫榮時已經來不及了，趙二娘轉眼間就跑到了面前！

發瘋失了心性的趙二娘見砍不到太后，立即轉了方向，面朝琳娘。

烈日下，泛著寒光的鋒利尖刀朝謝琳娘直直刺下，周圍所有人都嚇得面無血色，一動也不能動。唯獨溫榮見事出危急，也顧不上其他，一個跨步上前將琳娘緊緊護在身後，為自保又抬手去擋尖刀。隨著刀尖扎入手臂，發出一聲悶響，鮮紅血水瞬間湧出，染透了溫榮的藕荷色大衫袖！

周圍響起一陣驚叫，太后怒斥宮婢和內侍是廢物，焦急地讓內侍趕緊將溫榮救下，制伏那個瘋婆子。

溫榮痛得整個人搖搖晃晃的，眼前一片模糊。

趙二娘見未扎到要害，不肯罷休，猛地拔出尖刀，又朝溫榮的胸口狠狠扎下！

第三十九章

就在尖刀即將扎進溫榮胸口的一瞬間，將太后護在身後的宮女史忽然躍起，重重撞向趙二娘，二人一起摔在地上，趙二娘手一鬆，尖刀鏘啷一聲，掉在了溫榮的腳邊。見狀，內侍一擁而上，將趙二娘摁在地上。

不遠處的趙大娘是面如金紙，不敢置信地看著眼前發生的一幕，眼珠子一翻，徹底暈倒在地。

韓秋嬏亦是瞠目結舌，可看到趙二娘的尖刀即將刺進溫榮胸膛時，她心裡產生了一絲快感和期待，可惜最終還是沒有成功，溫榮只是手臂受了傷。韓秋嬏暗喜後也陷入擔憂中，趙二娘是被她從趙府帶出來的，出了這事，心裡還是有些後怕。太后那兒已經亂作一團，韓秋嬏明白，趙府此次麻煩大了，泰王府也脫不了干係。韓秋嬏心一橫，乾脆也學著趙大娘子暈倒在地。

溫榮被扎傷的右臂還在淌血，足下土地已經被血水泡得發軟。溫榮漸漸虛脫無力，要倒下時被丹陽一把扶住。

琳娘看到溫榮渾身是血的模樣，擔心得眼淚直淌，忽然面容一緊，她感覺小腹一陣陣抽痛起來，似乎有熱熱的液體順著她大腿根部流下。琳娘暗道不好，胸口起伏得厲害，喘著氣低聲喚著救命。

旁人這才發現謝琳娘的不妥，更加嚇得手足無措。

溫榮撐著最後的力氣，命人將琳娘扶在她身邊坐下，又安慰琳娘，她們一定都會沒事。

太后看到溫榮和琳娘接二連三的出狀況，是又氣又急，雙目赤紅，連連咳嗽，宮女史在旁如何勸慰都無用，太后好不容易「噯喲」一聲喘出一口氣來，立即怒問醫官怎麼還沒到。

「醫官來了！醫官來了！」宮婢高聲叫道。

今日在櫻桃園靜候的三名醫官，其中就有盧瑞娘，盧醫官是聽說溫榮等人會過來，才特意請命在櫻桃園聽差的，本想無事了可以與丹陽、溫榮等人聚聚，不想竟出了這麼大的事，真真是始料未及。

有醫官上來就詢問太后的情況，太后指著溫榮和琳娘急聲道：「你們別管我，先救我的兩個孫媳婦！」

盧瑞娘也未慌亂，一眼就看明白了溫榮和謝琳娘的情況。溫榮是外傷，失血過多；而琳娘則是有小產徵兆。盧瑞娘將藥粉取出，令其中一名醫官立即替溫榮包紮止血，她則替琳娘把脈，又餵了一顆安胎藥丸，不斷地叮囑琳娘放輕鬆。

接著太后聽取盧瑞娘的提議，命人將溫榮和琳娘抬到附近閣樓的廂房裡歇息。

櫻桃園發生的亂子傳到了聖主和王貴妃那兒，聖主叱罵了幾聲後，和王貴妃一道前往探望。

王貴妃知曉琳娘和溫榮皆無性命之憂後，便隨聖主先向太后請安。進了內室就看見太后軟軟地靠在廂榻上合眼養神，宮婢從涼水裡取出巾帕擰乾，覆在了太后的額頭上。

睿宗帝上前一步。「阿娘，兒來遲了，令阿娘受驚了。」

王貴妃亦上前，滿面擔憂地道：「阿家遇到危險時，兒不能在阿家身旁守護，實是慚愧。」

太后微微睜開眼，偏頭看著睿宗帝和王貴妃。「你們都來了？我無事，不必擔心。奕兒和晟兒呢？給他們送消息了嗎？」

睿宗帝恭敬道：「兒已經命侍衛快馬去尋奕兒和晟兒了，他們用過午膳後本就會到櫻桃園的，想來現在已經在來的路上。」

「哼！」太后氣得冷哼一聲。「這兩人就忙得連櫻桃宴的席面都吃不了了？今日他們若早些過來，哪裡會出這些事？現在躺在床上昏迷受傷的人可是他們的媳婦兒！」

王貴妃見太后動怒，忙道：「阿家說的極是，一會兒聖人與兒都會好好說他們的，還請阿家莫要生氣，放寬心，好生將養才是。」

「罷了。」太后朝王貴妃道：「妳去看看琳娘和榮娘，聖人留下來陪我說話就行，別一個個都守著我這無事的閒人。」

「是。」王貴妃不得已，領命退下。

王貴妃本打算先去探望溫榮的，知曉溫榮睡著了，房裡又有丹陽和溫茹等人陪著，就徑直去尋了琳娘。

琳娘面色虛白地靠在圓枕上，正和盧瑞娘說話，看到王貴妃進來，想起身行禮。

王貴妃抬手將其攔下，上前坐在琳娘身旁關切道：「我在銜櫻閣裡聽說妳差點小產，真真是嚇壞了。現在怎樣了？醫官怎麼說的？有感覺好一些嗎？」

琳娘朝王貴妃彎了彎身。「令阿家擔心了，兒是一時受到了驚嚇。這次多虧了榮娘和盧醫官，腹中胎兒總算保住了。」

王貴妃頷首道：「是要好好感謝榮娘。誰能知曉趙家二娘子好端端的忽然就發了瘋，甚至還藏了匕首進櫻桃園。對了，聽說是二王妃將那瘋女人帶進來的，還想請太后還那瘋婆子公道是嗎？」

琳娘愣了愣，頗為失落地道：「是了，先才在涼亭，二王妃還當著太后的面為難五王妃和溫家茹娘。二王妃似乎也被嚇到了，當時就暈厥了過去，這會兒在東側的廂房裡靜養，才有醫官去看了診。」

王貴妃點頭，抿嘴道：「妳和榮娘不會平白受傷的。這次二王妃是真的應該將事情說明白，還妳們一個公道了！」

琳娘低下頭，目光閃爍。「還請阿家替兒和榮娘作主。」

盧瑞娘在一旁靜靜守著，聽到琳娘和王貴妃之間的對話，心裡忍不住嘆氣。王貴妃在外人面前對琳娘的關心和疼愛都是裝的，在王貴妃的眼裡和心裡，除了三皇子，怕是只有謀算、傾軋和權勢了。

不一會兒，外廊傳來通報聲，言三皇子和五皇子到了。

李晟和李奕急切地往內廊走來，二人俱是一臉焦色，眼裡透著濃濃的擔憂。行至拐角處，李晟早忘記甚長幼有序，大踏一步快走到李奕前面，向宮婢問明溫榮在哪個廂房後，也顧不上先向聖主、太后請安了，直接疾步進了溫榮的廂房。

李奕緩緩停下腳步，怔怔地看著李晟的背影沒入那道簾子內。想到溫榮被人砍傷，正一臉蒼白地躺在床上的情形，李奕就覺得心如刀割般疼痛。李奕一步步地走到溫榮歇息的廂房門口，微抬起手，半晌後才將手慢慢收回，緊緊握拳揹負在了身後。

一旁的宮婢小心翼翼地提醒道：「三皇子，三王妃靜養的廂房在隔壁，而太后和聖主則都在內廊的第一間廂房。不知三皇子……」

李奕自嘲地笑了笑，覺得很苦惱，他連看望溫榮的資格都沒有，那麼擔心又有何意義呢？李奕雙目無神地道：「我去看三王妃。」

李晟進了廂房後，直接奔到溫榮的床榻邊坐著，看到溫榮靠在薄衾上、纏了厚厚白紗的右臂，心裡一痛，面上怒意漸盛，可又不敢吵醒溫榮，只能輕握住溫榮略帶涼意的手，待李晟感覺到溫榮的鼻息勻細，才略感安心。

一直在廂房裡守著卻被李晟完全忽視的丹陽和溫茹娘，見李晟面容緩和了，這才走上前。溫茹娘輕聲和李晟道了好，小心地喚了聲「姊夫」，李晟「嗯」了一聲，可目光仍不肯離開溫榮半分。

丹陽在旁壓低了聲音，如實說道：「刀口深，好不容易才止住了血。榮娘的身體本就不好，現在因為失血過多，越發虛弱，吃過盧醫官熬的湯藥後就睡著了。今日之事太過突然，榮娘捨己保住了三王妃，還好未傷及性命，只是要將養上一段時日。」

李晟雖然一直陰沈著臉，但眼裡的殺意漸漸褪去，替換的是濃濃的愧疚和擔憂。溫榮的指尖在李晟手心裡漸漸熱起來，極致的靜默中，李晟似乎能感覺到溫榮微弱的脈搏……

另一處廂房，李奕同王貴妃道安後，細心地詢問了琳娘的身體狀況，知曉人和胎兒皆無事才鬆口氣，面上重新露出溫和的笑來，但旁人凝神仔細端詳便會發現，李奕的笑容與往常有稍許不同，眸光裡隱而又隱的寒意似能將人心冰凍三尺。

王貴妃問道：「聽說趙家大郎被人殺了，屍身拋在荒郊，可是真的？而趙二娘就是驚悉此消息，再加上被毀容顏，故心性大失，才做出如此大逆不道、喪心病狂的事情。」

李奕淡淡地回道：「大約是的。仵作還在查驗，兒也暫時還不知曉詳情。」

王貴妃面上浮出一抹笑來，頗有點幸災樂禍的意思，安慰道：「自己人無事便好，二王妃是替泰王府惹下大麻煩了。」

琳娘抬起頭，紅著眼睛與李奕說道：「奕郎，那趙二娘本是要殺妾身的，是榮娘替妾身擋下了那一刀，妾身想親自去照顧榮娘，可盧醫官交代妾身這幾日必須臥床靜養，不能隨意走動。妾身心裡是又感激又不安，榮娘的恩德，妾身真真是無以為報了。」

李奕握著琳娘的手，面露柔軟笑容，聲音更溫潤動聽，令人倍感安心。「琳娘安心養身體，五王妃那兒有五弟陪著，自不用擔心，一會兒我也會親自向五王妃和五弟道謝。往後五王妃和晟郎有甚事，我們也一定會毫不猶豫、奮不顧身幫忙的，不是嗎？」

琳娘聽了連連點頭。

李奕將圓枕移了移，讓琳娘靠得更舒服些，又溫聲道：「妳才吃過藥，先睡一會兒，只有精神養好了，身體才能更快恢復。我還要帶五弟去探望太后，先才五弟急壞了，我擔心他將要緊的事兒都忘記了。」

琳娘執帕子將眼角的淚痕擦去。「奕郎快去吧，多安慰了五皇子。」琳娘心裡還是很擔心，幾乎全盛京都知曉五皇子和榮娘鶼鰈情深，五皇子是將榮娘捧在手心裡，捨不得她受到一丁點兒傷害的，現在榮娘因為她受了如此重的傷，五皇子會肯善了嗎？

王貴妃和李奕讓琳娘安心休息後，一道離開了廂房。

王貴妃看到廂房外只有零星幾名侍婢在長廊根角處靜候，遂小聲地與李奕說道：「奕兒，趙家大郎的事可乾淨？」

李奕微微頷首。「阿娘放心，是五弟親自辦的。」

王貴妃面上笑容更深了些。「今天還真應該感謝那瘋了的趙二娘，以及只會給二皇子惹事的韓秋嫿，否則我們還得費心思考慮如何將事鬧大，再牽扯到二皇子身上。」

李奕眸光黯淡。「阿娘，我與五弟未考慮周全，傷及了無辜人，就算此局勝了，也有缺憾，至少五弟不會開心的。」

「怎能算傷及了無辜人？不論是琳娘還是榮娘，皆在局中，更何況她二人傷得也不重。」王貴妃滿懷慈愛地看了李奕一眼。「好了，你這孩子，怎能在這時候神傷，失去幹勁？聖主決斷還未下，還不能算贏。我知曉你是因為溫榮受傷了，所以心裡不好受，可她現在已經嫁給了晟兒，和你再無關係了。將來你繼承大統後，身邊最不缺的就是如花美眷，就算是溫榮，你若真想要，也是可以的。」

王貴妃勸慰了一番後，見李奕仍舊打不起精神，便道：「罷了罷了，唉，你這孩子。我這做長輩的就帶你一起去看看溫榮吧，然後你再與晟郎去探望太后。」

李奕內心的情緒在王貴妃面前毫不掩飾地表現了出來。「兒謝過母妃。聽說丹陽也在廂房裡，兒也有話要問問丹陽。」

「好了，你找丹陽那個天天只知玩樂的公主能有何事？我是你母妃，還能不知曉你的心事嗎？」王貴妃端端地朝溫榮靜養的廂房走去。

門外的宮婢看到後，忙見禮通報。

丹陽公主聽到通報聲，趕忙上前碰了碰李晟。「五哥，王貴妃和三哥過來了，你就算再擔心榮娘，也千萬別擺出這副樣子給他二人看，要不然會給榮娘添麻煩的。」

李晟眉頭緊縮，極其不悅。「將通傳的宮婢拖出去杖責四十！她明知道五王妃在休息，非但不攔著外人，反而如此大聲叫嚷！」

丹陽沒辦法，瞪了李晟一眼，自己帶了茹娘至外廂迎接。

「貴妃與三哥是來探望榮娘的嗎？」丹陽走至王貴妃身邊。「榮娘現在睡熟了，五哥在裡面守著。五哥太過擔心榮娘了，連宮婢的通傳都未聽見，還請貴妃殿下和三哥莫怪。」

王貴妃目光如水，抬手理了理丹陽略凌亂的髮鬢，心疼地說道：「瞧妳這孩子說的，我自己都擔心得心神不寧了，怎還會怪晟兒呢？」說著，王貴妃幽幽地嘆了口氣，眼角也潮濕起來。「榮娘與琳娘一樣，都是我的兒媳婦，知曉榮娘為琳娘擋危險受了傷，我心裡是愧疚萬分。平日我道榮娘聽話乖巧，就未多花心思在榮娘身上，對榮娘的關心比之琳娘也要少些，唉，現在想想真是……」王貴妃將眼角的淚水拭去，眨了眨眼睛，牽著丹陽說道：「好了，不說這些。丹陽，妳先帶我們進去看看榮娘，便是睡著了也無甚，親眼看見榮娘無大礙了，我才能放心。」

丹陽有些左右為難。

李奕溫聲道：「不妨事的，我們只是去看一看五王妃。五弟與我的關係，丹陽還不瞭解嗎？我知曉五弟現在定心急如焚，故就算有失禮的地方，阿娘也不會怪他的。」

丹陽垂首，將王貴妃和李奕帶進了廂房。不想李晟已站了起來，雖然視線仍舊只落在溫縈身上，但至少不會像先前那樣滿臉凶相了。

「五弟，對不起。」李奕進屋後先抱拳道了歉，接著才隨王貴妃一起緩緩走上前，就要靠近溫縈床榻時，李晟忽然轉身快走兩步，攔在王貴妃前面，面上神情是王貴妃等人早已習以為常的清冷嚴肅。

李晟面無表情地低聲道：「某謝過殿下和三哥的關心，醫官言縈娘已無事，不必擔心了。對了，聽說太后也受了驚嚇，請三哥代我向太后問安，是兒不孝，在縈娘醒來前，容我暫時不能去探望。」

李奕不自禁地挑起目光，越過李晟的肩膀，想看一眼躺在床榻上的女娘，無奈帷幔遮擋，只能隱約看見繡牡丹紋錦衾上隆起的小小高度，他靜靜地在心裡猜測和感受錦衾裡嬌小的身軀。李奕收回目光，頗為低落地說道：「晟郎在怨我，縈娘受傷，我責無旁貸。」

朝政上對付二皇子等人，李奕和李晟都只想到那些手握權勢的男子，內宅的爭鬥誰都不曾關心過，故無人有資格說怨。李晟面上露出自嘲的神情，道：「這是意外，縱是天算也算不到這突發情形，故三哥不必掛懷。縈娘和三王妃情同手足，現在對於縈娘而言，最好的消息莫過於三王妃完好無恙，還請三哥照顧好三王妃，不叫縈娘白白受傷了。」

王貴妃上前柔聲道：「晟兒多慮了，奕兒照顧好琳娘是理所應當的，奕兒與我過來，就是想看看縈娘，再與縈娘當面說一聲謝謝。既然縈娘睡著，那我與奕兒便先去探望太后，這兒有什麼事，儘管與我們說了。」

李晟朝王貴妃躬了躬身。「兒代榮娘謝過殿下關心。」

王貴妃溫和地點了點頭，善解人意地說道：「好了，你快去陪榮娘吧，我就帶著奕兒和丹陽他們出去了。」

李奕隨王貴妃轉身離開的腳步微微停滯，心一點點地沈了下去，覺得晟郎此舉未免太過無情。李奕按捺住回頭的衝動，帶著丹陽和茹娘，隨王貴妃出廂房去探望太后。

屋子裡嘈雜的人聲終於全部散去，李晟回到溫榮身邊，看著溫榮蒼白卻平靜的睡顏，目光漸漸溫柔起來。

王貴妃讓宮婢帶茹娘去別處歇息。

李奕到太后廂房時，恰好有內侍將一封文書送到聖主手裡，那封文書正是仵作從趙大郎身上搜到的，大理寺卿看了文書內容後，知曉事關重大，照五皇子的吩咐，不敢耽擱，直接命侍衛送到櫻桃園，交到聖主手上。

睿宗帝接過文書還未來得及看，先向李奕蹙眉道：「聽說發現趙家大郎的屍首後，晟兒親自過去了，晟兒在哪裡？我有話要問他。」

李奕躊躇不敢言。

王貴妃上前解圍道：「五王妃昏睡未醒，晟兒擔心五王妃，故寸步不離地守在五王妃身旁，還請聖主看在晟兒對五王妃一往情深的分上，莫要怪罪。」

「一往情深？」聖主言語嘲諷，再思及今日尚書左僕射府大郎君遭害，李徵知曉後立即帶趙淳趕去趙府，櫻桃園緊接著又出現趙家女娘執刀傷人一事，真是一波未平，一波又起，每一樁、每一件都是指著趙府和李徵。聖主眼裡漸顯怒意，嚴厲道：「若不是看在五王妃今日之舉頗為英勇，某非得治他李晟沈迷女色、玩物喪志之罪！」

王貴妃心中竊喜，可仍在苦苦哀求聖主息怒，原諒五皇子。

睿宗帝冷哼一聲，拿起案桌上的文書，眸光越來越深，看完文書內容後，劍眉倒豎，將文書狠狠拍在了几案上，雙目圓睜，面色脹紅，握拳的手不停顫抖，最後終於忍受不住，扶著几案猛烈地咳嗽起來。

太后和王貴妃連忙上前，替聖主順背、遞茶湯。

太后正要命人去請醫官，睿宗帝卯起勁擺擺手，用錦帕密密地捂住嘴唇。

李奕怔怔地看著聖主，他似乎能看見聖主手中那方錦帕被染上了鮮紅的顏色。李奕眉心微陷，他隱隱覺得時間不對，聖主咳血的場景他很熟悉，可在印象中，那時應該是大雪紛飛的時節，如此豈不是比他記憶中提前了好幾個月？李奕知曉聖主體內頑疾無藥可醫，但病不該這般快發作的。

過了好一會兒，睿宗帝才緩過來停止咳嗽，隨手將擰作一團的錦帕塞給了盧內侍，靠在矮榻上連喘粗氣。

太后擔憂地說道：「你的咳疾怎不見好轉，現在還越發嚴重了？對了，先才我見替榮娘和琳娘醫治的盧醫官不錯，將她喚過來替你看看可好？」

「阿娘不必擔心，兒無事，只是一時被氣到了。」睿宗帝目光轉向文書，緊鎖眉頭，搖頭冷笑道：「趙家人真是膽大妄為、無法無天，堂堂尚書左僕射府，竟然為了謀利而通敵賣國，將我大聖朝賴以生存的糧草和兵甲統統賣給了東瀛，賣給妄圖侵占我聖朝疆土的敵國！趙家真真是活膩了，那趙家大郎是死有餘辜啊！」

太后和王貴妃聽聞，驚訝得面面相覷。

王貴妃結結巴巴地說道：「通敵叛國可是比欺君還要嚴重的，這……這可是真的嗎？」

太后蹙眉道：「照理我們後宮之人不應該過問朝政，可事關重大，倘若尚書左僕射趙府真有通敵之舉，定不能輕饒。」

睿宗帝的手指重重敲著文書，憤然道：「白紙黑字寫著，就連買賣數額都標得一清二楚，還有左僕射的簽章，這還能有假嗎？」

王貴妃執錦帕抵住鼻尖，滿面驚慌。「二皇子是否知曉此事？若還不知曉，可不能再讓徵兒與趙府走得那般近了！」

李奕在旁一語不發，他知曉阿娘能比他說得更好。

太后聽到王貴妃提及二皇子，氣得嘴唇都哆嗦起來了。「這個逆子！先才他媳婦還在涼亭說了，他和趙家人交好！他們打小一起長大，親密無間，既如此，趙家通敵，徵兒怎可能不知曉？」說著，太后的眼淚順著溝溝壑壑的眼角淌下來。「太子不爭氣，本以為徵兒是好的，不想所行所做更加不堪入目！他們這對兄弟，去了九泉之下都對不起他們阿娘長孫氏啊！」

聖主本就心煩意亂，再聽到太后說出這番話，頭痛得似要裂開一般。睿宗帝強令自己冷靜下來，畢竟在太后、王貴妃、丹陽面前，不適合談論朝政之事。

聖主看到安安靜靜如修竹一般垂首不語的李奕，終感欣慰。驚悉此事，李奕能不喜不悲，只有眉眼裡現出了淡淡的落寞和惋惜，在不知曉詳情的情況下，也不會妄加評論他的二哥和趙府。睿宗帝閉上眼睛，他的身體每況愈下，可能時日不多了，許多事必須快刀斬亂麻，他不期再活百年，只盼能多活數月……

睿宗帝平復了心情，睜開眼睛走向太后，聲音滿是疲累。「阿娘今日受的驚嚇已不小，千萬莫再替小輩憂心。我帶奕兒到隔壁廂房說話，讓王貴妃和丹陽在此照顧阿娘。」

王貴妃微轉頭看向李奕，李奕朝王貴妃點了點頭，目光安然平和，王貴妃放下心來，決定不再就此事多言，免得惹聖主不喜。

閣樓內堂，聖主將宮婢遣退，單留了盧內侍在旁伺候。睿宗帝命盧內侍將文書遞給李奕，待李奕讀完後，緩緩地問道：「奕兒，你認為李徵與此事是否有關？」

李奕搖了搖頭。「從文書上來看，趙府私販糧資兵甲是為了牟取巨利，而二哥身為皇子，理應不缺錢帛，故如此大的款項二哥也無處用了。或許二哥與此事真無干係，一直以來都是被蒙在鼓裡的。」

「哼，如果他未參與此事，也證明了他毫無辨別是非的能力！關係如此緊密的朋友，犯下這般十惡不赦的大罪，他敢有臉言此事與他無關嗎？」睿宗帝心意已決，太子一人就已經將他的耐心磨光了，現在無論是太子還是二皇子，他都不會猶豫心軟。他唯一能向先皇后交代的，就是若李徵未參與通敵，他會讓李奕留他性命。

李奕不再談論二皇子和趙府，只躬身勸道：「阿爺這些年操勞過度，身子耗損嚴重，兒前幾年只貪享玩樂，未曾替阿爺分憂，感到十分慚愧。可現在不論是朝局還是天下，都離不開阿爺，都需要阿爺主持大局，故還請阿爺照顧好自己，如此才能替黎民蒼生謀福。」

睿宗帝搖了搖頭，一聲嘆息。「是我不好，早年將心思全放在太子和徵兒身上，忽略了你和晟兒，不想他二人一個比一個不爭氣。仔細想來，我也沒資格說李徵，我還不是和他一樣識人不清？」

李奕道：「大哥和二哥在兒時確實比我與五弟要優秀許多，許是因為大哥他們過早見識了權勢和利益，再而常有旁人阿諛奉承，漸漸被歲月迷了眼睛，才誤入歧途。兒有個不情之請，請阿爺諒大哥和二哥初心皆善，不論他們將來做了何事，都留他們性命。」

睿宗帝頷首道：「這就要看他二人的造化了，留還是不留，也不再是我說了算，奕兒，將來就看你的決斷了。」

李奕聽言大驚，忙惶恐跪地。「孩兒何德何能，還請阿爺三思！」

睿宗帝走上前欲扶李奕。「你的德行能力遠勝大郎和二郎，你五弟的品性才能確實也很好，但性情太過清冷，許是他從小失去母妃的緣故，兄弟親情在晟兒眼裡，怕是不值一文，萬幸在你對於他來說是個例外，晟兒的能力唯獨肯為你所用。」

李奕跪地不敢起。「承蒙阿爺錯愛，兒誠惶誠恐。只是兒擔心自己能力不濟，將來難擔大任，辜負了阿爺的期望和信賴。」

「若你都不行，某膝下也就再無人了。」睿宗帝長嘆一口氣。「奕兒，你不用再謙虛。這條路其實不好走，皇帝不見得就比尋常人過得開心，便是我，也時常羨慕那些把酒桑麻、可縱遊山水的生活。」頓了頓，聖主又道：「好了，我心意已決，你不必再自謙，回宮後我就會擬旨。」

李奕知時機已成熟，遂伏身在地，長拜聖主。「承蒙阿爺錯愛，兒定日日警省吾身，不偏不倚，為蒼天百姓謀福祉，護我聖朝江山千秋萬代，絕不會做出任何對不起大聖朝、先祖、阿爺之事。」

「很好，快起來吧。」睿宗帝蹲下身，親自將李奕扶起，嚴肅地說道：「我雖已承諾了你為太子，將來繼承我大統，但是這麼多年來，徽兒在朝中根植的勢力不容小覷，若不是前兩年他一心對付你大哥，怎可能留了你與晟兒成長的機會？難保他今後不會有大逆不道之舉，故你必須提高了警惕，千萬不能掉以輕心，可能明白？」

李奕起身後，面上神情不再似往常那般溫和儒雅，眉眼間多了分認真和威嚴，頷首道：

「阿爺放心，兒定謹記阿爺囑咐，非但不敢大意，更會護好皇宮，不臨大亂。」

「好，某相信你。」睿宗帝拍了拍李奕的肩膀。「一會兒你就隨我回宮，由你主持徹查趙家通敵一案，至於晟兒，讓他留在櫻桃園陪五王妃。三王妃、太后等人也先留在此處靜養，某會吩咐左右千牛衛看守櫻桃園，你不必有後顧之憂。」

「兒聽從聖主安排。」李奕說罷，停了停，見聖主要遣他離開，忙抱拳說道：「兒還有最後一個請求，請聖主成全。」

睿宗帝眉毛微挑，疑惑道：「還有何事？但說無妨。」

李奕道：「兒雖蒙阿爺抬愛，擔以大任，但兒仍有自知之明，現在朝堂和大聖朝尚且離不開聖主，朝中多為老臣，兒資歷尚淺，不能服眾。兒聽阿爺的咳嗽聲急驟卻沈悶，是已頗為嚴重了，先才祖母有提及替琳娘和五王妃醫治的盧醫官，盧醫官雖年輕，卻極精通藥理，還請聖主允許孩兒請盧醫官替阿爺聽脈看診。」

「唉，虧你還能有這份心……」睿宗帝心有戚戚然，登大寶君臨天下數十年，鄰國俯首，無數人稱臣，拂袖肆意風雨，可終究要迎來生老病死。睿宗帝嘆道：「將那盧醫官請過來吧，能得太后與你青睞，定然不差。我也看看她醫術究竟如何，能否令某熬過秋日，再看一場盛京的大雪。」

李奕面露欣喜。「阿爺身體定能痊癒，福壽延年！」

沙漏翻轉，不知不覺已經過了子時，廂房裡一片寂靜。床榻旁的人一動未動，垂首靜默，只有昏黃燭火偶爾不安分地跳動，時不時將床邊人的身影拉長一些，令廂房不至太過死寂。

房裡的食案還未撤下，上面的羹臛小菜都已經冷涼了。

廂房外長廊上，溫榮的婢子正在悄聲說著話。

「碧荷，王妃已經睡了六個時辰，妳說王妃什麼時候才會醒呢？」綠佩聲音沙啞，眼睛紅腫，明顯是剛剛哭過。

前一日溫榮前往櫻桃園高地，同謝琳娘、丹陽公主等人一道赴宴用席面時未帶婢子，直到溫榮受傷再服用湯藥睡去後，才有宮女史將綠佩和碧荷引到閣樓伺候。

綠佩剛知曉王妃受傷昏睡不醒時，嚇得不知所措，在廂房外一直低聲啜泣，好在無人吩咐差事，偶爾的端茶送水，碧荷也一人做了。

碧荷搖搖頭，擔憂地說道：「娘子前段時日吃了幾劑滋補湯藥，面上剛有了些血色，不想昨日就受傷了，還流了那許多血……」

綠佩擦了擦眼睛，走進外廂，隔著簾子往裡張望，半晌後回到長廊，又在碧荷身旁坐下，嘆了一聲。「五皇子還陪著王妃呢，都一整晚了，五皇子只叫添了次茶水，食案上的飯菜是一點未動。倘若老夫人和夫人知曉五皇子這般在乎王妃，好歹能欣慰些。」

碧荷未接話，而是去抱了一床薄褥子過來。「時候不早，綠佩妳先睡會兒，我在這兒聽叫鈴。說不定明日一大早王妃就會醒來，到時候王妃要人伺候，總不能我們兩人都沒精神。」

綠佩聽話地點點頭，蜷縮了倒在被褥上，無奈翻來覆去，怎麼也睡不著。

溫榮眼睛瘦澀，眼皮似被黏在了一起，沈得睜不開，腦子裡也還暈暈乎乎的。迷糊中，她隱約感覺到最熟悉的身影正陪在身邊，溫榮嘴角微翹，很是安心。許是還未休息夠，不一會兒，溫榮又沈沈地睡去了。

這一覺不踏實，溫榮耳邊不斷迴響起前世韓秋嬏那冷漠的聲音，前世發生的一幕幕也浮現到了腦海中……

「溫貴妃何須與我多禮？盧內侍來傳太后慈諭，我跟來看看。」

「溫榮娘，妳以為沒有聖人首肯，太后會下這道慈諭嗎？」

溫家舉家傾覆了，所有男丁在西市市坊口處決，女子貶為賤籍。而她呢，一段白綾，加恩賜令自盡，立即執行。

清晰強烈的絕望湧上心頭，溫榮眼睜睜地看著正不斷掙扎、想擺脫內侍的綠佩和碧荷。

碧荷努力地朝溫榮靠近，不斷地喊道：「娘子，聖主不會不管您的！娘子您再等等，您不能死啊，娘子……」

腳下的黃檀圈椅搖搖晃晃，溫榮連踩都踩不穩。

她好像從小到大都沒爬過高，喔不，有一次她和哥哥一起爬過。那時她才六歲，舉家仍在杭州郡，阿娘不允許她吃甜點心，因為她管不住嘴，吃多了就不肯正經吃飯了。可哥哥捨不得看到她因嘴饞而眼淚汪汪的模樣，遂悄悄帶了她去廚房，搬了圓凳，自己先爬上去，告訴她櫥裡有好多點心，問她想吃什麼，他來拿。偏偏她是個倔強的孩子，一定要親眼瞧瞧，無奈人小個子矮，踩著圓凳還必須踮起腳尖，都這般了還是看不到，於是她不安分地蹦了蹦，圓凳就歪了，軒郎眼見她馬上要摔倒，趕忙張開手想扶住她。

溫縈嘴角揚起，軒郎當場成了她的肉墊子，她身上一點傷也沒有，但嚇得哇哇直哭，軒郎反而被蹭傷和瘀青了好幾處，還被阿爺打了板子。不想事後軒郎非但沒怪她，反而向她道歉，說是他沒留心，害她摔倒受驚嚇了。

從那以後，她就不爬高了。可是現在呢？

溫縈兩手抓著冷冰冰的白綾，微抬起下巴，脖頸慢慢地套了進去，徹骨寒意襲遍全身，牙齒磨擦間格格作響。

韓秋嬏不耐煩了，在下面抬頭怒目瞪她，催促她，讓她不要再磨蹭，快一點，死了便一了百了，不要再礙誰的眼了。韓秋嬏朝前走了一步，打算親自踢翻她足下的圈椅。

溫縈閉上眼睛，淚水滑落而下，在唇邊轉旋而過，就在她蹬倒圈椅的那一剎那，綠佩觸了那紅漆大抱柱，而殿外傳來高聲通報——

「太后駕到，溫貴妃迎駕！」

一旁宮人忙上前將溫榮救了下來，韓秋嬏滿眼錯愕不甘地看了她一眼，趕緊快步走出殿接迎太后……

溫榮猛地睜開了眼睛，映入眼簾的不是韓秋嬏狠戾的嘴臉，也不是王貴妃假善的面孔。

李晟正驚訝地看著她，眼神裡是化不開的關心和擔憂。「榮娘，怎麼了？是不是作噩夢了？不要害怕。」說著，李晟抬手用袖子輕拭她的額頭。

溫榮回過神來才發現她渾身是汗，她以為前世是自縊而亡的，不想她其實沒有死。溫榮嘴角微顫，不知是驚是喜，想哭還是想笑，心怦怦跳個不停，慌亂地四處張望，整個人止不住地顫慄。

李晟扶著溫榮的肩膀，有些焦急。「榮娘，不要怕。妳看著我，不論發生何事，我都會陪在妳身邊保護妳的……」說著，李晟自己愣了愣。這次溫榮遇危險受傷時，他在哪裡？他無能為力……

溫榮好不容易才緩過來，怔怔地看著李晟，那雙滿是關切的眼睛猶如黑不見底的深塘，她的思想情緒不斷被吸進去，禁錮在塘底無法動彈。溫榮張了張嘴唇，嗓子很乾，她說不出話來。

溫榮的眼神有幾分古怪和陌生，李晟看得心裡一陣慌亂，他很想問問溫榮夢到了什麼，可卻不敢開口，他怕問了，溫榮會更加承受不了。李晟輕握住溫榮的手，看到溫榮嘴唇乾澀發白，細心地說道：「榮娘，妳等等，我這就去端水過來。」

李晟掀起袍襬就要起身，忽然感覺腰上的穗子被輕輕抓住，李晟詫異地回頭，看見溫榮正驚慌地盯著他，不斷搖頭。

李晟心裡又痛又高興，不論怎樣，榮娘受到驚嚇害怕時，是需要他陪伴的。李晟柔聲安慰道：「榮娘放心，我沒走，只是擔心榮娘口渴了。」

溫榮不肯鬆手，李晟也只能靜靜地坐著，好在不一會兒綠佩就端了湯藥進來。綠佩見溫榮醒了，這才咧嘴笑了起來。王妃足足昏睡了十二個時辰，她和碧荷也跟著擔驚受怕了一整日。綠佩照吩咐，端了溫水過來。

李晟小心地將溫榮扶起，溫榮不經意間用右手撐了下床榻，痛得倒吸一口涼氣，李晟越發心疼，也不肯溫榮再動，直接連著錦衾將溫榮抱起靠在圓枕上，餵溫榮服下盧醫官配的湯藥，又親自拈了顆蜜果子送入溫榮嘴裡。

溫榮的目光漸漸平靜下來，嗓子也舒服了一些，先是虛弱地咳嗽兩聲，再軟軟地靠在李晟懷裡，回憶起夢裡關於前世的場景。就在她赴死的那一刻，是太后——也就是現在的王貴妃——忽然收回了賜死慈諭。溫榮不禁想起上月在皇宮太華池旁的水榭賞景時，忽然闖入腦海的景象，井裡倒映著她落魄狼狽的身影。看來她確實未死在紫宸殿，而是被關了起來，只是中間緣故她還無法完全記起。

原來她也沒有全部的記憶。溫榮似乎能明白李奕守著零零星星的些許記憶，不上不下那種如鯁在喉的心情了。溫榮唯一能確定的是，就算全部恢復了，也不會是甚愉快的回憶。

「榮娘，妳一整天沒吃東西了，有沒有什麼想吃的？」李晟將溫榮面頰上的髮絲小心勾下。「或者先讓盧醫官過來看看？」

溫榮嘴唇發白，吃力地笑了笑。「我沒事的，就是沒胃口，似乎什麼也吃不下。別去麻煩盧醫官了，我受的只是皮外傷，無甚要緊，讓盧醫官照顧琳娘就好。對了，琳娘怎麼樣？孩子保住了嗎？」

綠佩在旁不滿地插嘴道：「王妃才醒過來就想著別人，王妃現在最要緊的是養好傷，盧醫官都說了，傷口很深，倘若未將養好，往後就不能提筆寫字作畫，也不能再替老夫人和五皇子煮茶湯了！」

溫榮聞言，怔怔地看著裹了厚厚紗布的右臂。

李晟不滿地掃了綠佩一眼。

綠佩嚇得往後一縮。平日李晟看在她和碧荷是溫榮貼身侍婢的分上，態度尚算溫和，今日綠佩還是第一次面對李晟嚴厲的目光。

「不用擔心，好生將養就能恢復如初，所以飯是一定要吃的。」李晟笑道。

溫榮面露難色。

綠佩在一旁小心翼翼地說道：「往年王妃沒有胃口時，就喜歡吃雕胡飯和冷淘，我讓宮婢去準備這兩道吃食，再準備幾道清淡爽口的小菜可好？」

李晟頷首認同，溫榮也朝綠佩微微笑了笑。

綠佩鬆了一口氣，逃難似地跑出廂房，去尋宮婢安排飯食。

李晟輕順溫榮烏溜溜的髮絲。「這幾日我會陪榮娘在櫻桃園靜養，榮娘只管安安心心地養傷，不要再胡思亂想了。」

溫榮忍不住蹙緊眉頭。「晟郎皆在櫻桃園，那朝堂和公衙裡的事情怎麼辦呢？聖主會不會怪罪晟郎？」

李晟搖搖頭，笑容舒緩安然。「該辦的昨日之前都已辦好，朝中之事有聖主和三哥就足夠了。至於聖主是否怪罪，榮娘更不必擔心，現在聖主極賞識榮娘的勇敢，又有太后和王貴妃幫我們說話，所以無事。算來我也託了榮娘的福，可以在櫻桃園與榮娘一道好好休息。」

溫榮現在仍心神不定，故亦希望晟郎能陪在她身邊，既然晟郎堅持了，她便也不再推拒。溫榮想到李晟說該辦的事昨日之前已辦好，再思及昨日趙家侍婢慌慌張張的模樣，以及趙二娘的忽然失控發瘋，心下也明白了十之八九。

廂房四下無人，溫榮直接問道：「晟郎，是不是趙家通敵的事情被發現了？有查到二皇子那兒嗎？倘若查到，晟郎就不能在此陪我了，照二皇子的脾性，聖主與太后都會有危險，晟郎該去護好皇宮的安全。」通敵罪行重過欺君，只要查出二皇子參與通敵牟利，聖主就定不會輕饒。二皇子籌謀多年是不可能妥協的，如此二皇子就只有謀反這一條路。

溫榮不知三皇子和晟郎在宮中佈置是否妥當，倘若讓二皇子篡位成功，他們都將沒有活路，而且在溫榮看來，二皇子應該由晟郎親自擒拿，晟郎再以此向聖主和三皇子示忠。

「趙府事發了，我把趙家大郎殺了後，將蓋有尚書左僕射印章的文書放在了趙大郎身上。」李晟見溫榮面露驚訝之色，忙用手覆著溫榮手背，以期溫榮安心。「榮娘，現在聖主命三哥主持徹查趙府通敵一案，如此三哥就不能將二皇子和趙府謀反牽扯在一起，因為就算二皇子罪行深重，也不能由三哥發現。」

溫榮對趙大郎的死雖震驚，卻也知曉在這場儲君之爭中不是你死便是我亡。溫榮朝李晟安然一笑，晟郎的意思是二皇子應該會在暗中再觀察些時日，不會那般快謀反。李奕行事作風果然小心謹慎，怪道最終會是他繼承大統。

李晟又補充道：「其實皇宮裡也做了佈置，因為王貴妃在初始就有意無意地提醒聖主，趙府通敵與二皇子撇不開干係，故聖主將太后等人皆留在櫻桃園，又吩咐左右千牛衛看守。」

溫榮嗔怪地看了李晟一眼，笑道：「晟郎早說清楚不就好了？聖主該是特意讓晟郎這中郎將留在櫻桃園吧？如此聖主才能放心將太后、丹陽公主等人留下。」說罷，溫榮想起一事，忍不住皺起眉頭。前世聖主是在當年十二月病逝，現在身體應該不樂觀了。「晟郎，聖主現在身體可好？」

「昨日聖主請了盧醫官替他診脈，盧醫官為聖主開了藥方，聽說還會針對聖主病症調配可隨時服用的藥丸。」李晟認真地說道：「我們也有考慮聖主的身體狀況，林家大郎就在等我們的消息，會隨時快馬加鞭趕回盛京。」

林子琛在杭州郡搜集了二皇子結黨營私和私押朝廷重臣的所有罪證，倘若聖主撐不住，而二皇子還未謀反，會由林中書令揭發二皇子的罪行，令二皇子在朝廷和聖朝裡徹底無立足之地，李奕和李晟還可理直氣壯地端毀整個泰王府，以除後患。

不一會兒，綠佩就帶著宮婢端食盒進來。

午時過後，溫榮的祖母和阿娘也被接進櫻桃園探望溫榮。

櫻桃園發生的事情暫未傳將出去，昨日在櫻桃園高地赴宴的皇親貴胄和茹娘等皆留在了櫻桃園歇息。今日一大早，有內侍到溫府傳話，謝氏和林氏才驚悉溫榮受傷了。二人慌慌張張地準備了一番，心神不寧地胡亂用過午膳後，就匆匆忙忙地隨內侍往櫻桃園來了。

謝氏和林氏看到溫榮精神尚可，且有李晟寸步不離地陪在身邊，這才鬆了一口氣。

溫榮看祖母與阿娘略微放心後，轉而關心起府裡的事情。

林氏與溫榮鬱鬱地說道：「妳阿爺昨日一整晚都沒回來，只差小廝回府傳了話，說要查甚案子，這幾日都不能回家了，也不知到底是何事這般忙。」

聖主令三皇子主持徹查趙家通敵一案，三皇子便重用了身為御史中丞的溫世珩。

溫榮見阿娘情緒不佳，猜到阿娘約莫是擔心阿爺在外玩樂留宿了，祖母偏偏不肯多管這些事，溫榮只得開口安慰了阿娘幾句。溫府早就與三皇子緊緊聯繫在一起，撇不開有關的任何事，身為朝臣的阿爺確實很辛苦。

溫榮明白趙府的事情不可能是秘密，就算二皇子有意遮掩也隱瞞不了幾日，更何況一會兒祖母和阿娘一定會詢問她如何受傷的，因此乾脆直言道：「阿爺這幾日確實很忙，先才兒還聽晟郎說了，尚書左僕射府犯了案子，那尚書左僕射可是重臣，故負責查案的御史臺怎可能清閒呢？兒之所以受傷，就與這事脫不開干係。趙家二娘一則傷了容貌，二則驚悉府裡出事，故才失心瘋持刀傷了孩兒。」

趙府犯案是朝堂上的事，謝氏和林氏聽了也無意多問，在驚聞溫榮是被刀傷的瞬間則變了臉色。

刀劍無眼，只傷到手臂真真是萬幸！謝氏捏著手裡的佛珠串，連說了幾聲阿彌陀佛。林氏則朝溫榮看了又看，見別處確實再無傷口，才撫胸口言趙家娘子好狠毒，忽然想起趙二娘受傷與茹娘有關，忍不住又數落了茹娘幾句。

謝氏對林氏說道：「本以為茹娘好女紅，會是個安靜的性子，不想現在成天在外瘋玩。平日妳對茹娘的管教真應該嚴格一些，不能因為她是老么就一味地縱容她。妳看看現在，她闖下的禍事，反要她阿姊來承擔和償還！」謝氏長年參佛，極信因果報應，雖然他們一府對趙家皆無好感，卻也從未想過要詛咒或者陷害趙家人，趙二娘受傷後，謝氏和林氏皆是內疚的。

溫榮見祖母說話的語氣頗重，連忙打圓場。

林氏看到溫榮如此懂事體貼，反而更加臉紅了。

這會兒提起茹娘，謝氏和林氏才意識到茹娘不在廂房裡。昨夜茹娘未回府，她們道茹娘是陪溫榮在櫻桃園留宿的，故也十分放心。

謝氏蹙眉問道：「茹娘人呢？妳都受傷了，她不在廂房裡守著，又去外面瞎胡鬧和惹事了嗎？」

溫榮噗哧一聲笑道：「祖母錯怪茹娘了，早上我還未清醒時，她就過來了好幾次，後來是我覺得大家都擠在廂房裡吵得慌，才將她們都支出去的。茹娘知曉我喜歡吃新鮮膾絲，她發現櫻桃園霜溪裡河魚長得肥美，就打算親自捕上幾條給我補身子，還好被我及時阻止了，否則非得弄得全身濕漉漉的不可。對了，晟郎知曉祖母和阿娘過來後，就遣人去尋茹娘了，約莫過一會兒她就會回來。昨日之事已經將茹娘嚇壞了，還請祖母與阿娘莫再責怪她。」

溫榮聽說茹娘昨日內疚地哭了好久，後來是被丹陽公主好不容易才勸住的。過兩日讓她回府安安分分地抄佛經便是了，現在再被祖母和阿娘訓斥也太可憐了些。

果然不到一盞茶的工夫，外廂便通報茹娘進廂房了。

茹娘看到祖母和阿娘，心虛地問了安，生怕會再被數落，直到發現祖母和阿娘都沒有責怪她的意思，才放下心來。茹娘知曉定是阿姊在祖母面前替她說話，否則照祖母的脾氣，一定不會給她好臉色看的。

茹娘說道：「阿姊，先才月娘、歆娘和我一起在附近的涼亭裡說話，她們也想過來探望阿姊，可我擔心會鬧，就不敢隨便答應了。」

謝氏瞥了茹娘一眼，意味深長地說道：「經了這事，妳總算是懂事一些了，能考慮到妳阿姊受傷需要靜養，不能喧鬧。往後凡事都不得魯莽，妳阿姊不可能時時事事都護著妳。」

溫榮這才知曉陳家娘子也被留在櫻桃園，不經意地看了李晟一眼後，想了想才與茹娘說道：「到點了妳請陳家娘子一起用晚膳，用過晚膳再來陪我說說話，那時丹陽公主也在，妳們幾人湊一起熱鬧。」

茹娘一口答應下，勤快地端茶倒水，確實安分了許多。

溫榮抬眼，發現李晟在廂房裡站不是、坐不是，呆呆的也插不上話，只愣愣地看她，心裡不免有幾分好笑。晟郎其實並不擅長與人來往，所以總是肅穆冷峻、少言寡語，擺出一副高高在上、冰山般的姿態，以至於拒人於千里之外。這會兒廂房裡人多，圓凳、矮榻上皆坐了人，怪道晟郎要不自在了。溫榮看向李晟，說道：「晟郎，太后昨日也受了驚嚇，既然我醒了無事了，晟郎就該去看看太后，順便代我向太后請安。」

謝氏聽了長嘆一聲，言她也要去看望太后，讓李晟陪了她一道去。

李晟連忙起身答應下，讓溫榮有事隨時喚他，便隨謝氏往長廊東處的廂房尋太后。

太后見到二人，只交代了李晟要照顧好溫榮，就單獨留下謝氏說話。

李晟退下後，本打算回去陪溫榮的，忽然想起一事，遂轉身朝閣樓外走去。出了閣樓，沿林蔭小道穿過半片櫻桃林便可到霜溪。

陳月娘和陳歆娘正在閣樓不遠處的賞櫻亭裡歇息，剛才宮婢過來傳話，言五王妃請她們用過晚膳後敘話，現在離晚膳還有一個時辰，陳家娘子無事可做，只能百無聊賴地閒著。二人正要離開時，陳月娘忽然看見五皇子走上林蔭小道，一路往霜溪的方向行去。李晟一襲玉色圓領大科袍服，玉簡腰帶上繫著金雙魚牌符和靛青色冰玉石絲條，陽光在李晟俊美的側臉上鍍了層金色的迷人弧線，陳月娘不禁停下腳步，眼神黏在李晟身上，怎麼也移不開。

陳歆娘見阿姊這副模樣，頗為不悅，扯了扯陳月娘道：「阿姊，外面日頭大，我們快回廂房歇息吧，晚上還要去探望五王妃呢！」

陳月娘回過神，朝歆娘尷尬地笑了笑。

人雖跟著歆娘一道回廂房了，可心卻仍繫在五皇子身上，陳月娘左思右想後，趁歆娘至屏風後更衣時，高聲喊道：「歆娘，我去一下廚裡，想親手做兩道點心，晚上帶去探望五王妃！」

屏風後，歆娘正穿著一層絹紗，焦急地探出個小腦袋來。「阿姊，我很快就換好衫裙了，妳等我一會兒！」

陳月娘早已匆匆忙忙地走到廂房的隔扇門處。「歆娘妳笨手笨腳的，什麼忙也幫不上，在廂房裡等我便是，我一會兒就回來了！」說話間，陳月娘就出了廂房。

陳家娘子休息的庭院距離太后、溫榮等人的銜櫻閣只有數丈遠，陳月娘透過樹間縫隙，遠遠地看了眼銜櫻閣青瓦房檐上的瑞獸像。不知為何，陳月娘總覺得那瑞獸銅鈴般的雙目正注視著她的一舉一動。陳月娘握拳的手微顫，她無意與五王妃爭搶，往後若能在一府裡，她亦會事事都聽從榮娘的。心下思定，陳月娘回到先才的涼亭，再順著李晟走的林蔭小道快步朝前行去。她也不確定李晟是否會在霜溪旁，若在，許是上天都在幫她，倘若不在，她再安分回廚房做點心便是。

走了一刻鐘不到，陳月娘就看到了五皇子的身影。李晟戴一頂尖角蓑帽在霜溪邊垂釣，身旁的窄口篾簍裡已經裝了數條肥美鮮活的鱸魚，那鱸魚正在篾簍裡撲騰著，啪啦啪啦作響。陳月娘觀察後，確定李晟未帶小廝和侍衛，而霜溪順流的蜿蜒處有三、四名粗使婢子正在打掃，這機會再好不過了！

陳月娘緊張地捏著錦帕，抬手撫了撫髮鬢，整理一番衫裙，有些後悔未穿那身新做的杏黃高腰襦裙。出了昨天的事兒，她聽說五皇子寸步不離地守著榮娘，故就不抱希望了，不想連老天都在幫她！陳月娘心怦怦直跳，深吸了一口氣，撚起裙襬朝李晟所處的霜溪畔走去。

陳月娘故意避開李晟的視線，從一處矮灌木叢走至離李晟數十步遠的地方，嬌羞垂首，提起早已被捏縐的錦帕半遮臉、半擋陽光，看到李晟時故意露出驚喜的神色，嬌嬌地喚了一聲五皇子。

李晟轉頭看到陳月娘時，忍不住皺起眉頭。

陳月娘蹲身朝李晟見禮道：「奴見過五皇子，不想五皇子也有此雅興，至霜溪垂釣賞景。」

李晟面無表情地轉過頭，根本不理睬陳月娘。好端端的被人擾了清靜，他覺得十分煩躁。箴簍裡只有三條鱸魚，鱸魚雖肥大，但最嫩而且無刺的腹肉卻很少，李晟本打算至少釣個五、六條的。榮娘喜歡新鮮膾絲，如此晚膳說不得會肯多吃些。

李晟餘光瞥見陳月娘一動也不動，不肯離開，遂抬手提起釣竿。罷了，三條好歹也能剮出一小碟來，明日無事再過來垂釣便是，或許榮娘也可下床出廂房走動散心了。

陳月娘見李晟對她如此冷淡，甚至連話也不肯說一句，頗覺心寒，但她知曉李晟的性子一向如此，當初不知多少盛京貴家女娘對五皇子芳心暗許，可偏偏只有榮娘得到五皇子的青睞，其餘皆黯然神傷、肝腸寸斷。

陳月娘發現五皇子起身就要離開，趕忙朝五皇子走去。「還請五皇子留步，容奴與五皇子說幾句話可好？」

李晟置若罔聞，只作未見，絲毫不因陳月娘的請求而慢下半分。

陳月娘的腳步越來越急，就聽一聲驚呼，陳月娘的玉底繡鞋踩到了一顆覆滿青苔的圓石，腳下一滑，落入霜溪中！

霜溪雖被稱為溪，實際卻是一條匯往澧水的河流，雖不深，水流亦不湍急，可無奈陳月娘不諳一絲水性，落水後就順水滑入河心。

陳月娘在河心撲騰起來，連嗆了好幾口水，瀕死的感覺令她陷入絕望之中，好不容易掙扎出水面，陽光照在水上又刺向她的眼睛，明晃晃的光亮令她腦海一片空白。陳月娘驚恐萬狀地看著五皇子模糊到似已融化變形的身軀，心裡燃起希望，似抓住最後一根稻草，冒著嗆水的危險，拍出水面艱難喊出聲。「殿下，救我！」

李晟站在岸上看著水中撲騰求救的女娘，眸光越來越暗，眉頭也越擰越緊，但人仍舊一動也不動。不論陳月娘是真的落水，還是玩甚把戲，他都不打算去救。他一直是個冷漠的人，現在他唯一要保護的，就只有溫榮而已。只是陳月娘真這般死了，榮娘那兒也不好交代……

陳月娘見李晟無動於衷，根本漠視她的生死，心一點點地沈了下去。直到這一刻她才知道自己有多愚蠢，就算今日她計謀得逞，嫁入紀王府做側妃，五皇子也絕對不會待見她的。兩年前五皇子之所以肯幫她們，不是對她有情，而是看在溫榮的面子上……從頭到尾，都是她不自量力、異想天開！

陳月娘張開嘴想呼吸，可一大口溪水卻灌了進來，她的手腳已經沒有半點力氣，閉上眼睛都是瑩瑩藍藍的亮光一片……

「阿姊、阿姊！快來人，救命啊、救命啊——」陳歆娘氣喘吁吁地跑到霜溪旁，一眼就看到了陳月娘在水裡撲稜掙扎，當即嚇得花容失色，高聲喊著救人。

慌亂間，陳歆娘看到如玉雕般站在溪畔的五皇子，但不論月娘和她如何絕望地呼喊，五皇子的雙眸永遠波瀾不驚、冷漠無情，她們的生命在五皇子眼裡如同草芥。陳歆娘不明白，阿姊為何會心心念念著這可怕的男人？除了溫榮，她們無人能配得上，自然也進不了五皇子的眼！陳歆娘連向五皇子求救的想法都沒有，回過頭就發現陳月娘漸漸不掙扎了，整個人慢慢地沈下去，仰面偶爾冒出幾個水泡。陳歆娘顧不上其他，深一腳、淺一腳地往霜溪裡踩去，帶著哭腔喊道：「阿姊，妳再堅持一下，我來救妳！」每往前一小步，水就會深很多，歆娘自己也面色蒼白，她和阿姊一樣是不懂半點水性的。

「妳不會水，快回岸上！我來救！」

忽然，有道靛青色身影從陳歆娘身旁閃過，躍至河中心，攬住陳月娘浮出水面，再緩緩地游至岸邊，陳歆娘目瞪口呆地看著這一幕。救人者不是旁人，正是溫榮的長兄溫景軒！

李晟看清是軒郎，這才將篾簍和釣竿丟下，快步走到軒郎入水的地方，俯下身，拽著溫景軒的胳膊，將二人拖到岸上。哪怕是最後幫忙，李晟也半點不肯碰到陳月娘。

溫景軒將陳月娘放在了地上，自己扶著李晟起身。

就在這時，四周聽到呼救聲的宮婢和侍衛都趕了過來，陳月娘濕透的衫裙緊緊貼在身上，一名粗使婢子拿了身麻衫先替陳月娘裹上。

陳歆娘抱起陳月娘，不斷拍撫。

陳月娘終於咳出了幾大口水，待恢復了知覺後，陳月娘羞愧難當，伏在陳歆娘的身上放聲痛哭起來。

溫景軒渾身也濕透了，面上神情沮喪茫然，頭巾髮髻不斷滴水，對陳月娘和陳歆娘未有交代，只吩咐小廝抬來肩輿送陳家娘子回去，接著背過身擰了擰袍袖，長嘆一口氣。

李晟拎起篾簍和釣竿，眼神裡藏著幾分笑意。倘若軒郎不過來，他是真會看著陳家娘子溺水而亡的，只是不知該如何向榮娘交代，榮娘亦會因為此事而內疚。現在可好了，軒郎主動上前幫忙，不愧是好兄弟！

李晟拍了拍溫景軒的肩膀。「走，有甚事一會兒再說了，我先帶你去換袍衫。」

溫景軒搖搖頭，隨李晟一道離開霜溪畔，往銜櫻閣行去。

回到閣樓後，李晟將篾簍交到廚裡，吩咐晚膳要替五王妃做新鮮膾絲，又命廚房煮碗薑湯送來，交代妥當後，李晟帶溫景軒去了另一處廂房更衣。

李晟的身材比溫景軒要高大一些，一身秋香色袍服穿在溫景軒身上頗為寬鬆。

李晟將宮婢送來的薑湯親自端到溫景軒面前。

「先把薑湯吃了，驅驅霜溪裡的寒氣。溫老夫人和溫夫人都過來櫻桃園了，一會兒有你受的。」

溫景軒疲累地看了李晟一眼，無奈地問道：「倘若我不救，五皇子就任陳家娘子被溺死嗎？」

李晟認真地點點頭。

「軒郎明白救人的後果，我辦不到，我寧願榮娘責怪我。我能慢慢化解榮娘內心的愧疚，但無法容忍紀王府裡多出一個莫名其妙的女人，讓榮娘不開心。」

「還好榮娘是我的妹妹……」軒郎慢慢將薑湯飲盡。他的思緒極紛亂複雜，他在水鄉長大，水性頗好，見有人落水，也未多想就直接跳下水救人了。他在眾目睽睽之下將陳月娘抱了出來，二人渾身都濕漉漉的，他若不娶，陳月娘這輩子就不要想嫁了……

思及此，溫景軒扶額，頭痛不已。他的心思多在鄭大娘子那兒，對陳家月娘無半點情意，往常連見面的次數都極少，話也未曾說過半句，他竟然就這樣糊裡糊塗地惹下了情債！

第四十章

「怎麼辦？」溫景軒一臉沮喪地向李晟求助。「我見有人遇到危險就要沒命了，心裡一緊張，哪裡還能顧得上那些有的沒的……」

「英雄救美，敢作敢當！」李晟執羽扇敲軒郎的肩膀，戲謔了一句。半晌後，李晟發現溫景軒是真的一籌莫展，也不好意思再打趣了，轉而認真地說道：「你現在問這事兒該怎麼辦，擱誰那兒都會這樣回答的。尤其是你的妹妹，榮娘本就與陳家娘子交好，早前沒少幫助過她們，一旦讓榮娘知曉陳家娘子因你失了名聲，非你不能嫁，定會極力勸你娶陳月娘的。而溫老夫人、溫中丞、溫夫人向來滿意陳府的家世和家風，亦會想方設法促成你們。唯一的法子是陳家月娘寧死不肯嫁，否則軒郎你就只能妥協，受了這門親事。」

「唉，救人竟能惹出這般大的麻煩。」溫景軒懊惱地捶了幾下大腿，雖後悔，可這事兒重新來過，他仍會去救人。溫景軒的性子與李晟大不相同，自習武後是不會像以前那般軟弱好言了，性子亦剛硬了不少，卻還未到薄情寡性、能眼睜睜看他人死在面前的地步，尤其是在他有能力救人的情況下，根本無法見死不救。

李晟偏偏就擔心溫家兄妹太過心善，他能努力護溫榮的周全，可溫景軒將來是要去邊疆的。李晟語重心長地勸道：「軒郎，沙場征戰最見不得你這種脾性，兵士便算了，誤的是你一人性命，可若成了將領，優柔寡斷，不忍廝殺和放棄，極容易被敵方鑽了空子，打敗仗不說，還會全軍覆沒。」

溫景軒朝李晟擺了擺手，煩躁地說道：「你說的這些大道理我不是不懂，可今日情況不一樣。陳知府與阿爺是故交，陳知府的女兒也不是突厥、韃靼，如你這般冷血，恕我辦不到！」見李晟面色頗為冷肅，溫景軒也知自己說得過了。他無沙場經驗，五皇子勸他，也是擔心他日後無命回京。

溫景軒緩了緩情緒，想起一事，與李晟感激道：「晟郎，前月你過了一套宅院與我，又捨了錢讓我將鄭大娘子贖出平康坊，這份恩情我還不知怎樣謝你。前幾日我通過了聖主的校習場，不久後就能領都護府曹參軍事一職了。現在鄭大娘子的事我不敢同府裡說，本以為很快會去邊疆，只要能立功，我就能在府中說上話了，不想一事未平，一事又起，今天這事更令人心煩，我真真是焦頭爛額。」

李晟站起身，走至案几旁。「我是無所謂你娶或不娶陳家娘子，畢竟陳府娘子是否嫁得出去與我們皆無關，可話不是由你說了算，故你焦急亦無用。趁現在休息清靜一會兒，我要帶你去尋溫老夫人和溫夫人了。話說回來，軒郎你怎會過來櫻桃園，還那麼巧地出現在霜溪畔？」

溫景軒道：「是三皇子給了我帖子，讓我進園探望五王妃的。三皇子還讓我順便捎封信與你，特意交代了要保密，不能讓他人知曉。我進園才走至賞櫻亭，就遇見了陳家二娘子，當時陳歆娘慌慌張張的似乎在尋人，我想著兩府素來關係近，遂上前關心了幾句，知曉她是在尋陳大娘和你後，我便跟了她一道來找你，不想就遇到了這事……」溫景軒猛地一拍腦袋。「糟糕，信定讓霜溪水泡濕了！」

還好濕透的袍衫和褡褳尚在隔間，未令婢子清理。溫景軒起身將信自褡褳裡取了出來，紅蠟尚在，雙鯉封皮被水泡得起了毛邊。

李晟癟癟嘴接過信件，小心撕開封皮，抖出宣紙。萬幸李奕用的是玉版熟宣，字跡不至於全部化散。李晟吃力地看完信上模糊不清的兩行字後，蹙眉說道：「林大郎被三哥召回京了。」

溫景軒不明白其中利害，笑道：「這可是好消息，有幾月不曾見到林大郎了！不知林大郎何日抵京？到時候我們好好聚聚！」

李晟頷首道：「好。時辰不早，我先帶你去探望榮娘，順便坦白今日發生的事。態度好些，別氣著長輩。一會兒留在園裡用晚膳。」

溫景軒正要答應下，忽覺得哪裡不對。「妹夫，這事兒我可半點錯都沒有，只是平白給自己添了麻煩，怎能說成是坦白，還讓我態度好些呢？」溫景軒見李晟沈著臉不肯理睬他，顧自地向廂房外走去，遂無奈地搖頭嘆氣。罷罷，不能和皇親貴胄一般見識！

宮婢通報後，李晟帶著溫景軒進屋，知曉溫老夫人被太后留在房裡說話，還未回來。

溫榮抬眼見軒郎張了張嘴，一副欲言又止的表情，正要詢問出了何事，就看到綠佩一臉古怪，咋咋呼呼地跑了進來。

「夫人、王妃！不好了、不好了——」綠佩猛地看見五皇子和溫景軒，嚇得倒抽一口氣，眼珠子骨碌碌直轉，不敢再開口。

綠佩在閣樓外聽到了關於五皇子、溫軒郎和陳月娘的流言，說甚五皇子見死不救，溫軒郎摟著陳月娘從霜溪裡出來。櫻桃園本就不大，不過片刻工夫，這事就已四處傳開，還傳得有鼻子、有眼兒的。綠佩匆匆忙忙跑回廂房，就是想讓王妃替溫軒郎想想辦法，她對陳月娘印象極差，總不能委屈了自己府裡的主子啊！

「綠佩，怎麼了？」溫榮知綠佩定是打探到甚新鮮事了，頗為好奇地問道。

林氏和茹娘亦一臉期待地看著綠佩。

只見綠佩不斷地拿眼睛瞟五皇子和溫景軒，溫榮迷茫地看向李晟。

溫景軒橫下心，乾脆將在霜溪邊發生的事情一五一十地說了出來，念在他與五皇子的情分上，將李晟見死不救的行為略過不提，林氏和茹娘等都未覺得五皇子有甚不妥。

溫榮心裡是五味雜陳，陳月娘會忽然去霜溪，肯定同晟郎脫不開干係，但知曉晟郎對陳月娘視若無睹後，溫榮心底還是歡喜的。

林氏揉著錦帕，坐立不安起來。前幾月她一直在替溫景軒相看貴家女娘，聽說阿家看中了謝家娘子，可後來忽然就沒了動靜，她又不好多問。今天出了這事，陳家娘子她雖也喜歡，可陳月娘落水被傳出去終歸不雅……

林氏在左右為難，而溫榮知道軒郎戀著鄭大娘子一事，就更不好開口了。

就在這時，廂房外忽然傳來謝氏的聲音——

「待陳家娘子回府，我們就帶了禮物去陳府求娶。月娘無意落水，我們溫府不能誤了別人家的娘子。」

眾人聽見聲音，轉頭見太后陪著謝氏一起過來，林氏等人趕忙起身行禮。

「不必多禮，我是來看榮娘的。」太后慈祥地看著溫榮笑道：「我聽婉娘說榮娘的精神還不錯，故才敢過來，要不還擔心會打擾到榮娘休息。」太后由丹陽公主扶著，緩緩行至溫榮身旁，早有宮女史端來圈椅，小心伺候太后坐下。

溫榮想起身，被太后笑著輕攔下，溫榮垂首道：「太后也受了驚嚇，兒不能在旁伺候，實為不孝，更感惶恐，哪裡還能受得起太后親自探望？兒現在真真是坐立難安。」

太后拍著溫榮的手背。「我知曉妳這孩子孝順，我那一個個孫子孫女都是不如妳的。可現在情況有別，我與琳娘皆無事了，這幾人裡妳受傷最重，又是代琳娘挨的刀子，所以一定要好生將養，完全恢復了才好，否則我和琳娘心裡都要愧疚的。」

溫榮眼圈微紅，連連點頭答應下。

太后關心了溫榮兩句，便詢問起陳月娘的事來，她和謝氏也是才聽宮婢說的。太后朝謝氏笑道：「才過來就有好消息，溫府是不是又該辦喜事了？軒郎是一表人才，氣宇不凡，我瞧著就喜歡。不知陳家娘子如何？是否配得上我們軒郎？一會兒將人帶過來我瞧瞧。」

謝氏聽到太后要見陳家娘子，微微皺了皺眉。她知曉陳月娘傾慕五皇子，剛才她之所以毫不猶豫地促成軒郎和月娘，一是因為兩府是世交，關係緊密，軒郎不答應也得答應，否則憑軒郎他阿爺的固執性子，非得將軒郎揍個半死不可；二則是謝氏極反感軒郎認識甚平康坊女娘，希望軒郎能正正經經地娶一房貴家女娘做正室。

陳月娘受此大挫，在廂房裡還不知會哭天搶地成甚樣，她哪裡敢讓月娘過來面見太后？真見了，溫府是會成為皇室貴人眼中笑話的。謝氏遂笑道：「太后這不是為難人嗎？陳家娘子剛落了水，想來是驚魂未定了，聽到太后召見，又要擔驚受怕一番，待過兩日事兒定下來後，太后再召見陳家娘子也不遲。」

太后隨和地笑起來。「婉娘所言有理，人在那兒也跑不了。」

櫻桃園的銜櫻閣頗為熱鬧，而陳家娘子休息的庭院則是愁雲慘淡，但陳月娘未如謝氏想的那般哭天搶地，整個院落是籠罩在令人窒息的靜默中。

陳月娘更換衫裙後便躺在廂床上休息，歆娘初始還捺著性子勸說陳月娘，畢竟溫景軒的品貌、家世皆無可挑剔，配陳家娘子是綽綽有餘，可不論歆娘說什麼，陳月娘皆雙目無神地盯著床頂的寶相花紋。

歆娘見左右勸說不過，認定月娘仍在想著五皇子，惱恨地說道：「阿姊，妳再這般固執只會害了自己！橫豎我是不管了，待回府後，讓阿爺和阿娘去說妳，妳現在就祈禱溫家郎君肯過府提親吧！」說罷，陳歆娘噘著嘴，嘟嘟囔囔地跑到廚房裡，麻煩廚娘準備一些月娘喜歡的菜餚。

歆娘本想用過晚膳後，帶阿姊一起去探望五王妃，順便讓五王妃代她二人向溫景軒道謝的，可不想月娘非但不肯起身隨她出廂房，就連晚膳也一口不肯吃，氣得她獨自去尋溫榮。

隔扇門開合發出咯吱咯吱的聲音，陳月娘靜靜地聽著歆娘的清脆腳步聲越來越遠。她其實對五皇子已經死心了，在她沈入水中幾是失去意識的瞬間，就不再對五皇子抱有任何期望。陳月娘將被褥裹得更緊，她就是覺得心灰意冷、恥對眾人而已，她是不想死的。

歆娘去探望五王妃，應該也會見到五皇子和溫軒郎吧？想到這裡，陳月娘忍不住將頭也埋進了被褥中。被褥裡，呼吸越來越渾濁和吃力，就與溺水似的，時間長了，陳月娘的身子都在發顫，直到快暈厥她才將頭從被褥裡探出來。

她要嫁給溫軒郎嗎？倘若嫁與溫軒郎，她會經常遇見五皇子和榮娘的……陳月娘的臉一陣紅、一陣白，不可以，一定不可以……

陳歆娘到溫榮廂房時，謝氏和林氏已經帶著茹娘回府了。林氏向太后保證會守著茹娘抄寫經書，茹娘亦向阿姊承諾會收斂性子。

李晟和溫景軒知曉陳歆娘將過來，為避免尷尬，提前離開了。李晟勸溫景軒聽從府裡安排，如此他從武一事也能更順利。

溫榮的廂房不似白日那般熱鬧，皎皎月光透過窗子灑在仙子紋案几上，氣氛安靜平和。陳歆娘一進廂房，溫榮就招手讓歆娘過來床邊陪她說話。

陳歆娘坐下後看著溫榮，不好意思地撓撓頭，悻悻地說道：「阿姊又給五王妃添麻煩了。」

溫榮笑著搖搖頭，讓歆娘放寬心。「月娘怎樣了？是否有請醫官去看看？祖母與阿娘都很喜歡妳們的，所以不用擔心。」

陳歆娘對溫榮露出感激的目光。溫軒郎和阿姊的態度不甚要緊，只要兩邊長輩都喜歡，她阿姊就能順利嫁到溫府。許是想到阿姊不久後要和她分開吧，歆娘心裡有幾分惆悵和不是滋味。歆娘輕聲道：「阿姊吃了薑湯後就睡了，到現在也不肯起來。」

溫榮噗哧一笑。「這是害羞呢！也無甚要緊的，趕明兒我能下床走動了，就親自過去看看月娘，往後好好過日子就是。」二人正說著話時，丹陽款款走了進來。

陳歆娘連忙起身要讓座，丹陽將歆娘摁了下去，道：「都是閒來無事過來說話的，不必拘謹。」

見丹陽的眼神頗有深意，溫榮問道：「丹陽可是聽到了什麼消息？」

丹陽道：「韓秋嬏下午離開櫻桃園了，聽說是二哥親自過來接的。韓秋嬏給泰王府惹下了不小的麻煩，二哥脾氣遠不及三哥，韓秋嬏回府後怕是沒有好果子吃。」

趙二娘本是關在趙府，足不出院落的，可偏偏韓秋嬏多事，將她領了出來，結果嚇到太后和謝琳娘等人，又傷到了溫榮。

陳歆娘回京後也知曉了許多事情，當年她阿爺被流放，就是二皇子在背後搗的鬼，故其對二皇子及其一府人皆無好印象，抿嘴說道：「二皇子與二王妃壞事做盡，這次二王妃是搬起石頭砸自己的腳，也不知他們以後是否能收斂些？」

溫榮眉眼不抬。以後？若無意外，泰王府怕是沒有以後了。

泰王府正如銜櫻閣裡幾位女娘討論的那般，並不太平。

下午二皇子板著臉將韓秋嬏接回府後，一語未發，直接將韓秋嬏關至廂房裡，鎖門後又吩咐了幾名嬤嬤看守。李徵任由韓秋嬏在廂房裡砸門呼喊，陰狠冷漠地與嬤嬤說道：「看緊點，不用給她送水送吃食，但也不能讓她自殺死了。」

交代後，李徵拋下韓秋嬏，徑直去尋幕僚商討政事。趙大郎慘死，通敵文書被發現，緊接著聖主就命李奕徹查此事，這分明是不相信他，在懷疑他了。李徵覺得十分頭疼，他不可能坐以待斃，實在不行他只能反，否則這些年的苦心經營，俱將付諸流水。

李徵同幕僚一討論就是幾個時辰，陪幕僚用過晚膳後，李徵才去看韓秋嬏，走到廂房外，李徵不耐煩地向看門嬤嬤問道：「怎樣？」

嬤嬤躬身，壓低了聲音回道：「初始二王妃還有力氣喊鬧，小半時辰後約莫是渴了，喊著讓奴婢等送水進去，奴婢照二皇子吩咐不曾理會，二王妃又罵罵咧咧了一陣子，就徹底沒了聲音。奴婢有命小婢到窗欞那兒盯著，不敢讓二王妃有甚閃失。」

李徵冷哼一聲。「愚不可及的潑婦！」說罷，命嬤嬤將門打開。

幾個時辰裡，韓秋嬏皆滴水未進，素來養尊處優的她哪裡禁受過這些折磨？韓秋嬏此刻正一灘爛泥般地軟在矮榻上，嘴唇發白乾裂，聽到門開的聲響，韓秋嬏直起身子，瞪大眼睛冷冷地看著李徵，氣勢上倒是不肯輸半分。

韓秋嬏對二皇子本無情意，大婚後她雖不甘卻也無可奈何。她並非沒想過就此認命，一心扶持二皇子榮登大寶，將來她亦可母儀天下，可沒想到，全禮後不過一月，李徵就娶了褚家娘子做側妃，絲毫不顧及她的感受和處境。現在全盛京都知曉李徵每日每日地冷落她，獨寵那褚賤人，她早沒了臉面。昨兒她不過是替泰王府惹出了一丁點兒的麻煩，李徵就想起她，巴巴兒地來找她興師問罪了。

韓秋嬏忍著滿腹飢渴，譏笑一聲，不陰不陽地說道：「我還以為你要將我餓死渴死在廂房了。怎麼？是不是還要靠我爹來替你完成大事，所以心虛膽怯，又過來尋我了？既然有求於禹國公府，就快讓奴婢送水送吃食進來！」

李徵攥緊了拳頭，手背迸起一根根青筋。他本就憤怒韓秋嬏替他惹下禍事，現在韓秋嬏非但不知錯、不討饒，反而陰陽怪氣地繼續激怒他。李徵恨不得一拳打爛韓秋嬏這副令人噁心的嘴臉，強壓著怒火說道：「妳這個愚婦！妳可知妳到底做了什麼事，替我惹下了多大的麻煩？」

韓秋嬏撐住矮榻起身，一臉不以為意的表情。「那瘋了的趙二娘確實是我帶出府的，可那又如何？不過是刺了溫榮一刀罷了，太后和謝琳娘又無甚事，我有何錯？就算有錯，錯也在趙家那兒！」

李徵渾身發顫，被氣得一時語滯。他怎會娶這種女人做正妃？當初聖主下賜婚聖旨時，他真應該在含元殿前長跪，求聖主收回成命，不論如何，他都不該讓這喪門星進門的！

不知是否被餓得喪失了理智，韓秋嬏越說越興起，雙眼錚錚地冒出凶光。「可惜了可惜了，趙二娘那一刀竟然會刺偏，謝琳娘和溫榮娘這兩個惡毒的女人都該死！她們裝模作樣、處心積慮地對付我，總有一天，我要親手將她二人千刀萬剮，以解心頭恨！」

李徵一步一步朝韓秋嬏走去，表情扭曲。「心頭恨？妳的心頭恨不就是未遂心願嫁給三弟嗎？妳以為憑藉妳那當禹國公的阿爺，還有在宮裡享了一時榮寵的韓德妃，就能嫁去臨江王府嗎？」李徵仰頭大笑。「韓秋嬏，妳可知曉，聖主早就在削妳阿爺的兵權了，而韓德妃則在王貴妃的算計下被棄入冷宮，現在是死是活都無人知道！妳還以為自己是集萬千寵愛，可以讓盛京貴家女娘捧著奉承的韓秋嬏嗎？別作夢了！若不是我念在妳我尚有夫妻之名的分上，好吃好穿地供著妳，否則早將妳這廢物關入柴房，眼不見心不煩了！如此妳非但不安分守己地在府裡待著，反而自作主張地領了趙家人到太后跟前大放厥詞！妳以為借趙家娘子之事能令溫府難過嗎？妳太天真了！妳是不是真不知太后與溫老夫人的關係？就算今日溫家娘子拿刀將趙家人的臉刮花了，太后也只會讓她們抄幾卷佛經就了事的！」

韓秋嬏聽到阿爺和姑母都落魄了，眼睛越瞪越大，李徵後面再說什麼，她都不曾聽進去。她早就想同李徵撕破臉皮了，故指著李徵的鼻子大聲吼道：「你胡說！別以為你信口雌黃幾句我就會相信你！阿爺和姑母早就替我安排好，我本來就是要嫁給奕郎的，是溫榮娘、謝琳娘那些賤人在背後做了手腳，才讓你撿到便宜！你非但不好好待我，還寵愛褚側妃那個賤人，我總有一天要將褚賤人和她肚子裡的孩子一併殺了！」

啪！廂房裡響起一聲脆響，韓秋嬏被李徵狠狠一巴掌打翻在地。

韓秋嬏撐起身子，一臉不敢置信地看著李徵，眼底懼意一閃而過，哆嗦著嘴唇道：「你竟然敢打我、你竟然敢打我……我要去尋阿爺，我要告訴他，你就是一隻白眼狼，讓他去幫奕郎，不要幫你——」

李徵徹底按捺不住心頭怒火，抬腳狠狠踹向韓秋嬏的小腹。

韓秋嬏後背撞在矮榻上，猛地咳出一口鮮血，蜷縮了身子，蹬著雙腿抽搐，口角溢出的鮮血已經染上繡首案紅大牡丹紋夾纈地毯。韓秋嬏抬手死死抓住李徵的朱紫色袍襬，滿心恐懼，心思剎那間千迴百轉。她還不想死，她要親眼看到李徵被三皇子或者五皇子殺死，哪怕她亦會因此丟了性命！韓秋嬏的嘴唇哆哆嗦嗦，開始向李徵討饒道歉，散亂的黑髮黏在滿是鮮血的嘴唇上，眼瞼垂下，遮住了她心底的所有恨意。

縱是如此，李徵仍無法解恨。現在朝中局勢極不利於他，他本想去求太后的，可太后和聖主一樣對他避而不見。在李徵看來，若不是韓秋嬏那個蠢婦觸怒了太后，太后也不會對他如此冷漠。

昨晚從趙府出來，再知曉聖主令李奕徹查此案後，他幾乎陷入絕境。他是與東瀛做生意買賣了，可罪不至通敵，他亦未將聖朝的任何情報透露與東瀛。李徵心緒極亂，生為人子，他從小也得到過聖主的極大寵愛，故不到迫不得已，他不想謀反，不想逼死聖主和太后。

李徵焦躁了整整一天，現在忍不住將所有的怒氣都發洩在韓秋嬏身上。

李徵用腳尖將不斷挪近的韓秋嬏頂遠了些，又在韓秋嬏那已如死灰的心上狠狠踩一腳。「人蠢沒有關係，可若又蠢又沒有自知之明，就著實惹人厭憎了！韓秋嬏，每日梳妝照鏡時妳可有仔細瞧過自己這張臉？再厚的脂粉也遮不住妳的醜陋和歹毒！不論是品性還是容貌，妳都不行，妳拿什麼去和褚娘子、溫榮、謝琳比？妳有什麼資格占著我二王妃的位置？」李徵蹲下身子，抬手扯住韓秋嬏的頭髮，逼她抬起頭。韓秋嬏面上厚厚的脂粉夾了血水，顏色雜陳，狼狽不堪。李徵嫌棄地撇撇嘴，壓低了聲音說道：「將來我繼承大統後，第一個就廢了妳！妳不配當皇后，不配母儀天下！」說罷，李徵將韓秋嬏的頭重重磕到地上。

若不是鋪著軟毯，韓秋嬏必會被撞得頭破血流。

李徵起身，淡漠地看著韓秋嬏。「即日起，妳別想再踏出廂房一步！安分些，每日還會有人送水、送飯過來，否則妳就等著被活活餓死吧！我捺著性子最後奉勸妳一次，妳別再對三弟抱有甚希望了，往後安分祈禱我成事，否則妳臨死時會追悔莫及的。」說罷，李徵用力掰開抓住他袍襬的手，又拿出錦帕擦了擦，再將錦帕棄在韓秋嬏臉旁。

離開時，李徵也未請醫官替韓秋嬏醫治，只交代嬤嬤守好門即冷漠地離去。

太后、丹陽公主、謝琳娘、溫榮等人在櫻桃園裡一住就是大半個月，這其間除了幾位身分顯赫的皇親貴胄，陳月娘和陳歆娘等尋常官宦人家的娘子俱被陸陸續續送回府。

李奕在尚書左僕射府通敵一案中展示了他處事雷厲風行的一面，短短十日工夫，他即搜集齊趙府通敵的所有罪證，趙府男丁女眷悉數被緝捕入獄，只待秋後定罪。

琳娘和溫榮將養了些時日後亦可經常下床走動了，只是不能太過勞累，如此剩下丹陽公主一人，很是無趣。丹陽幾乎將櫻桃園的每一處都走遍了，初始還有陳歆娘陪她一起鞭陀螺、玩花毬，二人相處下來，丹陽倒也喜歡陳歆娘的性情，不止一次在溫榮面前說陳歆娘的好話。丹陽反而對陳月娘印象不佳，認為陳月娘在端架子，故作冷淡，頗有給臉卻不要臉的意思。現在陳家娘子也被送走，她是被悶得發慌了。直到昨日，丹陽聽聞林家大郎抵京，這才打起幾分精神，可再又想到無聖主旨意，她還不能出櫻桃園與夫郎相會，又沮喪了起來。

此時閒來無事，丹陽公主去尋溫榮。前些日子李晟時時陪著溫榮，丹陽也不好意思在溫榮房裡久留，五日前聖主忽然召李晟入宮一趟，而後李晟白日留在櫻桃園裡的時間便少了，但是晚上不論多遲，李晟皆會回櫻桃園陪伴溫榮休息，此舉令丹陽和琳娘對溫榮羨慕不已。

此刻琳娘和盧醫官亦在溫榮廂房裡，丹陽過來時，盧醫官正同溫榮與琳娘道別。

見到丹陽，盧醫官笑道：「不用再去尋丹陽公主了。」

丹陽抿嘴不悅地問道：「怎看到我來就要走？瑞娘是要去哪裡？」

琳娘笑道：「半月前瑞娘替聖主診脈開了個藥方子，正對聖主的病症，聽聞聖主的咳疾日漸好轉。聖主今日特請瑞娘入宮，現在瑞娘算是聖主的御前醫官了，可見瑞娘醫術精湛。」

丹陽聽了長舒一口氣。「阿爺咳疾若是能痊癒，就再好不過了。」

盧瑞娘神情嚴肅，猶豫了片刻後與丹陽說道：「我開的藥方亦無法治癒聖主的咳疾，聖主身子裡是數十年種下的病根子了。瑞娘話有不敬之處還請丹陽莫怪，聖主若能放寬心好生將養，說不得真能康復，可現在聖主沒日沒夜地勞心勞神，怕是……」

琳娘詫異地問道：「既如此，為何聖主還要召妳入宮？」

盧瑞娘抿了抿唇，半晌才說道：「我開的藥丸只能續命。」

丹陽和琳娘聽言，如被雷擊中般，驚得目瞪口呆，丹陽更是面露悲傷之色。

溫榮心裡是早有數的，小心地說道：「聖主此舉自有道理，我們聽聽便是，千萬莫要妄言妄問。瑞娘也別與他人提聖主的身子情況，若有旁人問起，瑞娘只言在盡心為聖主調養便是。」

盧瑞娘頷首道：「我知曉的。昨日王貴妃有過來問我，我便是如五王妃那般回答。只是我有一事不解，照理三皇子是知曉聖主身子真實狀況的，為何三皇子不肯同王貴妃說實話？」

溫榮與謝琳娘相視一望，王貴妃和李奕是母子，自該同心一氣，為何李奕會將如此重要的事情瞞著王貴妃？溫榮忽然意識到，李奕似乎沒有她想像的那般相信王貴妃。說不得李奕也在提防著他的生身母親，畢竟王貴妃是琅琊王氏放在宮中的棋子，關乎琅琊王氏一族的興衰榮辱。李奕將來繼承大統後，琅琊王氏作為外戚，身分顯人，格外引人注意，李奕必須防止王氏的權勢過盛，否則將來外戚弄權亦會變成亂國大患。

盧醫官見琳娘亦面露狐疑，遂不再多問。時辰不早，宮裡派來的馬車還在櫻桃園外等候，盧醫官給溫榮和琳娘各留下了一瓶藥丸，便起身同三人告辭。

盧醫官離開後，三人一時沈默不語。丹陽在擔心聖主的身體，溫榮和琳娘則各自猜測櫻桃園外的局勢。

李奕查處趙家時，故意銷毀了同二皇子有關的大部分罪證，故看似通敵一案與二皇子無關，可隱隱又有牽連，眾人的目光仍停留在二皇子身上徘徊。溫榮不得不感嘆李奕厲害，古書《孫子・軍爭》有言「窮寇勿迫，此用兵之法也」，想來李奕深知其中道理。倘若直接定二皇子謀反罪，等同於將二皇子逼至絕路，窮途末路則怒極反撲，那時二皇子氣勢大盛，定極其難對付。現在李奕故意擺出模稜兩可的姿態，令二皇子無法下決心，每日坐立不安，時日一長，二皇子將自亂陣腳，氣竭勢枯，到那時再一舉鏟除二皇子的勢力，將容易許多。

昨夜李晟與溫榮說了林子琛抵京一事，溫榮就猜對付二皇子的時機成熟了，估摸就是這

一、兩日的事情。

又過了半個時辰，碧荷和綠佩滿面驚慌地進廂房傳話，原來不知為何，櫻桃園的守兵比往日多了三兩倍不止！照碧荷描述，有許多兵士的披膊（注）上還繡了金色辟邪。

溫榮三人皆忍不住皺起眉頭，這分明是聖主的親兵，十六衛中的金吾衛，如此預兆皇宮要出大事了。

丹陽和琳娘留在溫榮房裡用晚膳，晚上三人又說了會子話，但全避開政事不談。

待箭刻沙漏指向酉時，丹陽笑道：「五哥差不多要回來了，我們也去休息吧，莫要打擾了五哥和榮娘恩愛。」

琳娘聽言站起身。

溫榮也不再挽留，只笑道：「倘若一會兒睡不著，再過來尋我說話吧。」溫榮知曉她二人亦是心神不寧。各自的阿爺和夫郎皆被攪進了這場朝爭漩渦，關乎生死，誰也不能寬心。

送走琳娘和丹陽後，溫榮一人靠在床榻上，靜靜捧著本書，一邊心不在焉地看著，一邊等李晟。

沙漏翻轉了數次，碧荷打起簾子進門與溫榮說道：「王妃，已是亥時中刻，王妃身上傷還未好，該早些歇息的。」

注：披膊，古時作戰所穿的甲冑，用以保護肩膊的部分稱之。

晟郎還未回來，也未遣桐禮或侯寧和她傳話，溫榮怔怔地聽著箭刻沙漏發出嗡嗡欷欷的聲音，心下越來越不安。溫榮搖了搖頭，揭開錦衾準備下床，若有所思地朝碧荷說道：「碧荷，替我更衣篦髮，一會兒隨時有人找我們，提前準備了，就不用太慌亂。」

綠佩正打水進來，聽到溫榮說的話，詫異道：「已經很晚了，再過來豈不是會打擾到王妃休息？」

碧荷已經利索地扶溫榮起身，照要求拿一身素色半臂襦裙幫溫榮換上，又替溫榮簡單綰了一個矮髻。

溫榮未停歇，向綠佩吩咐道：「妳去看看太后、丹陽公主、三王妃是否睡了，若還未休息，只說我要去尋她們，倘若已經睡下……」溫榮抿嘴，似在自言自語。「在這節骨眼上，怕是無人能眠的。」

綠佩明白了溫榮的意思，匆匆忙忙退下。

不到一盞茶工夫，綠佩就回來了，很是敬佩地說道：「都叫王妃猜準了，三王妃和丹陽公主雖躺下了，可皆未睡著，奴婢尋到太后廂房時，太后正好派人過來請王妃呢，還特意交代大家速度快些。」

溫榮點了點頭，讓綠佩和碧荷帶上水囊，再裝些糕點，二人對溫榮的吩咐雖一頭霧水，卻也未有質疑，動作十分麻利。溫榮見收拾妥當，立即說道：「我們現在就過去。」溫榮隱隱約約猜到了今晚將會發生何事。

溫榮到了太后廂房後，又等了一會兒，琳娘和丹陽才過來。太后著裝整齊，面色嚴肅地坐在矮榻上，不似以往那般輕鬆地同晚輩說話玩笑，廂房裡的氣氛十分凝重。

溫榮看到琳娘因為懷有身孕，步子緩慢、行動不便的模樣，忍不住蹙緊眉頭，認定幾個弱女子聚在銜櫻閣的廂房裡等消息也不是辦法。

溫榮環視一周，現在廂房裡皆是自己人，遂認真地同太后說道：「太后，不知櫻桃園裡是否有暗門？廂房裡太后年紀大了，琳娘又懷了身孕，兒擔心一會兒若事發緊急，大家都來不及閃避。」

琳娘和丹陽聽聞有事將發生，皆面面相覷，擔憂得臉色煞白。

太后眉毛越擰越緊，猛地看向溫榮的目光猶如兩道利劍，冷聲說道：「是晟兒同妳說的？還有何人知曉？」

溫榮跪在地上，解釋道：「請太后息怒，五皇子未同兒提及半點今夜之事，一切皆是兒自己的猜測。兒並不知道猜測準確與否，只是著實擔心太后與三王妃會有甚閃失，還請太后見諒。」

太后嚴肅的面容忽然就鬆垮下來，嘆了一口氣，用幾不可聞的聲音道：「那些人爭權奪勢，怎會拿我們這些老弱婦孺做誘餌……」

溫榮離太后近，隱隱聽到了幾個字。在這場儲君之爭中，李奕為了將損失降到最小，包括她們還有聖主在內的所有人，都是誘餌。

溫榮伏身道：「還請太后決斷，我們三人一定聽從太后安排。」事已至此，她們別無選擇。溫榮心裡有數，按照李奕的計算，她們雖作為誘餌，但不應該受到一丁點兒的傷害，可正如前次趙二娘忽然失心瘋一樣，再周全的計劃也抵不過突如其來的意外。

太后蹙眉問道：「榮娘，妳有何想法，儘管說出來。」

亥時末刻，櫻桃園外亮起了成片的燈火，街坊巷口不知何時湧出了數以千計、身著黑衣軟甲的兵士。聖主派來守櫻桃園的金吾衛領軍王校尉看到此番情景，暗忖不妙，立即肅整兵士。王校尉策馬朝前行了數步，待看清火光下軟甲兵士的將領時，臉色變了又變，高聲怒喝道：「禹國公，聖主待你不薄，你竟然敢私調羽林軍圍守櫻桃園！你可知此舉是謀反，罪無可恕？」

禹國公仰天大笑。「聖主確實曾經待我不薄，可惜現在聖主年紀大了，老眼昏花，看不清形勢，在朝堂上作了不少錯誤的決斷。我無意謀反，只是見不得聖主一錯再錯，特此來向聖主直言納諫的。」禹國公韓知績從聖主將他女兒韓秋嬏賜婚二皇子開始，就對聖主心存怨恨，無可奈何下，他也只能聽從二皇子調遣。本以為二皇子至少會對他極尊重，並且好好待他女兒的，可不想……韓知績心裡明白，不論將來何人即位，他皆不會有好下場，既然如此，他還不如遂心意地大幹上一場，說不定會出現轉機。

王校尉被氣得面色脹紅。「禹國公，你膽敢說出如此大逆不道的話！這般以下犯上，你可做好了身首異處的準備？」

韓知績不屑地嗤笑兩聲。「王校尉，你出自我麾下，有幾斤幾兩我再瞭解不過，不若你現在就下馬俯首稱臣，我還可留你一條命，否則莫怪我不顧往日情面，將你斬落馬下！」

「拿命來！」王校尉一夾馬肚，揮著利劍朝韓知績衝去，其身後的金吾衛一部分人照王校尉安排，死死守住櫻桃園入口，一部分人則隨王校尉衝了出去。

韓知績沈著臉往後退了兩步，揮揮手，其身後的第一排兵士迅速蹲下，露出後方佈置的弓箭手。

梭梭的箭雨密密麻麻地朝王校尉等人射來，王校尉吃力地揮劍防禦，不料其身下馬匹中箭，隨著一聲淒厲長嘶，馬匹轟然倒下。

猶如聽到傳信音一般，韓知績濃眉豎起，身旁副將打了個旗號，弓箭手收箭，軟甲兵士揮著刀劍，朝前衝去！

一場混戰下來，經過良好訓練的金吾衛雖然消耗掉了韓知績的數百軟甲兵，可無奈王校尉是尚無多少行兵經驗的年輕武將，終究不敵久征沙場、領兵無數的韓知績。

王校尉一抹面上鮮血，急急往後退去。他要同尚在櫻桃園裡的太后等人傳話，讓她們快些離開！二皇子派往櫻桃園的人數遠遠多過預期，那韓知績更是發了瘋一般，似要將櫻桃園裡的人趕盡殺絕。

王校尉往回撤了沒兩步，猛地被眼前高大的銀色鎧甲晃得眼暈，他大驚，提劍險險擋下穿了三圈大銅環的寬板砍刀，劍上壓力太大，王校尉的雙腿都在發顫。這把銅環砍刀他很熟悉，是禹國公韓知績的慣用兵器，聖主曾經不止一次地稱讚這把砍下無數突厥腦袋、嗜血如命的銅環大刀。

韓知績怒目瞪著王校尉，吼道：「老夫何時教過你們逃跑的？打不過也要死在戰場上！」話音剛落，韓知績大刀掄起高高的弧度。

王校尉根本擋不下韓知績三招，他死死撐住，幾乎要咬碎一口銀牙。「韓知績，你現在醒悟退兵還來得及，聖主定會念在你往日赫赫功績饒你不死，你如此一意孤行，到頭來不但害了你自己，還會害了整個禹國公府！」

韓知績眼裡迸出凶光。「老夫十二歲從軍，十三歲就在沙場廝殺，打過千百場仗，見過無數刀光劍影，可老夫沒有一次半途而廢，退縮投降！對那昏庸聖主，老夫是問心無愧！老夫早已做好打算，今日要麼成事，要麼老夫就讓整個禹國公府與我一道做睿宗帝的刀下鬼！」

王校尉抽劍打了個滾，躲過韓知績一刀，起身就想朝櫻桃園內跑，眼前忽然金光一閃，脖子一涼，整個世界天翻地覆起來。斷頸處鮮血噴出，身子砰然倒地，王校尉的頭顱在地上滾了幾圈，死而未合的雙眼直直地瞪著櫻桃園的方向，似還在掛念聖主和三皇子交給他的、再也完成不了的使命……

金吾衛不是韓知績親兵的對手，半個時辰不到，守護櫻桃園的金吾衛便被韓知績的軟甲兵士悉數斬淨。韓知績冷冷地看著銜櫻閣的方向，一揮銅環大刀，片刻不停地領兵朝銜櫻閣奔去。

銜櫻閣裡的宮婢見到手執刀劍、氣勢洶洶的兵士，還來不及驚呼就已身首異處。韓知績命兵士活捉太后、三王妃、五王妃和丹陽公主，其餘人皆可當場殺死。

韓知績站在長廊口聽士兵回報，聲稱已經捉住太后等人了，大喜過望。只要抓到這幾人，他就等同於成功了一大半！

韓知績大笑幾聲，聲音沙啞粗狂，不愧為久經沙場的常勝戰將，聞聲便令人喪膽。「將她們四人捆在一處，我要親自去看守！」

還未走進廂房就聽到女娘們驚恐的哭喊聲，韓知績心情大好。他的成敗在此一舉，可笑李徵那乳臭未乾的黃口小兒，還以為自己會聽由他差遣。至於韓秋嬏……韓知績心一痛，他會想辦法救出女兒，可若實在不行，就用女兒一人的性命換他韓家權勢滔天、永世榮華吧！

櫻桃園裡，韓知績的兵甲勢如破竹。大明宮中，二皇子李徵卻被三皇子和五皇子逼入絕境。

李徵原打算帶領羽林軍自建福門入宮，與宮裡的領侍衛大臣裡應外合，一起封鎖含元殿，而後再讓韓知績領親兵過來支援，活捉聖主、太子、三皇子等人，目的無非是挾持聖主，逼迫聖主讓位。在二皇子看來，他的計劃可謂萬無一失。可不想，入宮還未行二里，李徵就看到宮道盡頭燃著簇簇火把，心裡沒來由地慌亂了起來。

此處距離含元殿主殿僅有百米，五皇子李晟、五駙馬林子琛騎著高頭大馬，立於含元殿前的墩臺上，二人皆身姿挺拔、器宇軒昂，冷漠地注視前方自花磚御路疾行而來的二皇子李徵。

李晟束白玉冠，一襲精白雲海紋袍衫，映照在銀白色月光下，整個人越發顯得清冷寡情。待二皇子走近，李晟面無表情地開口道：「二哥，你這是在做什麼？夜已深了，你不知道聖主身體不好，必須早些休息嗎？」

李徵見他二人身後只有不過百人的侍衛，不禁冷笑。「五弟，我就是來探望阿爺的。聽說阿爺請了一名醫術精湛的女醫官替他看診，身體大有好轉，正巧我前幾日得了幾味名貴藥材，說不定對阿爺的身體大有裨益。五弟和五駙馬還是不要在這兒攔著我，早些回府陪你們的美嬌娘吧，我入殿將藥材親自奉與阿爺後，也就回去了。」

李徵帶領的羽林軍皆軟甲加身，李晟眸光漸凝漸緊，抬手揮了揮，其身後兵士讓出了一條路。就見兩名侍衛推出一個被五花大綁的壯漢，那壯漢髮髻散亂、衣衫襤褸，可謂狼狽不堪。

李徵看清來人，驚訝地瞪大雙眼，那壯漢是早幾年被他收攏的領侍衛大臣翟松實！

翟松實被推推搡搡，一個踉蹌跪在了地上，抬頭驚恐地朝二皇子喊道：「二皇子還是降吧！內侍衛的副將領不知何時全部被換成了三皇子的人，臣是猝不及防啊！」

李晟瞥了眼翟松實，同李徵說道：「二哥，他是你的人嗎？我瞧見他鬼鬼祟祟，企圖暗地裡調動皇宮侍衛，就將他捆了起來。」

李徵瞇眼看著李晟，咬牙切齒道：「沒想到有一日我們兄弟會兵戎相見！李奕呢？他又躲在哪裡？難道就讓你與五駙馬出來對付我嗎？哼！這般膽小如鼠，怎配當儲君？」

李晟搖了搖頭。「對付二哥，連五駙馬都不需要，我一人足矣。只是二哥身後的羽林軍是聖朝用大量錢糧培養出來的，不知二哥肯否將那數百羽林軍退去？我們二人在此比武切磋，莫要傷到他人。」

李徵拳頭緊握，冷笑一聲。「比武切磋？宮裡何人不知五弟習武出身，我們幾個兄弟的武藝皆比不上你。」李徵眉梢微抬。「五弟平日寡言少語，今日難得地陪我說了這許多話，難不成五弟是在故意拖延等援兵？」李徵抬起頭，努力往李晟的後方看了又看，見確實無人後，沈聲說道：「五弟不用在這兒賣關子，也不用再激我，事已至此，我是司馬昭之心，路人皆知了。算來，這一切也都是你們逼我的，我對你和三弟本青睞有加，無意與你們為敵……」李徵遺憾地搖搖頭。「你們以為抓住領侍衛大臣就夠了嗎？他也不過是我手中的一顆棋罷了。漫說現在我的人數遠勝過你們，再過一會兒，禹國公韓知績亦會領了他的親兵前來支援，到時候別怪我之前沒有給你們留活路。」說罷，李徵一揮手，數百羽林軍盡數衝上前，而他自己則趁亂藏至混戰的兵士後。李徵見李晟和林子琛被他的羽林軍困住，迅速自腰間取下火摺子點燃竹筒，就聽「咻」的一聲響，一縷醒目青煙騰空而起。

李晟餘光瞥見青煙，隨手揮落兩名羽林軍的長劍，心下冷笑。二哥善籌謀卻捺不住性子，這般快就發消息令禹國公韓知績過來接應。他和琛郎武藝高強，是故意只帶少量精銳在此守候當誘餌的，等著李徵喚來所有叛兵，他們將一網打盡。

時間一點點過去，李徵的數百羽林軍漸漸招架無力，可李晟和林子琛卻無半點歡喜之意，眉頭反而越擰越緊。

李徵亦是感到惶恐，在宮殿四周佈置兵力的領侍衛大臣被拿下，他唯一的希望就是韓知績了，為何韓知績和他的親兵還未到？

難道……李晟腦海裡電光石火般地閃過一個念頭，猛地臉色大變，踏人肩騰空上馬，雙指圈環抵唇，吹出兩聲長嘯。含元殿與宮內橫牆銜接的東西側忽然擂鼓聲陣陣，重簷廡殿上的綠琉璃瓦散出駭人的光芒。

二皇子看到李晟緊張的模樣，再聯想起韓知績遲遲未到，也忽然明白了，躲在混戰兵士後朗聲狂笑起來。李徵的狂笑夾雜了淒涼、幸災樂禍、悔恨、遺憾……百般情緒在廣闊深遠的含元殿前空地上迴響繚繞。

領侍衛副將帶了兵士衝出來支援李晟，李晟和林子琛皆打算快些拿住二皇子，結束這場混戰。

此時三皇子李奕正在龍首崗第一高地觀南亭上，靜靜地看著含元殿前的戰亂，一襲墨色袍衫在夜風裡散起，與夜色連成了一片。他知曉二哥大勢已去了，可櫻桃園那兒……李奕雙手越攥越緊。今日他阿娘是隨盧醫官一道回宮看望聖主的，可太后和溫榮還在銜樱閣裡，難道韓知績真敢那般大膽？李奕立即吩咐侍從發煙火信，令守在南郊附近的左驍騎尉即刻趕往櫻桃園支援，應國公則帶領親兵在宮門外靜候，隨時同五皇子會合。

空地上，林子琛一劍連傷四人，不過片刻工夫就打到了李徵面前。李徵盯著林子琛手中白晃晃、分明傷人無數卻無一滴血的利劍直哆嗦，往後退了數步，在林子琛刺到他之前，先拔出劍抵住自己的脖頸。

林子琛的劍在距離李徵眉心僅有一指時堪堪停下，李徵直翻了好幾個白眼，險些沒暈過去。

李晟騎著皎雪驄躍至李徵面前，居高臨下地俯視李徵，冷聲說道：「何必裝出一副大義赴死的模樣？若你不怕死，就不會有今日了。我與琛郎留你一命，待明日聖主在朝堂之上審你。」說罷，李晟與林子琛打了個眼色。

林子琛也趕忙收劍翻身上馬，朝宮外櫻桃園狂奔而去。

李徵手中的劍落地，鐵石相撞，發出一聲脆響，轉頭望著李晟和林子琛匆忙的背影，不忘大笑道：「倘若韓知績真去了櫻桃園，現在三王妃和五王妃怕是已經身首異處了！」

李晟的心越揪越緊。短短一月，他就連連大意了兩次！倘若榮娘受到傷害，他必將韓知績凌遲……思及此，李晟狠狠甩了甩頭，重重揮起馬鞭，皎雪驄登時往前衝出了數百米。

與此同時，櫻桃園銜櫻閣裡，韓知績正大踏步地走進太后廂房。太后是聖主娘親，丹陽公主是聖主最疼愛的女兒，聖主必不可能置她二人於不顧。再者，全盛京都知曉溫榮是五皇子的心頭肉，李晟捨不得那女人受一丁點兒的傷害，而謝琳一人就可同時牽制應國公和三皇子。就算這幾個女人在聖主、三皇子等人眼裡並無那般重要，韓知績也不在意，他今日敢做出此舉，就沒打算活著回去，但至少可以讓那些女人給他陪葬，讓聖主被世人唾罵不仁不孝！韓知績心裡大悅，仰頭笑了三聲，進廂房後看到四個衣著華麗卻凌亂的女人正蜷縮在角落裡，頭埋在膝蓋處瑟瑟發抖。

韓知績雙手抱拳，微微躬身，嘴角揚起一抹冷笑，朗聲說道：「臣見過太后！臣子手下武夫皆魯莽，想必是嚇到太后、公主、王妃了，還請太后莫怪。一會兒聖主過來後，臣定親自替太后鬆綁。」

縮在角落的四人似乎已經被嚇壞了，對韓知績所言置若罔聞，只是渾身發顫，連頭也不肯抬起來。

韓知績雙眼微瞇地看著那名身著赭色綢緞，綰了矮髻的年長者，發覺到不大對勁。韓知績對太后頗為佩服，因為他知曉，當初若不是太后手腕強硬、謀算得當，是絕不可能在後宮中脫穎而出，令其兒子成為一代君王的，故韓知績篤定，太后年紀雖大了，但氣勢和風采定不減當年，此刻應該起身怒斥他狼心狗肺，而不是顯得這般窩囊。

「臣子多有得罪，還請太后見諒。」韓知績朝副將打了個眼色，副將立即帶人上前，一左一右將太后拎起，拖到韓知績面前。

韓知績定睛一看，登時氣得鬍子倒豎。這根本就不是太后，只是一名年老嬤嬤穿上了太后的袍衫！韓知績趕緊走到另外三人面前，一一掰起臉相看，哪裡是什麼丹陽公主、三王妃、五王妃，都只是尋常宮婢罷了！韓知績手下的兵士從未見過太后等人，故此錯認，以為銜櫻閣裡錦衣華服的就是皇親貴胄。

韓知績揮刀直接將這四人殺死，怒吼道：「搜，給我搜！將櫻桃園挖地三尺也必須把她們找出來！」

副將立即領兵至櫻桃園四處搜索。

韓知績焦躁地在廂房裡來回踱步，今晚最初計劃是二皇子命他藏在宮門處，隨時等消息同二皇子接應，韓知績雖滿口應下，可心裡卻將二皇子唾罵了千百遍。他從未和二皇子同條心過，他一直以為可以隨三皇子大幹一場！韓知績面露猙獰，他有準確情報確定太后等人俱未離開櫻桃園，現在五皇子還未趕到，他仍有希望……

早在半個時辰前，韓知績還未威脅到櫻桃園時，溫榮就帶著太后、丹陽、琳娘悄悄離開了銜櫻閣，而太后為以防萬一，又令四名宮婢假扮她們的模樣，如此就算韓知績真打了進來，也可拖延一些時間，待到援兵來救她們。

銜櫻閣側門出來，往後走不過半里地，有一處不起眼的小亭子。太后移動了石柱上的一塊活磚，石桌下忽然現出一條暗道，琳娘和丹陽皆驚得大氣不敢出，唯獨溫榮只微微張張嘴。她對所謂的暗道不陌生，皇宮裡有許多通往各處的地道，前世她雖未使用過，可李奕卻同她提起過不止一次。

關上暗門，丹陽扶著太后，溫榮扶著琳娘，四人小心翼翼地走下窄小石階，再穿過約莫百米長、只點了幾處昏黃燈火的石頭甬道。溫榮照太后吩咐，又開啟了一扇石門，石門內現出一間十丈見方的廂房，廂房佈置雖簡單，但所需物什卻一應俱全。

丹陽公主、琳娘看到石屋內的人時，皆目瞪口呆。

溫榮微微蹲身，恭敬地說道：「兒見過聖主。」

睿宗帝看到四人，面上露出驚喜的神情，可還未開口，便執錦帕捂住嘴，咳嗽不停。

溫榮心下微嘆，果然如盧瑞娘所言，她開的藥根本無法醫治聖主咳疾，只是在幫聖主續命，多活幾月罷了。

太后走上前，輕輕拍撫睿宗帝的寬背。卸下往日權勢龍服，二人也只是尋常母子，太后眼裡滿含痛色，她的孩兒太累了。心繫天下不是嘴上說說，一味享天下榮華就夠的。

丹陽公主先開口道出心中疑問。「阿爺不是回宮了嗎？下午王貴妃和盧醫官也一道回宮尋阿爺了，為何阿爺會在這裡？」

太后不再隱瞞，看著丹陽公主等人說道：「是妳三哥安排的。」

盧內侍斟了熱湯端與聖主，睿宗帝吃了口潤嗓子，又放了顆盧醫官開的藥丸到嘴裡慢慢含化，皆嚥下後，喉嚨總算沒那麼癢了，胸口的氣也順了些。

睿宗帝嘆一口氣，詳細地說道：「五駙馬在江南東道搜集了李徵企圖謀反的證據，昨日奕兒和晟兒則發現宮裡侍衛安排有異，故此起了疑心。李徵的目的是逼我讓位，定會謀反，在宮裡掀起一場戰亂。我本打算留在皇宮，親自鎮壓李徵的，可奕兒擔心我的身體，不肯叫我受累，暗暗派人將我送到櫻桃園來。」

丹陽滿臉不解。「可聖主下午為何將盧醫官接進宮了？」

溫榮見聖主面上又現出潮紅之色，知曉聖主說話過多太累了，遂在旁小心翼翼地說道：「是障眼法，讓二皇子等人誤以為聖主還留在皇宮，如此他們才會將主兵力都留在大明宮裡。」

聖主讚許地點點頭。

太后看向溫榮。「既然榮娘知曉二皇子等人會將主兵力留在大明宮，為何還要我們也躲到這暗道來？」

溫榮眉心淺陷。「兒也是以防萬一，因為兒不放心禹國公。」

聖主亦抬起頭，好奇地問道：「榮娘此話怎講？」

溫榮看了琳娘一眼。「想來聖主與太后也知曉，兩年前全盛京都在傳禹國公府韓大娘子將被賜婚三皇子，那時禹國公與三皇子走得近，同二皇子關係不佳，可不想後來聖主將韓大娘子許給二皇子了，琳娘卻成了三王妃，原本中立的應國公現在也對三皇子青睞有加。」溫榮頓了頓，續道：「禹國公是武將，武將性子皆爽直剛烈，故兒猜測禹國公心裡可能對聖主等人存了怨恨，既如此，他怎可能屈服而心甘情願地聽從二皇子的安排調遣呢？」

睿宗帝微微咳嗽了兩聲。「榮娘的意思是，韓知績不會照李徵的安排出現在大明宮，反而會自作主張地過來櫻桃園？」

溫榮認真地點了點頭。金吾衛不是韓知績的對手。

丹陽公主和琳娘心裡一陣陣發麻，如果榮娘的猜測成真，她們繼續留在銜櫻閣裡，定會被韓知績抓作威脅三皇子等人的人質俘虜！

太后嘆了口氣。「此處雖為暗道，但櫻桃園就這般大，若韓知績領親兵傾巢來尋，找到我們也不過是半個時辰的事情。」

溫榮聽了一驚，趕忙跪地解釋道：「是兒貪生怕死，未曾想到聖主也在櫻桃園裡，否則兒寧願一人留在銜櫻閣裡的。」

太后搖了搖頭。「怎可能將妳一人留下？榮娘也是因為擔心我和琳娘，更何況，如果我們被捉住，反而會影響奕兒和晟兒的決斷。」

睿宗帝頷首道：「我本就不同意讓妳們幾人留在銜櫻閣裡，現在這樣大家在一起再好不過了。我們相信奕兒，靜靜等消息便是。」

五皇子和林子琛領兵趕到時，韓知績已經命士兵四處點火，燒毀整座櫻桃園了。李晟望著銜櫻閣上騰起的漫天火光，雙眼猩紅，揮鞭就要衝進櫻桃園裡，卻被應國公謝嗣業攔住。

謝嗣業蹙眉說道：「五皇子且慢，你打不過韓知績的，莫要進去白白送死。」謝嗣業雖也擔心被困在櫻桃園裡的謝琳娘和太后，可他畢竟是老將，懂得顧全大局，不會似李晟那般失了理智。

「讓開！」李晟冷冷地看著謝嗣業，皎雪驄也少見地現出焦躁之態，馬鼻打了幾聲響噴，四蹄不斷蹭地，小步來回踱停不定。李晟的利劍垂地，鋒尖刮著砂石地，發出錚錚的聲響。

林子琛也上前攔住李晟。「晟郎，聽謝將軍的，現在櫻桃園內全是韓知績的人，形勢不明，我們不應該貿然闖進去，以免後悔。」

李晟執劍的右手緩緩抬起。「我現在唯一後悔的就是聽了三哥和你的話，我應該堅持守在櫻桃園，或者將榮娘等人接回大明宮，放在身邊的。」

林子琛見李晟打算用劍指他，心下騰起一股怒火。難道就李晟一人擔心溫榮嗎？本就焦躁的林子琛恨得怒吼一聲。「李晟，你給我清醒一點！你以為我不想盡快救出——」林子琛抿嘴，硬是嚥下險些脫口而出的名字。「你以為我不想盡快救出太后等人？可你這般魯莽，只會弄巧成拙，反而耽誤了救人！」

「你讓不讓開？」李晟的眸光越來越清冷，劍身微顫，嗡嗡作響。

林子琛忍無可忍，揮劍直接打向李晟。二人從小一起習武，武藝不相上下，對彼此招式是瞭若指掌，兩劍相擊，迸出幾點火星。

謝嗣業在一旁嘆氣，五皇子和林子琛雖是千古難得的才俊，無奈太過年少。聖主幾日前曾將五皇子和林子琛託付給他，聖主考慮到他年紀大了，終有一天要卸下盔甲兵權，告老還鄉，因此希望他培養五皇子和林子琛，讓他二人成為震懾一方的武將。

謝嗣業清楚記得聖主那天說的話——不求晟郎和琛郎同你一般出色，只要能習得七、八分，大聖朝安矣。

謝嗣業也看出聖主的身子一日不如一日了，可因為有許多事情放不下，所以聖主一直死撐著。謝嗣業每每思及此，便感懷唏噓不已。聖主信任了他一輩子，謝嗣業自不願意讓聖主失望。現在李晟和林子琛最大的障礙是年輕氣盛，若這般放任下去，這二人將來也難成大器，他現在能替聖主做的，就是趁此機會磨他二人的銳氣。

謝嗣業提劍左右翻腕，輕鬆將李晟和林子琛分開。謝嗣業慣用一柄束腰軟劍和一把戰戟，戰戟用於沙場抗敵，此時軟劍足矣。

軟劍劍身纏住李晟手腕，李晟右手忽然失了氣力，劍柄掉在地上。

謝嗣業蹙眉不悅地道：「韓知績比之老夫有過之而無不及，你連老夫兩招都接不住，何必讓韓知績手中再多一名人質？」

溫榮等人藏在地室裡，時間一點一滴地過去，地面硬靴踩地的聲音越來越多、越來越嘈雜，溫榮隱約聽見有將領命人放火燒毀櫻桃園。

太后和丹陽公主等人是越發焦躁不安，眾人本以為今日皇宮裡會有一場大亂，沒想到現在卻是櫻桃園陷入困境，偏偏聖主、太后等一干最重要的人，皆留在了櫻桃園！

溫榮吩咐綠佩將點心和茶湯端出來，安慰聖主和太后。「三皇子和晟郎一定也收到了消息，很快就會過來救我們的。」

幾人正說著話時，頭頂上的腳步聲忽然朝一個方向離開，太后和丹陽都鬆了一口氣，溫榮的心反倒揪了起來。一定是晟郎等人帶兵過來了！可溫榮知曉，晟郎不是韓知績的對手，她擔心晟郎誤以為她有危險，失去理智，貿然對上韓知績。

睿宗帝看出溫榮的不安，吃了口茶止住咳嗽，安慰溫榮道：「有應國公在晟郎和五駙馬身邊，萬無一失。」

琳娘眼睛一亮，知曉是她阿爺過來，徹底放下心來，握著溫榮的手一起坐在石床上，又朝溫榮點了點頭。

韓知績已經領了兵士到櫻桃園外，正對上謝嗣業、李晟、林子琛三人，韓知績本就因為未找到太后等人而氣急，此刻再看到謝嗣業更是頭痛不已，命人將喬裝成太后等欺騙他的四具屍體拖了出來。

遠遠看不真切，謝嗣業、林子琛的眉頭不禁越擰越緊。

韓知績冷笑道：「你們要救的人我已經帶出來了，只是很可惜，刀劍無眼，誤傷了她們四人，但現在尚有氣息，不知你們是否仍要救？」

林子琛正焦急地大聲喊著，命韓知績放人。

李晟卻取過侍衛的弓箭，抬手拉滿弓，對準被韓知績作為人質的其中一人，「咻」的一聲響，利箭破空而出，韓知績的親兵還未來得及反應，利箭已經直直插在一名華衣女子的胸口上，中箭之人一動未動，連短時的抽搐都沒有！

謝嗣業和林子琛大驚，林子琛朝李晟喝斥道：「你瘋了！你可知那四人是誰？」

李晟淡淡地應道：「我自然不知道那四人是誰，只知道那四個本就是死人。」

李晟清冷的雙眸裡漸漸匯聚了點點光亮，好似晚冬冰雪裡忽然綻放出的數枝春桃，絕境裡顯現希望！

——未完，待續，請看文創風318《相公換人做》5（完結篇）

2015年6月出版

巧妻戲呆夫

文創風 304～306

特種部隊成員變成農村小姑娘，醫學精英改去種田做豆腐？
她從女強人降為柔弱女，還有一屋子極品親戚，
不能重操舊業，就來「改造人生」、整治這些瞧不起她的人！

清閒淡雅 耐人尋味 ／半生閑

身為特種部隊的醫學博士出任務掛了，穿越還魂就算了，
為何讓她穿到一個為情上吊的小姑娘身上？!
十八般武藝俱全的林語來到小農村，發現自己學過的統統派不上用場，
家裡雖有父親，但繼母看她和大哥像眼中釘、肉中刺，
還有一堆極品親戚虎視眈眈，連祖母都只想著再把她弄出去換點嫁妝；
只要她還未嫁，女子就是給家人拿捏的對象，
不如自己選個合意的對象速速成親，之後協議和離脫身！
看來看去最佳人選就是肖家那個破相又不受寵的老二肖正軒，
怎知費了番心思終於成親，新婚之夜該來談和離了，
這位仁兄卻說：「看在我幫妳的分上，就和我一起生活半年可以嗎？」
這下還得弄假成真過半年，他到底打什麼主意？
而他們窩在靠山屯這樣的鄉下，他竟然還有師父和師兄弟們找上門，
莫非他還有什麼神祕的過去，這段假夫妻的協議會不會再生變化？

為流浪貓狗加油 和貓寶貝 狗寶貝 廝守終生(一定要終生喔！)的幸福機會

對人來說，貓寶貝狗寶貝只是生活的一部分，但妳（你）對牠們來說，卻是生活的全部，領養前請一定要考慮清楚——

▲ 聰明Viru尋找有緣人

性　　別：女
品　　種：拉不拉多
年　　紀：7歲多
個　　性：乖巧聰明愛撒嬌
健康狀況：已結紮
目前住所：新北市

本期資料來源：http://www.meetpets.org.tw/content/60560

第257期推薦寵物情人

『Viru』的故事：

Viru是我6年前認養的狗狗，那時候牠才一歲多，之後看著牠愈來愈大，直到現在體重約28公斤，已經完全長成了。Viru很聰明，能聽懂一些簡單的指令，例如起來、過來、走開、坐下、趴下、等等、開動等。洗澡或吹毛的時候，Viru更會聽令坐好，是讓人喜愛的乖狗狗。

然而，前陣子家母帶牠去樓下散步時，牠因為看到一隻流浪狗想跑去和牠玩，一時興奮暴衝，家母於是不慎跌倒。她本來右腳就小兒麻痺，走路不大方便，加上又骨質疏鬆，這一摔不得了，開刀住院至今還在療養中。我現在既要上班，又要照顧家母，壓力真的很大，無奈之下只好送養Viru。

我們每天會帶牠出門走走1到2次(假日甚至3次)，牠都會在外出時便溺(記得用塑膠袋撿)；至於平常在家時，如果牠想便溺就自動去陽台解決，除非陽台門關起來，牠才跑去浴室。只要教會Viru，牠就不會隨便大小便。而每月5號我都固定餵牠吃預防犬心絲蟲的藥，每年10月打狂犬病疫苗，平日除了狗飼料外，偶爾也讓牠吃少量水果，其他人類食物則沒讓牠碰。所以Viru身體相當健康，體重控制得不錯。

雖然捨不得，更可惜不能持續和牠的緣分，但也只能希望Viru找到更好的有緣人照顧牠。屆時我會附送Viru的相關用品，也會配合晶片更名，有意者歡迎來信nicelife@kiss99.com，或來電0922329765(黃先生)，謝謝。

P.S. 在未辦妥寵物晶片變更前，本人保有選擇認養人與最後送養權利。

認養資格：

1. 認養者須年滿20歲，有獨立經濟能力，並獲得家人與同住室友的同意。
2. 學生情侶或單獨在外租屋的學生，須提出絕不棄養的保證。
3. 同意送養人日後之追蹤探訪，對待Viru不離不棄。

來信請說明：

a. 個人基本資料：姓名、性別、年齡、家庭狀況、職業與經濟來源等。
b. 想認養「Viru」的理由。
c. 過去養寵物的經驗，及簡介一下您的飼養環境。
d. 若未來有當兵、結婚、懷孕、畢業、出國或搬家等計劃，將如何安置「Viru」？

相公換人做 4

國家圖書館出版品預行編目資料

相公換人做 / 麥大悟著. --
初版. -- 臺北市 : 狗屋, 2015.07
冊 ; 公分. --（文創風）
ISBN 978-986-328-478-9（第4冊：平裝）. --

857.7 104009188

著作者	麥大悟
編輯	黃淑珍
校對	黃亭蓁　馮佳美
發行所	狗屋出版社有限公司
地址	台北市104中山區龍江路71巷15號1樓
電話	02-2776-5889～0
發行字號	局版台業字845號
法律顧問	蕭雄淋律師
總經銷	知遠文化事業有限公司
電話	02-2664-8800
初版	2015年7月
國際書碼	ISBN-13　978-986-328-478-9
原著書名	《荣归》，由起點女生網（www.qdmm.com）授權出版

定價250元

狗屋劃撥帳號：19001626

網址：love.doghouse.com.tw　E-mail：love@doghouse.com.tw